13 Morts suspectes

Dans la collection *Super* **FRISSONS** :

SUPER FRISSONS 3

13 Morts suspectes

Traduit de l'anglais par
LOUISE BINETTE

EH Les éditions
Héritage inc.

Données de catalogage avant publication (Canada)

Vedette principale au titre : 13 morts suspectes (Super Frissons ; 3)
Traduction de : 13 Murder Mysteries.
Pour les jeunes de 14 ans et plus.

ISBN 2-7625-8601-1

1. Roman policier anglais - Traductions françaises. 2. Histoires pour enfants anglaises - 20ᵉ siècle - Traductions françaises. I. Nicholls, Stan. II. Binette, Louise. III. Titre : 13 morts suspectes.

PZ21.T74 1996   j823'.0872080914   C96-941248-5

Pour cette anthologie © Scholastic Publications Ltd. 1996

Dead On Arrival copyright © Stan Nicholls, 1996
Why You're Here copyright © David Belbin, 1996
Scree copyright © Philip Gross, 1996
The Cult copyright © Malcolm Rose, 1996
Lovers' Leap copyright © Lisa Tuttle, 1996
Die Laughing! copyright © Amber Vane, 1996
Still Life copyright © Laurence Staig, 1996
Spoiled copyright © Jill Bennett, 1996
Dead Lucky copyright © Sue Welford, 1996
A Touch of Death copyright © Ann Evans, 1996
X is for Execution copyright © Alan Durant, 1996
Colonel Mustard in the Library copyright © Dennis Hamley, 1996
Dead Like Me copyright © Nigel Robinson, 1996

Version française
© Les éditions Héritage inc. 1996
Tous droits réservés

Infographie de la couverture : Anie Lépine
Mise en page : Michael MacEachern

Dépôts légaux : 4ᵉ trimestre 1996
Bibliothèque nationale du Québec
Bibliothèque nationale du Canada

ISBN : 2-7625-8601-1   Imprimé au Canada

LES ÉDITIONS HÉRITAGE INC.
300, rue Arran, Saint-Lambert (Québec) J4R 1K5
Téléphone : (514) 875-0327   Télécopieur : (514) 672-5448
Courrier électronique : heritage@mlink.net
FRISSONS™ est une marque de commerce des éditions Héritage inc.

Table des chapitres

FOLIE MEURTRIÈRE

Ann Evans

«Mon Dieu! Qu'est-ce que je fais ici?» se demande Bianca Major en fixant le corps exposé dans le salon.

On dirait que l'homme est en caoutchouc, comme ces masques grotesques que l'on porte à l'halloween.

On a appliqué un peu de fard sur son visage gris-blanc ainsi que du rouge sur ses lèvres bleutées. Les vilaines ecchymoses, elles, ont été camouflées sous une épaisse couche de poudre.

L'homme est vêtu de blanc et ses mains osseuses sont jointes sur son ventre. Sa laideur fait contraste avec la magnifique doublure de soie bleue du cercueil.

Bianca se sent faible et elle a un peu mal au cœur. Elle ne se doutait pas que le cadavre serait ici. Elle s'attendait à des funérailles normales, et non à des traditions remontant à Mathusalem.

Elle sursaute lorsqu'une main froide lui touche le bras.

9

— Frédéric ! Tu m'as fait peur !

Son petit ami l'entoure de ses bras et l'attire vers lui.

— Qu'est-ce que tu fais ici ?

— Je te cherchais. Tu as disparu à la minute où l'on a mis les pieds dans la maison.

— Je suis allé porter ton sac dans ta chambre.

— Fred, pourquoi tu ne m'avais pas prévenue que ton grand-père serait exposé ici ?

— Bianca, je t'avais bien dit que ce ne serait pas une partie de plaisir. C'est toi qui as insisté pour m'accompagner.

— J'ai cru que tu aurais besoin de moi. Des funérailles, c'est tellement déprimant ! Je me suis dit que je pourrais te remonter le moral. Mais je ne m'attendais pas à ça du tout ! Ça fait un peu macabre, tu ne trouves pas ?

— Ce n'est pas macabre. C'est une tradition. Je n'y peux rien, moi, si j'ai une famille étrange !

— Fred, te rends-tu compte qu'on sort ensemble depuis quatre mois et que je n'ai jamais rencontré un seul membre de ta famille ?

Bianca sourit d'un air espiègle.

— Je me suis dit que ce serait l'occasion rêvée de faire connaissance.

Frédéric se penche au-dessus du cercueil.

— Tu n'as pas besoin de les connaître. Pas encore. Après tout, c'est avec moi que tu sors, non ?

— Je sais, mais je suis curieuse. J'ai très hâte de les voir.

— Bientôt, tu regretteras de les avoir connus.

— Je ne peux pas croire qu'ils sont aussi détestables que tu le dis.

Frédéric sourit et lui embrasse les cheveux.

— Ils sont pires encore. Mais je suis content que tu sois là. Et surtout, ne laisse pas ma famille te marcher sur les pieds.

— Je suis convaincue qu'on s'entendra à merveille.

— Espérons-le.

Frédéric soupire et fixe le cercueil d'un air distrait.

Bianca étudie son profil. Dans leur cas, on peut vraiment dire que les contraires s'attirent. Frédéric est grand et blond. Il a les yeux bleus et de longs cils qui font craquer toutes les filles. De son côté, Bianca est petite et noire. Il faut dire qu'un peu de sang italien coule dans ses veines.

Ç'a tout de suite cliqué entre eux. Le seul problème, c'est que Frédéric a toujours refusé de lui présenter sa famille. Jusqu'à maintenant, du moins.

— Est-ce que ta parenté arrive aujourd'hui? demande-t-elle.

— Quelques-unes de mes tantes et de mes cousines viendront demain. Mais ma mère est déjà là. Elle est venue dès qu'elle a appris la mort de grand-père. Et il y a Anna, bien sûr. C'est sa femme. Ou plutôt, sa veuve. Grand-père s'était remarié il y a de nombreuses années. Notre vraie grand-mère est morte.

— Ah ! fait Bianca en se mordillant la lèvre.

Tout à coup, Frédéric s'esclaffe.

Il rit tellement que des larmes roulent sur ses joues.

— Qu'est-ce qu'il y a de si drôle ? demande Bianca.

— Toi ! répond-il en l'embrassant sur le bout du nez.

— Moi ?

— Tu as une mine d'enterrement. Regarde-toi ! Tu t'es même habillée en noir.

— Je porte souvent du noir. Cette couleur me va bien. Tu aurais préféré que je choisisse une robe jaune et que je mette des fleurs dans mes cheveux ?

— Tu aurais pu le faire. Tout le monde se fiche bien que le vieux bonhomme soit mort, de toute façon.

— Fred !

— C'est vrai. Il avait un caractère de chien. Pas étonnant qu'Anna parle toute seule. Elle n'arrivait pas à en tirer un seul mot. Ça ne m'étonnerait pas que ce soit elle qui...

Il s'interrompt au milieu de sa phrase.

— Qui quoi ?

— Rien. Laisse tomber. Je disais donc qu'il y a maman et Anna. Ah oui ! Et Caroline sera là aussi.

— Qui c'est, Caroline ?

— Ma cousine au troisième degré ou quelque chose du genre. C'est plutôt une amie de la famille. Et si ma mère avait son mot à dire, elle deviendrait l'épouse de mon frère Sébastien ou la mienne !

Bianca lui lance un regard ahuri.

— Qu'est-ce que tu veux dire ?

— D'après ma mère, Caroline est la seule fille digne de sortir avec mon frère ou moi.

Un muscle de sa mâchoire tressaille.

— Raison de plus pour ne pas te présenter à ma mère.

Le cœur de Bianca se serre. Elle s'est toujours demandé si c'était parce qu'elle n'était pas assez bien pour eux que Frédéric ne l'avait pas encore présentée aux membres de sa famille. Maintenant, elle l'a entendu de sa propre bouche.

— En parlant de mon grand frère… continue Frédéric.

De toute évidence, il ne s'est pas aperçu qu'il l'a blessée.

— Sébastien est censé faire acte de présence un peu plus tard.

L'expression de son visage devient glaciale.

— Ça va être formidable…

Bianca le regarde fixement. Après quatre mois passés avec lui, elle croyait le connaître. Mais cette lueur de colère dans ses yeux lui montre qu'elle s'est trompée. Et ça l'effraie.

Frédéric pousse un soupir et se tourne vers le cercueil. Ses doigts effleurent la main et le visage du vieil homme.

— C'est curieux, mais je l'aime plus depuis qu'il est mort.

Le sang de Bianca se glace. Elle ne s'est jamais rendu compte que Frédéric était aussi insensible. Sans cœur, même.

— Ça te donne la chair de poule, hein? dit-il tout bas en repoussant une boucle noire devant les yeux de Bianca.

Celle-ci sent son doigt glacé sur son front.

«Le toucher froid de la mort», pense-t-elle en frémissant.

* * *

— De quoi est-il mort? demande Bianca en refermant la porte de la pièce à l'air confiné.

Au centre de l'immense vestibule s'élève un majestueux escalier tournant qui semble sorti tout droit d'un film des années trente.

— De vieillesse, je suppose?

— Mourir de vieillesse, lui? Il avait peut-être quatre-vingt-cinq ans, mais tout le monde le croyait indestructible.

— Alors? Comment est-il mort?

Les yeux de Frédéric brillent malicieusement et sa voix se change en un murmure sinistre.

— C'était un meurtre, mon cher Watson. Un meurtre!

Bianca reste bouche bée.

Frédéric se met à rire.

— Je plaisantais. En fait, il a eu un accident.

Il remarque l'expression horrifiée de Bianca.

— Hé! c'était une blague! Reviens-en!

Mais Bianca continue de dévisager son petit ami. Elle ne savait pas qu'il avait un sens de l'humour aussi morbide. Il y a un homme mort dans la maison et Frédéric trouve le moyen de plaisanter !

À cet instant, une femme aux cheveux blonds et flottants descend l'escalier. Elle a juste dépassé la cinquantaine, mais elle fait beaucoup plus jeune dans sa robe rouge courte.

— Bonjour, maman ! dit Frédéric en lui tendant la joue.

Sa mère le couvre de baisers, laissant des traces rose vif partout sur le visage de son fils. Puis, sous le regard amusé de Bianca, elle sort un mouchoir en papier de sa poche, crache dessus et essuie le rouge à lèvres sur les joues de Frédéric.

Celui-ci se laisse faire sans rien dire tandis que Bianca se retient pour ne pas rire.

Lorsque madame Girouard a enfin terminé (c'est tout juste si elle n'inspecte pas les oreilles de Frédéric), son regard se pose sur Bianca.

— C'est donc ta plus récente conquête, dit-elle sèchement en toisant Bianca des pieds à la tête.

La jeune fille sent toute sa confiance s'envoler. Elle se tourne vers Frédéric, désespérée.

— Oui ! Je te présente Bianca, maman. L'amour de ma vie.

Il a l'air sincère, mais Bianca décide de ne pas trop s'emballer. Elle tend la main.

— Ravie de faire votre connaissance, madame Girouard.

Celle-ci tient mollement la main de la jeune fille pendant un instant avant de la laisser tomber.

— Qu'est-il arrivé à l'autre, celle qui était si jolie?

Bianca cligne des yeux, profondément humiliée.

— Elle m'a laissé tomber pour un autre, répond Frédéric d'un ton cinglant tout en serrant la main de Bianca. De toute façon, Bianca est de loin la plus belle. Tu ne trouves pas, maman?

Au grand désespoir de la jeune fille, Frédéric soulève son menton pour que sa mère puisse mieux voir son visage.

Le regard de madame Girouard est glacial.

— Ne sois pas ridicule, Frédéric!

Bianca tourne la tête pour se dégager tandis que madame Girouard s'éloigne d'un air digne.

— Si vous voulez vous rendre utiles, lance-t-elle par-dessus son épaule, allez chercher Anna pour le souper. Nous n'attendrons pas Sébastien.

— D'accord, maman.

Il s'adresse à Bianca.

— Est-ce que tu viens faire connaissance avec ma vieille grand-mère toquée ou si tu préfères aider maman à la cuisine?

Bianca fait la grimace.

— Je t'accompagne. Merci beaucoup!

Frédéric sourit d'un air ironique.

— Je t'avais prévenue!

Elle le suit dans le grand escalier tournant.

— Pourquoi habitent-ils une maison aussi spa-cieuse?

— Parce qu'ils en ont les moyens ! Moi, j'aimerais mieux qu'ils vendent et qu'ils achètent un petit bungalow. Comme ça, on pourrait profiter plus vite de l'argent de la vente.

— Grippe-sou ! dit Bianca en riant. Mais comment un couple âgé peut-il entretenir une aussi grande maison ?

— Maman vient souvent faire son tour. Sébastien, Caroline et moi, on passe de temps en temps pour s'assurer qu'on figure toujours sur le testament. Un jour, quand Anna lèvera les pattes, cet endroit sera à nous.

Il écarquille les yeux.

— On est à un retrait de la victoire !

Bianca l'observe. Décidément, Frédéric a un sens de l'humour des plus étranges.

Ils s'arrêtent devant une porte. Une voix bourrue et râpeuse leur parvient.

— C'est ta grand-mère ? chuchote Bianca.

— Oui. Elle parle toute seule et elle prétend qu'elle entend des voix. Au fait, tu vas dormir dans la chambre voisine.

— C'est trop gentil, dit la jeune fille en grimaçant.

Frédéric lui fait un clin d'œil et frappe à la porte avant d'entrer.

Anna est assise dans un fauteuil face au téléviseur, mais le volume de l'appareil est baissé. Une tassé de thé froid repose à ses pieds sur le plancher jonché de papiers de bonbons. Elle a l'air surprise lorsqu'ils entrent.

— C'est moi, Anna. Frédéric. J'ai amené mon amie Bianca.

Celle-ci s'agenouille à côté de la vieille dame.

— Je suis ravie de vous connaître, dit-elle. Je suis désolée à propos…

Frédéric porte un doigt à ses lèvres.

— Laisse tomber. Ça va la mêler encore davantage.

Bianca prend la main d'Anna.

— Le souper est prêt. Voulez-vous descendre ?

Anna lève des yeux fatigués et confus vers eux.

— Le souper ? Mais je viens de terminer mon déjeuner ! dit-elle d'une voix presque douce.

— Avez-vous une brosse, Anna ? demande Bianca. Vos cheveux sont un peu décoiffés là où vous étiez appuyée.

Du coin de l'œil, elle remarque le sourire de Frédéric tandis qu'elle coiffe la vieille dame pour la rendre présentable.

Anna est étonnamment solide sur ses jambes et elle n'a besoin que d'une main rassurante pour descendre.

L'air dans la salle à manger est aussi étouffant que dans les autres pièces de la maison. Bianca a envie d'ouvrir toutes grandes les fenêtres pour laisser entrer un peu d'air frais. Ce n'est pas vraiment à elle de le faire, cependant, et personne d'autre ne semble se soucier de la chaleur.

Anna s'empresse de s'installer à sa place. Une fille qui semble avoir à peu près le même âge que Bianca est déjà assise. Elle a les cheveux blonds et droits et son visage s'éclaire lorsqu'elle voit entrer Frédéric.

— Frédéric ! Ça me fait plaisir de te voir.

— Salut, Caroline !

Bianca éprouve un pincement de jalousie en voyant Frédéric l'embrasser.

— Bianca, je te présente Caroline, ma cousine au troisième degré ou quelque chose du genre.

— On n'a jamais réussi à établir notre lien de parenté exact, dit Caroline en riant.

Elle a des yeux étranges pas plus grands que des fentes quand elle sourit. Des yeux de félin.

— Bien sûr, ce serait moins compliqué si j'épousais l'un des séduisants frères Girouard.

— Ah oui ? Et lequel ? lâche Bianca avant d'avoir pu retenir ses paroles.

— Je n'ai pas encore arrêté mon choix, roucoule Caroline.

Madame Girouard entre en se pavanant et pose la saucière sur la table.

— On ne peut plus attendre Sébastien. Je réchaufferai son assiette quand il arrivera.

Elle a préparé de la dinde, des canneberges et de la tourtière, comme s'il y avait quelque chose à célébrer. Pendant le repas, elle consulte sa montre plusieurs fois, manifestement impatiente de voir arriver Sébastien.

Frédéric, sa mère et Caroline parlent sans arrêt de choses qui ne concernent pas Bianca. Chaque fois que Frédéric inclut Bianca dans la conversation,

Caroline ou madame Girouard se font un plaisir de la rabrouer.

Bianca s'efforce de ne pas se laisser intimider. Elle se tourne vers Anna et constate que la vieille dame ne mange pas. Non seulement elle ne mange pas, mais elle tient son couteau à l'envers.

— Est-ce que ça va, Anna ? demande Bianca gentiment.

La grand-mère ne répond pas. Elle a un air bizarre et se met à planter son couteau dans la table.

— Ne faites pas ça, dit Bianca doucement. Vous allez abîmer la table.

Mais Anna redouble d'ardeur. Une lueur sauvage brille dans ses yeux.

— Fred, souffle Bianca. Ta grand-mère… Elle est un peu étrange.

C'est comme si le ciel leur tombait sur la tête.

Madame Girouard se précipite pour arracher le couteau à Anna.

— Mais qui diable lui a donné un couteau et une fourchette ?

— C'est moi, répond Bianca. Elle n'avait qu'une cuillère.

— Bien sûr qu'elle n'avait qu'une cuillère, fulmine la mère de Frédéric. On ne lui donne aucun objet pointu.

— Je suis désolée, dit Bianca en se tournant vers Frédéric. Je ne savais pas.

Caroline, elle, semble trouver ça très amusant.

— Pas besoin de blâmer Bianca. Je suis certaine

que ce n'est pas elle qui a dit à Anna d'enfoncer son couteau dans la table. N'est-ce pas, Bianca ?

— Bien sûr que non !

— Regarde bien, dit Caroline. Anna, vous tenez votre cuillère à l'envers.

— Mais non, dit Bianca, troublée.

Caroline lui fait signe de se taire d'un geste de la main.

— Retournez votre cuillère, Anna.

La vieille dame obéit.

— Maintenant, mangez vos petits pois.

Anna tente de ramasser ses pois avec le dos de sa cuillère. Caroline rit comme une hystérique. Même madame Girouard laisse échapper un petit glousse-ment.

Bianca est scandalisée.

— Comment peux-tu faire ça ?

Elle s'adresse doucement à la grand-mère.

— Retournez votre cuillère, Anna. C'est ça.

Tandis que celle-ci recommence à manger nor-malement, Bianca foudroie Caroline du regard.

— C'est dégoûtant !

— Elle n'a plus toute sa tête. Tout ce qu'elle fait, c'est discuter avec les voix qu'elle entend et obéir aux ordres qu'on lui donne.

Les yeux de Caroline pétillent lorsqu'elle ajoute :

— Je parie que, si quelqu'un lui avait dit de pousser grand-père dans l'escalier, elle l'aurait fait.

— Comment est-il mort ? demande Bianca d'une voix faible.

C'est Frédéric qui répond d'un ton dur :

— Le vieil imbécile a trébuché et a déboulé l'escalier. Et n'écoute pas ce que raconte Caroline. Elle a l'esprit tordu.

— Ne sois pas si naïf, Frédéric. Tu n'as sûrement pas oublié ce qu'Anna a fait à son chat l'an dernier.

— Ferme-la ! Caro.

Bianca a la gorge sèche.

— Qu'est-ce qu'elle a fait ? parvient-elle à demander.

— Elle lui a enfoncé des aiguilles à tricoter dans le corps. Elle prétend que ce sont les voix qui lui ont dit de faire ça.

— Mon Dieu ! s'exclame Bianca.

Frédéric a l'air furieux.

— Elle avait l'esprit confus. Elle prend des médicaments maintenant et n'a jamais rien fait de semblable depuis.

Madame Girouard hausse les sourcils.

— Ah non ?

Le silence s'installe. Personne ne parle, mais Bianca est convaincue qu'ils pensent tous au grand-père. C'est Caroline qui finit par rompre le silence.

— Tu aurais dû voir tout ce sang ! Je n'aurais jamais cru qu'il y en avait autant dans un tout petit chat.

Bianca est prise de nausées et porte la main à sa bouche.

Sous la table, Frédéric lui serre le genou.

— Le chat s'en est remis, dit-il à voix basse. Mais il a fallu le donner.

— On ne pouvait pas courir le risque de le garder, dit Caroline. Frédéric, tu aurais dû mettre ta blonde au courant des prédispositions à la folie chez certains membres de ta famille.

Bianca jette un coup d'œil vers Anna.

— Elle n'est pas folle, Caroline. Elle vieillit, c'est tout.

— Qui a dit que je parlais d'Anna? demande Caroline.

Et elle éclate de rire.

* * *

L'arrivée de Sébastien, juste avant l'heure du coucher, leur fait l'effet d'une bouffée d'air frais. Caroline a accaparé Frédéric pendant toute la soirée. Bianca est sur le point de dire quelque chose lorsque Sébastien apparaît dans l'embrasure de la porte. Immédiatement, Caroline délaisse Frédéric au profit de son frère aîné.

Sébastien a les cheveux blonds comme Frédéric, quoique plus longs, et les mêmes yeux bleu vif que le reste de la famille Girouard. Il fait quelques centimètres de plus que son frère et est un peu plus carré d'épaules que ce dernier. Enfin, il a une gueule à faire du cinéma.

Madame Girouard et Caroline tournent autour de lui comme des papillons autour d'une ampoule, au point qu'elles ne remarquent pas tout de suite que

Sébastien n'est pas seul.

Sylvia est délicate, petite et pâle. Elle a les cheveux châtain clair et très fins. Lorsque Sébastien la présente comme sa nouvelle épouse, un silence absolu s'installe. C'est Bianca qui réagit la première.

— C'est fantastique ! s'écrie-t-elle.

Elle court embrasser la pauvre Sylvia et tente de la protéger des regards haineux que lui lancent Caroline et madame Girouard.

— Félicitations, dit Frédéric d'un ton impassible. Est-ce que ça signifie que tu ne me voleras plus mes blondes ?

— Exactement ! répond Sébastien en faisant un clin d'œil à Bianca.

Celle-ci rougit jusqu'aux oreilles.

Elle lève les yeux vers Frédéric, qui fixe son frère avec froideur.

Sylvia adresse un sourire nerveux aux visages hostiles tournés vers elle.

— Bonjour tout le monde ! Je suis contente de vous connaître.

Caroline lance un regard furieux à Sébastien avant de s'adresser à Sylvia.

— Depuis combien de temps vous connaissez-vous ? demande-t-elle.

Sylvia pouffe de rire.

— Depuis des années, en fait. On est allés au même cégep. Mais c'est tout récemment que ç'a cliqué entre nous.

Bianca observe la scène avec amusement.

Frédéric regarde son frère avec rien de moins que de la haine au fond des yeux. Madame Girouard pince les lèvres d'un air désapprobateur, tandis que Caroline crève de jalousie.

En voyant l'innocente petite Sylvia se blottir contre son mari, Bianca ne peut s'empêcher de se demander qui d'entre eux mordra le premier.

* * *

Des voix tirent Bianca de son sommeil cette nuit-là. Elle croit d'abord que c'est Anna dans la chambre voisine, mais elle s'aperçoit que le bruit vient du palier. Madame Girouard et Sébastien sont en grande conversation.

— As-tu perdu la tête ? souffle madame Girouard. Tu es trop jeune pour te marier.

— C'est drôle, mais on ne m'a pas demandé de billet de ma mère au palais de justice.

— Ne sois pas insolent ! dit-elle sèchement. Pour l'amour du ciel, Sébastien ! On s'est vus il y a trois jours à peine, le jour de la mort de ton grand-père. Pourquoi tu ne m'as rien dit ? Oh ! Je ne peux pas croire que tu as fait ça !

Le ton de sa voix se radoucit et devient presque implorant.

— Oh Sébastien ! J'avais de magnifiques projets pour toi. Si tu tenais absolument à te marier, pourquoi tu n'as pas choisi une gentille fille comme Caroline, par exemple ?

— Parce que j'aime Sylvia, imagine-toi donc !

— L'amour ! Comment peux-tu l'aimer ? Elle n'est qu'une petite rien du tout. Et laide, en plus.

— Moi, je la trouve très belle. Et elle n'est pas une rien du tout. Elle a plus d'argent, ou plutôt, nous avons plus d'argent que notre famille n'en aura jamais.

Madame Girouard ricane.

— Ah ! Alors tu l'as épousée pour sa fortune. J'aurais dû m'en douter !

Sébastien paraît blessé.

— Je n'ai pas épousé Sylvia parce qu'elle est riche. Je t'ai dit ça seulement pour que tu l'acceptes mieux dans notre famille.

— Eh bien ! elle n'est pas la bienvenue ici, Sébastien. Tu m'entends ?

— Tant pis, riposte Sébastien. Il faudra bien que tu t'habitues à elle.

* * *

Mais personne n'aura eu le temps de s'habituer à Sylvia Garneau. La frêle Sylvia qui n'aurait pas fait de mal à une mouche...

Car le lendemain matin, la jeune femme est retrouvée morte au pied de l'escalier, le cou cassé.

Sébastien est inconsolable. Les larmes roulent sur ses joues tandis qu'il berce le corps inanimé de son épouse.

— Qu'est-ce qui s'est passé ? Est-ce que quelqu'un a vu l'accident ? demande madame Girouard qui se tient raide dans le vestibule.

— On n'a pas besoin de témoin ! s'écrie Sébastien. Je te l'avais bien dit que ça se reproduirait si on ne la faisait pas enfermer !

Bianca se blottit contre Frédéric, tremblante.

— De qui parle-t-il ?

Comme sa mère, Frédéric est immobile comme une statue.

— D'Anna, je suppose.

— Elle est folle ! Elle devrait être internée ! D'abord grand-père, puis Sylvia… Oh ! Pourquoi ma petite Sylvia ?

Bianca dévisage Frédéric, horrifiée.

— Je croyais que vous plaisantiez quand vous disiez qu'Anna avait tué votre grand-père…

— Qui sait ? murmure-t-il.

Caroline caresse et embrasse les cheveux de Sébastien, comme si cela pouvait apaiser son chagrin. Bianca ne peut s'empêcher de penser que tout s'arrange pour Caroline.

Sébastien continue à sangloter.

— Il faut l'enfermer… Appelez la police… Elle est cinglée !

À cet instant, Anna apparaît en haut de l'escalier. Sébastien laisse échapper un cri de rage et grimpe les marches à quatre pattes comme un animal enragé.

— Arrêtez-le ! hurle madame Girouard.

Frédéric, Caroline et Bianca sautent sur Sébastien et le retiennent jusqu'à ce qu'il se soit calmé. Anna observe la scène avec une innocence désarmante.

— Est-ce que le dîner est prêt? demande-t-elle gaiement.

* * *

La police explique qu'il faudra faire une autopsie, même s'il semble évident que la mort de Sylvia n'est rien de plus qu'un tragique accident. Étrangement, personne ne mentionne le nom d'Anna.

Les premiers parents du défunt arrivent juste après le départ du fourgon qui emmène Sylvia. Tandis qu'ils défilent dans le salon devant la dépouille du grand-père Girouard, Bianca part à la recherche de Frédéric. Elle le trouve dans la cuisine avec Sébastien. Elle présume qu'il doit être en train de réconforter son frère et décide de ne pas les interrompre. Mais au moment où elle tourne les talons, elle entend des paroles qui la déconcertent.

— Ça fait mal, hein, grand frère, quand on perd quelqu'un qu'on aime? dit Frédéric d'un ton froid. C'est comme si on nous plantait un couteau en plein cœur. On se sent perdu, vide... On voudrait mourir aussi. Maintenant, tu sais ce que je ressentais chaque fois que tu me volais mes blondes.

— Je n'ai rien fait. C'est elles qui venaient vers moi.

— Même quand elles ne te plaisaient pas vraiment, tu faisais tout pour me les chiper.

— Ce n'est pas ma faute si tu n'arrivais pas à les garder une fois qu'elles me connaissaient, riposte Sébastien.

— Aujourd'hui, je suis bien content que tu saches ce qu'on éprouve quand on perd quelqu'un à qui on tient, dit Frédéric avec amertume.

— Oui, je vois bien que tu es content. On dirait que tu te réjouis de la mort de Sylvia. Ce n'est pas toi qui l'as tuée par hasard, hein, Fred? Pour te venger?

Bianca est incapable d'en entendre davantage. Elle court se réfugier dans sa chambre et y reste jusqu'à l'heure du départ pour l'église.

* * *

Après les funérailles, parents et amis se retrouvent à la maison autour d'un buffet, comme s'il y avait un événement à célébrer.

— Caro s'en donne à cœur joie, fait remarquer Frédéric.

En effet, Caroline n'a pas lâché Sébastien d'une semelle de toute la journée.

— Elle lui apporte un peu de réconfort, c'est tout, dit Bianca en se rappelant les paroles cruelles de Frédéric à l'endroit de son frère.

— Peut-être… Peut-être pas.

Il soupire.

— Ça fait réfléchir, en tout cas.

Bianca le dévisage.

— Qu'est-ce que tu veux dire?

— Je ne crois pas beaucoup aux coïncidences. Je trouve étrange que deux personnes déboulent accidentellement le même escalier en une semaine.

C'est à se demander si c'était vraiment des accidents.

— Tu penses à Anna?

Frédéric a l'air mystérieux.

— Non, je ne pensais pas à Anna.

— Où veux-tu en venir, Fred?

Celui-ci hausse les épaules.

— Caroline a très mal pris la nouvelle du mariage de Sébastien. C'est peut-être elle qui a poussé Sylvia… Ou qui a mis cette idée dans la tête d'Anna. Grand-mère est très influençable.

Bianca le regarde, incrédule.

— Et quelle est ton hypothèse pour ton grand-père? Un accident? Anna? Ou Caroline? Avait-elle une raison de souhaiter sa mort?

Frédéric sourit.

— Plus vite grand-père et Anna seront morts, plus vite nous toucherons l'héritage. Et ça inclut Caroline.

Bianca n'en peut plus d'écouter toutes ces accusations. Elle secoue la tête et va chercher un verre d'eau bien froide dans la cuisine. Puis, elle sort dans le jardin. Elle n'aurait jamais dû venir ici. Ce n'est pas seulement la famille Girouard qui est bizarre, mais Frédéric aussi. En fait, c'est lui le pire…

Bianca sursaute lorsqu'elle sent une présence derrière elle.

— Est-ce que ça va, Bianca?

Elle se retourne et aperçoit Sébastien qui la regarde.

— Oui, oui. Merci, Sébastien.

— Tu sais, j'ai une voiture. Je peux te reconduire chez toi si ça ne va pas… Enfin, si Frédéric t'inquiète…

— Pourquoi devrait-il m'inquiéter ?

— Fred est un drôle de gars… Il est jaloux. Extrêmement jaloux.

Bianca regarde Sébastien d'un air de défi.

— D'après ce que je sais, il avait bien raison de l'être. Tu lui volais toutes ses blondes.

— Ce n'est pas vrai, dit Sébastien doucement. C'est ce qu'il croit, mais c'est de la paranoïa.

Les paroles de Caroline lui reviennent soudain à l'esprit : « Tu aurais dû mettre ta blonde au courant des prédispositions à la folie chez certains membres de ta famille… »

Bianca sent que la tête va lui éclater.

— Est-ce que ça va ? lui demande Sébastien.

— Excuse-moi.

Elle court dans la maison et se fraye un chemin parmi les invités pour monter dans sa chambre. Mais Frédéric est au pied de l'escalier avec Caroline.

— Bianca ! Qu'est-ce qu'il y a ?

Frédéric lui prend les mains. Les siennes sont glacées.

Bianca étudie son visage. Est-ce celui d'un assassin ? Sûrement pas.

— As-tu vu Sébastien ? demande Caroline.

— Oui. Dans le jardin.

— O.K., j'y vais.

— Tu trembles, fait remarquer Frédéric. Tu n'as pas peur d'elle, hein ?

— De qui ?

Il sourit.

— De Caro… la meurtrière en série !

— Ne sois pas ridicule, Fred ! dit-elle en évitant son regard.

Elle a l'impression qu'on lui frappe sur la tête à coups de marteau. Ses idées se brouillent et elle se sent étourdie.

— Imagine, ajoute Frédéric. Si Caro avait été amoureuse de moi, et non de mon frère, c'est peut-être toi qu'on aurait retrouvée morte.

— Quoi ? souffle-t-elle.

Bianca vacille. Qu'est-ce qu'il raconte ? Caro aurait pu la tuer ?

«Fred est malade !» Elle monte l'escalier en trébuchant.

— Bianca ! Hé ! je plaisantais ! Bianca !

Frédéric l'attrape juste au moment où elle se sent plonger vers les ténèbres.

* * *

— Est-ce qu'elle revient à elle ?

— Qu'est-ce qui s'est passé ?

— Elle a perdu connaissance.

— Laissez-lui de l'air.

Bianca reprend connaissance et aperçoit plusieurs visages penchés vers elle. Elle a une serviette mouillée sur le front.

— Qu'est-ce qu'elle a ? demande Sébastien en écartant les curieux.

La peur se lit dans ses yeux tandis que son regard se pose sur Frédéric, puis sur Bianca.

— Ça va ?

— Oui, dit-elle tout bas en faisant mine de se lever.

— Il faut qu'elle s'allonge, dit Sébastien.

Il la soulève et l'emmène dans sa chambre, suivi de Frédéric et de Caroline.

— Veux-tu que j'appelle le médecin ? demande Sébastien.

— Elle s'est évanouie, c'est tout ! marmonne Caroline. Viens, Sébastien. Je suis certaine que Fred peut s'occuper d'elle.

— Un verre d'eau, alors ?

— Oui, répond Bianca. Avec deux aspirines, s'il te plaît.

Sébastien semble hésiter à la laisser seule avec son frère. Il finit par sortir de la chambre, mais seulement parce que Caroline l'entraîne presque de force.

— J'aurais pu te porter, dit Frédéric.

— Ça n'a pas d'importance.

— Mais oui, ça en a.

Bianca a toujours mal à la tête.

— Fred, je suis fatiguée. Laisse-moi seule, O.K. ?

— Si c'est ce que tu veux.

— Oui, c'est ce que je veux.

Elle le regarde sortir avec un mélange de soulagement et d'angoisse. Elle aime Frédéric de tout son cœur, mais s'il est aussi déséquilibré que Sébastien le prétend, elle est peut-être en danger.

Lorsque la porte s'ouvre quelques minutes plus tard, Bianca présume qu'on lui apporte ses aspirines. Elle se redresse, stupéfaite, en apercevant Anna.

— Je cherche Basile, mon mari. L'avez-vous vu ?

Bianca prend la main de la grand-mère.

— Vous ne vous rappelez pas ce qui lui est arrivé, Anna ?

Le visage de la vieille dame se plisse tandis qu'elle fait un effort pour se souvenir. Tout à coup, elle paraît soulagée.

— Il est tombé, hein ? dit-elle. Dans l'escalier.

Ses yeux brillent.

— Il est mort, n'est-ce pas ?

Bianca fait signe que oui.

— Je ne l'ai pas poussé, vous savez, déclare-t-elle gaiement. Je n'aurais pas fait ça. Ce n'est pas bien. Même si on me dit de le faire.

— Qui vous dit de le faire ?

— Les voix… Elles me disent de faire toutes sortes de choses, mais je ne les écoute pas.

— Quelle sorte de voix entendez-vous ? demande Bianca, intriguée.

Anna fronce les sourcils.

— Souvent, les voix viennent d'ici, explique-t-elle en se tapotant la tête. Mais parfois, la voix flotte dans l'air.

Elle ricane.

— Peut-être que je deviens folle.

Bianca sourit gentiment.

— Et qu'est-ce que dit cette voix ?

— Elle me demande de pousser des gens dans l'escalier, mais je ne l'écoute pas !

Au même moment, madame Girouard entre avec les aspirines. Elle pose le verre et les comprimés sur la table sans parler à Bianca.

— Vous voilà, Anna ! Venez, les invités s'en vont et ils veulent vous dire au revoir.

— Ils partent déjà ? Mais ils viennent d'arriver !

Bianca avale les aspirines et s'assoit sur le bord du lit pour réfléchir. Au bout de quelques minutes, elle décide de poursuivre cette conversation avec Anna et de la questionner davantage au sujet de la mystérieuse voix.

Elle frappe à la porte, mais la vieille dame n'est pas remontée.

Bianca hésite, puis elle entre. Si quelqu'un lui souffle des messages, c'est sûrement dans la chambre d'Anna que ça se passe.

Bianca inspecte la pièce tout en gardant un œil sur la porte. Aucune trace de magnétophone ni de haut-parleur.

Pourtant, elle découvre quelque chose sous le lit. Une sorte de bague de serrage fait saillie dans la plinthe. Intriguée, Bianca tente de tirer dessus. La bague ne bouge pas, mais la jeune fille constate qu'elle est fixée au bout d'un tuyau provenant de la pièce voisine. Sa chambre !

Bianca y retourne et poursuit ses recherches. Le

tuyau aboutit bel et bien dans sa chambre. Il est fixé à la plinthe et serpente derrière le lit, derrière l'armoire, derrière la coiffeuse…

Un entonnoir a été inséré dans le tuyau à son extrémité.

Bianca le regarde et commence à comprendre. Lorsqu'on parle dans l'entonnoir, la voix résonne dans la chambre d'Anna.

« Pas étonnant que la pauvre grand-mère croie entendre des voix ! »

Pour vérifier son hypothèse, Bianca place une radio tout près de l'entonnoir et retourne dans la chambre d'Anna.

Elle entend la musique dès qu'elle met les pieds dans la pièce.

Ainsi, quelqu'un cherche à incriminer Anna pour les meurtres qu'il ou qu'elle a commis !

Bianca se laisse tomber sur le lit, le cœur battant.

Pauvre Anna !

Elle a été le bouc émissaire parfait…

Alors qu'un des membres de la famille Girouard est le diable en personne.

Mais qui ? Madame Girouard, Caroline, Sébastien… ou Frédéric ?

Clic.

À la radio, l'animateur s'est tu. Une voix que Bianca connaît trop bien se fait entendre.

— Tu es maligne, très maligne…

Le sang de Bianca se glace dans ses veines.

— Maintenant, tu sais tout, chuchote la voix.

Mais je ne peux pas te laisser raconter tout ça, hein ?

— Oh ! mon Dieu ! souffle Bianca.

Elle se dirige vers la porte d'un pas chancelant. Il faut qu'elle descende, qu'elle rejoigne les autres avant qu'il soit trop tard.

— Bianca ? Je ne peux pas te laisser t'enfuir. Tu le sais, hein ? Dommage…

La jeune fille a l'impression que tout se déroule au ralenti. Enfin, elle touche la poignée…

Mais la porte s'ouvre brusquement et il se jette sur elle.

Bianca n'a pas le temps de crier. Déjà, il a posé sa main sur sa bouche. Il est fort… plus qu'elle ne l'avait imaginé.

Et il est fou. Elle le voit dans ses yeux bleus hagards.

— Comment allons-nous procéder ? murmure-t-il à son oreille. Un autre accident tragique, peut-être ? Cette méthode a très bien fonctionné jusqu'à maintenant. Je ferais mieux de te casser le cou avant, comme je l'ai fait avec grand-père et Sylvia.

— Non… je t'en prie, parvient-elle à bafouiller en se tordant dans tous les sens.

Bianca mord le doigt du jeune homme de toutes ses forces.

Il pousse un cri de rage et de douleur et relâche son étreinte pendant une seconde.

— Frédéric ! hurle Bianca.

Celui-ci monte l'escalier quatre à quatre en criant le nom de Bianca. Madame Girouard et Caroline courent derrière lui. Ils apparaissent dans l'embrasure de la porte juste au moment où le bras de Sébastien se resserre autour du cou de Bianca.

— Lâche-la! crie madame Girouard.

Bianca a du mal à respirer. Les visages qui la fixent, horrifiés, deviennent de plus en plus flous.

C'est alors que Frédéric se rue vers eux.

Sébastien réagit rapidement en poussant Bianca sur son frère. Il fonce dans madame Girouard et Caroline en reculant.

— Ôtez-vous de mon chemin! hurle-t-il en jouant des coudes.

Frédéric court derrière lui et le saisit à bras-le-corps en haut de l'escalier. Une terrible bagarre s'ensuit... jusqu'au moment où l'un des garçons tombe.

On n'entend plus que le bruit des os heurtant les marches...

Puis, un silence de mort s'installe.

Bianca n'ose pas regarder qui est mort et qui est vivant.

Lentement, très lentement, elle se penche au-dessus de la rampe.

Le jeune homme repose au pied de l'escalier. Ses cheveux blonds sont maculés de sang.

Il est mort. Sébastien est mort.

Bianca lève la tête et regarde Frédéric qui tremble comme une feuille, les larmes aux yeux.

— Il a perdu l'équilibre. J'ai tenté de le retenir, mais...

Madame Girouard touche la joue de son fils et descend. Caroline la suit en silence.

Bianca court vers Frédéric et se jette dans ses bras.

* * *

— Est-ce qu'il était fou ? demande Bianca lorsque, beaucoup plus tard, Frédéric la raccompagne chez elle.

— Fou et astucieux à la fois. C'est la fortune de Sylvia qu'il voulait. Il a profité du fait qu'Anna entendait déjà des voix pour en faire la suspecte numéro un aux yeux de toute la famille. Tu sais, tu aurais pu être sa troisième victime si tu n'avais pas crié.

Bianca fixe le sol.

— Tu aurais eu beaucoup de peine ?

Frédéric la saisit par les épaules et l'oblige à le regarder.

— Bianca, je ne pourrais pas supporter de te perdre.

— Oh Fred ! Il y a eu des moments où je ne savais plus quoi penser. J'ai même cru que tu avais quelque chose à voir avec la mort de ton grand-père et de Sylvia.

— Je ne peux pas te blâmer. Mais tu vois, j'avais peur de te perdre. Je savais que ma mère se montrerait désagréable avec toi et que Caroline ferait tout pour te rendre jalouse. Et je me doutais bien que Sébastien tenterait de te séduire. C'est pour ça que je ne voulais pas te les présenter. Mon Dieu, Bianca ! Je suis désolé d'avoir mis ta vie en danger…

Sa voix se brise. Bianca l'enlace.

— C'est fini, Fred. Ta mère et Caroline devront s'habituer à ma présence. Quant à Sébastien, c'est uniquement en me tuant qu'il aurait pu m'éloigner de toi. Pas autrement.

BLIZZARD

SUE WELFORD

— Est-ce que l'hôtel est encore loin ?

Simon se penche au-dessus de l'épaule du chauffeur. Il regarde les flocons de neige qui tourbillonnent furieusement devant les phares de l'autobus.

L'homme secoue la tête.

— On devrait déjà être là.

Il plisse les yeux pour mieux voir dans la tempête.

— Pour être franc, je n'ai pas la moindre idée de l'endroit où nous sommes. J'essaie seulement de rester sur la route. Si on se prend dans un banc de neige, on est cuits.

La fille à côté de Simon ouvre la bouche pour la première fois depuis le départ.

— Qu'est-ce qu'il a dit ? demande-t-elle.

Simon lui rapporte les paroles du chauffeur.

— Oh ! fait-elle.

Elle a les cheveux noirs très courts et les yeux d'un bleu profond. Elle est vêtue d'un blouson noir

41

de coupe militaire et d'une minijupe qui se porterait davantage dans un bureau que dans une station de ski. Ses yeux s'agrandissent lorsqu'elle le regarde, comme si elle croyait l'avoir déjà vu quelque part.

— J'ai fait ma réservation pour ce voyage à la dernière minute, dit-elle. Je commence à regretter de ne pas être restée chez moi.

— Tu as probablement pris la place de mon copain Jérémie, dit Simon. Il est grippé et il a dû annuler.

— C'est malheureux… pour lui, en tout cas.

La fille lui adresse un sourire gêné et s'enfonce dans son siège. Elle rentre la tête dans les épaules et regarde par la vitre d'un air misérable.

Simon, qui raffole habituellement des tempêtes de neige, n'est pas du tout excité aujourd'hui. Il a économisé pendant des mois pour s'offrir ce séjour à Mont-Tremblant, mais tout semble aller de travers. D'abord, Jérémie tombe malade ; et maintenant, Simon n'est même pas certain que l'autobus va se rendre à l'hôtel. Ça commence à ressembler à un cauchemar.

L'un des autres passagers, Benoît, remonte l'allée jusqu'à lui. Simon a fait sa connaissance et celle de ses amis à la station d'autobus.

David, un des copains de Benoît, lisait alors un article dans le journal.

« Regardez, avait-il dit. Le meurtrier en série fait encore parler de lui. »

Simon avait jeté un coup d'œil par-dessus

l'épaule de David. *Le Chat frappe encore*. Les journalistes ont donné ce surnom à l'assassin parce qu'il griffe toujours le visage de ses victimes.

«Cette fois, il a tué un jeune homme dans la vingtaine, avait rapporté David. Il lui a tranché la gorge.»

Mais comme d'habitude, le tueur n'avait laissé aucun indice.

Benoît se penche à son tour pour regarder dehors. Il porte une casquette de baseball jaune plutôt mal assortie à son parka noir et violet.

— C'est l'enfer! dit-il.

— Tu parles!

Simon est sur le point d'ajouter quelque chose lorsque Roxane, la blonde de Benoît, pousse un cri.

— Hé! regardez! Des lumières!

Ils tendent tous le cou. Roxane a raison. Ils distinguent une faible lueur orangée dans l'obscurité.

— On dirait bien qu'on a réussi, dit le chauffeur avec soulagement.

Des cris de joie et des applaudissements éclatent à l'arrière de l'autobus.

— Super!

Benoît donne une petite tape sur l'épaule de Simon.

— À tout à l'heure, dit-il en retournant avec ses amis.

L'autobus s'engage lentement dans l'allée de l'hôtel.

— Espérons qu'ils ont de la place pour tout le

monde, dit le chauffeur à Simon. Car on est pris ici pour un sacré bout de temps.

* * *

L'hôtel semble sorti tout droit d'une carte postale. Il est entièrement en pierre et ressemble à un château écossais en miniature. Ses tourelles paraissent sombres et mystérieuses, et ses fenêtres éclairées ressemblent à des yeux dans la tempête. Les branches des conifères ploient sous le poids de la neige.

Un homme sort du hall de l'hôtel. Il porte un pardessus, des bottes et une tuque à pompon enfoncée jusqu'aux yeux.

Le chauffeur éteint le moteur et descend.

— Comment est la route ? demande l'homme.

Le chauffeur secoue la tête.

— Épouvantable ! J'espère que vous avez des chambres pour tout le monde.

— Pas de problème. Nous n'avons présentement qu'un seul client. Toutes les autres réservations ont été annulées.

L'homme se présente.

— Je m'appelle Bernard Martineau. Je suis le gérant de l'hôtel. Vous feriez mieux de faire entrer vos passagers avant qu'ils gèlent.

Simon, Benoît et ses amis Louis et David aident le chauffeur à sortir les bagages.

— Les vacances commencent bien, grogne Louis.

C'est un garçon grand et mince, aux yeux pâles et au visage criblé de taches de rousseur. Ses cheveux blond roux sont déjà pleins de neige. Il souffle sur ses mains et les frotte pour se réchauffer.

— Au moins, on est arrivés, fait remarquer David en écartant une paire de skis pour s'emparer d'un gros sac à fermeture éclair. Je n'aurais pas voulu passer la nuit dans un banc de neige. On est à des kilomètres de la civilisation, dit-il en repoussant ses cheveux longs.

Simon saisit une valise et entre dans le hall de l'hôtel. Il aperçoit la fille qui était assise à côté de lui dans l'autobus. Elle a l'air un peu perdue. Simon la prend en pitié.

— Va rejoindre Roxane.

Celle-ci se tient devant le foyer en compagnie de Lise et de Chéryl.

— Ça ira, dit-elle.

Elle tripote un des boutons de son blouson et frissonne. Avec ses vêtements légers et ses souliers à talons hauts, elle n'est pas du tout habillée pour braver la tempête.

— J'attends qu'on me donne la clé de ma chambre.

Simon hausse les épaules.

— Au fait, tu ne m'as pas dit comment tu t'appelles.

— Janick.

— Moi, c'est Simon.

— Oui, je sais.

Il sourit. Janick est jolie avec ses cheveux à la garçonne. Cette fille a piqué sa curiosité. Peut-être qu'ils auront l'occasion de faire plus ample connaissance pendant leur séjour à l'hôtel. Simon a toujours envie d'en savoir plus long sur les gens qu'il rencontre. Il rêve d'écrire des romans policiers un jour et pour ça, il doit apprendre à observer les gens et à percer leur mystère.

Enfin, les garçons ont fini de décharger l'autobus. Ils s'installent tous autour du foyer tandis que le gérant demande à une employée d'apporter du café et du chocolat chaud pour tout le monde. La réceptionniste s'affaire à distribuer les clés des chambres.

— On se revoit tantôt, dit Benoît à Simon en s'emparant de son sac et de celui de Roxane. C'est pas le *Ritz* ici, mais autant s'amuser un peu si on doit rester enfermés pendant trois jours.

Il regarde autour de lui en souriant.

— C'est beaucoup trop calme ici.

Benoît a raison. À l'exception du magnifique foyer, il n'y a pas grand-chose d'intéressant dans cet hôtel lugubre et peu accueillant. Des tableaux représentant des paysages mornes sont accrochés aux murs recouverts de boiseries foncées. En levant les yeux vers le lustre en haut de l'escalier, Simon aperçoit des toiles d'araignée qui s'étendent d'une pendeloque à l'autre.

Il attend qu'on lui remette la clé de sa chambre lorsqu'un homme grand et barbu, vêtu d'un blouson en cuir et de jeans, s'amène à la réception. Il était assis à l'arrière de l'autobus durant le trajet, mais il n'a parlé à personne.

Son téléphone cellulaire sonne tandis qu'il s'approche du comptoir. L'homme pousse un grognement d'exaspération et va répondre un peu plus loin. Il fronce les sourcils et ne semble pas d'accord avec son interlocuteur. Simon se demande pourquoi il traîne son cellulaire s'il ne veut pas être dérangé.

L'homme revient à la réception, l'air ennuyé, et appuie bruyamment sur la sonnette pour se faire servir.

— Ce ne sera pas long, monsieur, dit la réceptionniste déjà débordée.

L'homme tambourine des doigts sur le comptoir. Finalement, il se dirige vers l'escalier sans attendre sa clé.

Janick saisit sa petite valise et monte aussi.

Simon la suit. Sa chambre est à côté de celle de Janick. Chambre numéro 13. Heureusement, Simon n'est pas superstitieux.

Le couloir est long, étroit et faiblement éclairé. Il y a un escalier à chaque bout, de même qu'au milieu, ainsi qu'une fenêtre à chaque extrémité. Simon se dit que les escaliers doivent mener aux tourelles.

Un homme sort d'une chambre. «C'est sûrement l'autre client», pense Simon. L'homme marche d'abord vers eux, puis il rebrousse chemin et descend au bout du couloir. Au même moment, Simon aperçoit l'homme barbu. Celui-ci a laissé sa valise sur le palier et traverse le couloir à deux reprises, comme s'il comptait les chambres. Tout à coup, il se retourne et jette un coup d'œil vers Simon. Il se dirige ensuite vers l'une des fenêtres et regarde à l'extérieur. Simon l'observe. «Mais qu'est-ce qu'il fait?» se demande-t-il.

La voix de Janick interrompt ses pensées.

— À tout à l'heure.

— Euh… oui, bien sûr.

Simon se tourne vers elle.

— Tu peux venir t'asseoir avec nous au souper, dit-il tandis que Janick insère la clé dans la serrure. Ce sera moins ennuyant que de manger seule.

— O.K., merci.

La chambre de Simon est aussi terne que le reste de l'hôtel. Le jeune homme laisse tomber son sac à dos sur le lit et écarte les rideaux. Dehors, il neige encore abondamment. Simon a toujours aimé la neige, l'air pur et la montagne. Mais ce soir, la neige l'a fait prisonnier. Sans trop savoir pourquoi, il se sent mal dans sa peau. Il frissonne. Cet endroit lui donne la chair de poule. Il a hâte de redescendre. Un bon repas et une soirée avec Benoît et ses amis lui feront du bien.

* * *

Mais une heure et demie après le souper, Simon ne s'est toujours pas débarrassé de l'impression de malaise qu'il éprouve.

Les clients les plus âgés sont assis au bar et sirotent un whisky. L'homme à la barbe est monté dans sa chambre immédiatement après le repas.

Simon et les autres s'installent autour du foyer.

— Qu'est-ce qu'on fait ? demande Louis en s'étirant.

— On pourrait jouer aux cartes, suggère Roxane. J'ai vu qu'il y en avait sur la table dans le hall.

— C'est trop ennuyeux, dit Chéryl.

C'est une petite blonde aux longs cils et à la bouche en cœur. Simon se dit qu'elle ressemble à une Barbie avec son legging rose vif et son chandail blanc et pelucheux.

— Qu'est-ce qu'on va faire, alors ? demande Lise.

Celle-ci est un peu grassouillette et porte des lunettes. Elle repousse ses longs cheveux derrière son oreille et se penchc en avant.

— Le scrabble, peut-être ? propose Janick timidement.

Mais sa suggestion est accueillie par des grognements de protestation. Simon lui sourit. Elle s'est changée et porte maintenant des jeans et un chandail molletonné bleu qui fait ressortir la couleur de ses yeux. Encore une fois, Simon se surprend à la trouver mignonne. Il approche sa chaise de celle de Janick et se penche pour jeter une bûche dans le foyer.

Mais malgré la chaleur des flammes, Simon est parcouru d'un frisson.

— Si David était là, il aurait sûrement une idée,

dit Lise. C'est un vrai boute-en-train.

— Où est-il, au fait ? demande Simon.

— Je ne sais pas, dit Benoît. J'ai frappé à la porte de sa chambre avant de descendre souper, mais je n'ai pas eu de réponse.

— Je vais chercher un chandail, annonce Simon. Vous voulez que j'aille voir s'il va bien ?

— Bonne idée, répond Benoît. Chambre numéro 30.

Simon monte à sa chambre et enfile un chandail. En se dirigeant vers la chambre de David, il remarque que la porte du numéro 26 est ouverte. Se disant qu'il y a souvent des vols dans les chambres d'hôtel, il décide de la fermer.

La main sur la poignée, il remarque quelque chose d'étrange par la porte entrouverte. Une lampe a été renversée. Curieux, Simon pousse la porte pour mieux voir, mais celle-ci est bloquée. Il passe la tête dans la chambre.

Il a le souffle coupé en voyant la scène.

Le corps d'un jeune homme repose par terre. Une plaie béante est visible dans son dos, comme si on y avait planté un couteau pour ensuite le tourner dans tous les sens.

Une mare de sang foncé en forme de poire imbibe la moquette beige rosé.

Simon se sent mal. On voit de la violence tous les jours à la télé, au cinéma et dans les journaux. Mais ce qu'il a sous les yeux est complètement différent. Différent, bouleversant et réel. Et cette odeur tiède et métallique… celle du sang. Simon ne l'oubliera jamais.

La victime est étendue à plat ventre entre la télé et le lit. Même s'il ne voit pas son visage, Simon se dit que le jeune homme doit avoir dix-huit ou dix-neuf ans. Il a des cheveux bruns qui lui descendent sur la nuque et il ne porte que des jeans. Il est mince et musclé.

Simon se détourne et respire à fond. C'est affreux de mourir ainsi dans une chambre d'hôtel. A-t-il crié ou appelé au secours ? Ou l'assassin l'a-t-il pris par surprise en le poignardant dans le dos ?

Simon se précipite en bas.

Bernard Martineau est au bar. Simon l'agrippe par le bras.

— Vite ! dit-il. Quelqu'un a été tué en haut !

Tout le monde échange des regards horrifiés.

— C'est une blague, dit Benoît avec un rire nerveux.

Simon secoue la tête.

— Je le voudrais bien.

Janick est assise bien droite sur sa chaise. La peur se lit sur son visage.

Monsieur Martineau dévisage Simon avec incrédulité. Mais en voyant l'expression paniquée du garçon, il dit :

— Montre-moi où !

Avant de grimper l'escalier, il s'écrie :

— Restez tous en bas !

Une fois en haut, le gérant s'agenouille à côté du

cadavre. Il tâte le poignet de la victime dans l'espoir de sentir un pouls. Simon se demande pourquoi il se donne cette peine. De toute évidence, le pauvre gars ne respire plus. Bernard Martineau lève les yeux vers lui.

— Mais qui donc a pu faire ça?

Secoué, il s'empare du téléphone et fait le 9-1-1.

— Poignardé, oui… Je ne sais pas comment il s'appelle. Il va falloir que je vérifie à la réception. Mais je sais qu'il était ici depuis deux jours. La chambre est en ordre, mais il semble y avoir eu un peu de bagarre.

Plusieurs personnes n'ont pas respecté la consigne et sont montées. L'homme barbu est sorti de sa chambre pour voir ce qui cause toute cette agitation. Simon le surprend en train de le fixer d'un air soupçonneux. Son cœur se serre. «J'espère qu'il ne croit pas que c'est moi qui l'ai tué.»

Benoît et Roxane sont derrière lui. Ils tendent le cou pour mieux voir.

Le gérant raccroche et met tout le monde dehors.

— On ne peut rien faire jusqu'à l'arrivée de la police. Je vais verrouiller la porte et vous demander de ne pas vous approcher de la chambre. On ne doit toucher à rien. Les policiers feront aussi vite que possible, mais avec ce temps…

L'homme à la barbe observe toujours la scène du crime.

— S'il vous plaît, monsieur, dit Bernard Martineau en le poussant hors de la chambre.

Simon remarque que l'homme a surtout l'air curieux, alors que les autres sont pâles et ébranlés. L'air mécontent, l'individu retourne dans sa chambre et claque la porte.

Monsieur Martineau s'efforce de rassurer ses clients.

— Restez calmes. Le meurtrier n'est sûrement plus dans les parages. Vous n'avez aucune raison de vous inquiéter.

— Où a-t-il pu aller par un temps pareil ? marmonne Benoît tandis qu'ils redescendent.

— C'est justement ce que je me demandais, dit Simon.

En bas, Bernard Martineau offre un verre à tous aux frais de la maison. L'homme à la barbe est descendu et s'est assis au bar. Il a troqué ses jeans et son blouson contre un pantalon et un chandail.

— Un double scotch, dit-il au barman d'un ton aimable. Avec des glaçons.

Il commence à bavarder avec l'un des clients. Simon ne le blâme pas de rechercher de la compagnie. Quel être humain sain d'esprit resterait seul dans sa chambre alors qu'un assassin rôde dans l'hôtel ?

Dans le hall, Simon et ses amis sont assis devant le feu. David les rejoint, l'air engourdi de sommeil, et avoue qu'il s'était endormi.

— Qu'est-ce qui se passe ? demande-t-il.

Les autres lui apprennent la nouvelle.

— Vous savez, ça ne m'étonne pas vraiment, dit

David. Cet endroit est sinistre.

Personne ne le contredit.

— C'est quand même bizarre, déclare Louis en s'adossant à sa chaise d'un air songeur. Cet après-midi, on lisait justement un article sur le tueur en série. Et voilà que quelqu'un se fait tuer ici.

Il frémit.

— Attendez! dit Simon. Les victimes de cet assassin sont toujours des hommes jeunes, hein?

— Où veux-tu en venir? demande Roxane.

— Bien… peut-être que…

Simon s'interrompt. Il ne veut pas effrayer les autres davantage.

— Je sais à quoi il pense, dit Benoît. Tous les meurtres ont été commis dans des hôtels, n'est-ce pas, Simon?

— C'est exact.

Chéryl se met à trembler et s'approche de Louis.

— Ça ne me plaît pas du tout, marmonne-t-elle. Qu'est-ce qui nous dit qu'il ne recommencera pas?

Benoît a un petit rire nerveux.

— Voyons, Chéryl!

— Elle a raison, dit David. Ce type n'a pas pu quitter l'hôtel.

Il se tourne vers le bar.

— C'est peut-être l'un d'eux. Ou lui…

Ses yeux se posent sur l'homme à la barbe, assis seul au bar. Il est assez près d'eux pour entendre ce qu'ils disent.

Puis, David regarde ses amis l'un après l'autre:

Chéryl…

Lise…

Louis…

Simon…

Janick…

Benoît…

Roxane…

— Ou l'un d'entre nous, conclut-il.

Ils éclatent tous de rire.

— David ! dit Lise. Ferme-la !

— Ce tueur en série… commence Chéryl. Pourquoi l'appelle-t-on « le Chat » ?

— Parce qu'il griffe toujours le visage de ses victimes, explique David. Après les avoir tuées, selon la police.

Il se tourne vers Simon.

— Tu as vu son visage ?

— Non. Il était à plat ventre.

— Je crois qu'on devrait vérifier pour en avoir le cœur net, ajoute David.

— Qu'est-ce que ça changera ? demande Janick en jouant nerveusement avec son ongle.

— Rien, en fait. Mais je suis curieux. Pas toi, Simon ?

— Euh… oui.

Louis se penche en avant.

— J'ai vu Martineau ranger la clé sous le comptoir à la réception. Ça vous dirait d'aller jeter un coup d'œil ?

— Chut ! fait Simon. Pas si fort !

Il regarde en direction du bar. Heureusement, l'homme à la barbe est parti.

Lise secoue la tête.

— Pas moi, en tout cas. Il faut être cinglé pour avoir une idée pareille.

— On l'est, dit David en se levant. Vous venez, les gars ?

— Tant pis pour vous si vous vous faites prendre, dit Chéryl.

— Peut-être que « le Chat » rôde encore dans les couloirs, ajoute Lise.

— Plus on est nombreux, moins il y a de danger, déclare David joyeusement.

— Je vais garder un œil sur Martineau pendant que tu vas chercher la clé, dit Simon.

Le gérant est assis dans le hall avec des clients et ne s'aperçoit de rien.

— Je l'ai, murmure David.

Simon monte le premier. Une fois sur le palier, il distingue une silhouette au bout du couloir.

— Attendez, chuchote-t-il. Il y a quelqu'un là-bas.

Ils retiennent tous leur souffle. Ils auront des comptes à rendre si on les surprend avec la clé de la chambre numéro 26.

La personne ouvre la fenêtre et se penche dehors. Des flocons de neige s'engouffrent dans le couloir.

« Mais qu'est-ce qu'il fait ? » se demande Simon après avoir reconnu l'homme barbu.

Celui-ci referme la fenêtre et dévale l'escalier.

— O.K., dit Simon tout bas. La voie est libre.

Ils hésitent un peu devant la porte du numéro 26.

— Vas-y le premier, dit Simon à David.

— Peureux !

Il fait froid dans la chambre. Le cœur battant, Simon allume la lumière.

— Restez-là, dit-il aux autres. Il vaut mieux qu'une seule personne le touche.

Il s'approche du cadavre et s'agenouille tout près. Le sang a séché sur la moquette, formant une croûte brun-rouge.

Simon prend son courage à deux mains et tourne la tête du jeune homme. Il inspire brusquement. La joue gauche de la victime est marquée de deux longues griffures.

Simon est sur le point de l'annoncer aux autres lorsque la lumière vacille, puis s'éteint.

Il jure tout bas et entend Louis l'appeler dans l'embrasure de la porte.

— Une panne d'électricité ! On n'avait pas besoin de ça. Tu as eu le temps de voir, Simon ?

Celui-ci rejoint les autres tant bien que mal.

— Ouais, dit-il en les poussant dans le couloir tandis que David verrouille la porte.

— Et alors ? demande Benoît avec impatience.

— Aucun doute possible. C'est « le Chat » qui a fait le coup.

— Merde ! dit Benoît. Peut-être qu'il se trouve encore ici. Et on ne voit plus rien !

Il pousse un gémissement.

— Je n'aurais jamais dû venir ici.

— Venez, dit David. On va rejoindre les filles.

En bas, c'est le chaos. Monsieur Martineau se promène avec un briquet en disant à tout le monde de se calmer. Armée d'une lampe de poche, la réceptionniste est partie chercher des chandelles.

— Ce n'est pas la première fois que ça se produit lors d'une tempête, explique le gérant de l'hôtel. Il ne nous reste plus qu'à attendre.

— Et puis ? demande Janick lorsque les garçons les rejoignent.

— Il a d'horribles griffures au visage, explique Simon. Pauvre gars !

Lise pousse un petit cri.

— Qu'est-ce qu'on va faire ?

David hausse les épaules. Il a perdu son entrain et paraît effrayé. Benoît est tranquille aussi. Il est assis à côté de Roxane et lui serre la main. Quant à Louis, il se tient la tête à deux mains.

Tout à coup, Simon en a assez de cette atmosphère lugubre. Il se lève et va à la fenêtre. Dehors, la neige a cessé. Tout est couvert d'un épais tapis blanc. Simon a peur. En fait, il n'a jamais eu aussi peur de sa vie. Et s'ils restent pris ici pendant des jours ? Et si « le Chat » récidive ? Car il n'y a plus de doute maintenant. Il n'a pas pu quitter l'hôtel.

Simon se retourne et observe les clients. Certains bavardent et rient. Même l'homme à la barbe semble avoir une conversation animée avec une femme vêtue d'une robe bleue. À les voir, on croirait qu'ils ont oublié ce qui s'est passé. Pas ses amis, cependant, qui paraissent beaucoup plus affectés. Peut-être parce que «le Chat» s'en prend à des jeunes de leur âge.

Simon se dit que le meurtre a été commis avant le souper. David se trouvait alors dans sa chambre, mais il n'a rien entendu. À moins que… Faisait-il vraiment la sieste? Il a l'air d'un bon gars, mais on ne sait jamais…

— Hé! Simon! crie Benoît. On a décidé de rester debout toute la nuit. Il y a assez de place ici pour tout le monde.

Mais Janick bâille et se lève.

— Moi, en tout cas, je vais me coucher. Je suis épuisée et je n'arriverai jamais à dormir sur une chaise.

— De toute façon, «le Chat» ne s'en prend jamais aux filles, dit Louis d'un ton pince-sans-rire.

— Il y a toujours une première fois, dit David qui semble avoir retrouvé l'envie de faire des blagues.

— Je ne crois pas que ce soit une bonne idée, Janick, intervient Simon.

Mais celle-ci ne veut rien entendre.

— Je vais verrouiller la porte.

Elle retire sa clé de la poche de ses jeans et fait un petit signe à Simon.

— Veux-tu que l'un de nous te reconduise à ta chambre? demande David.

Janick secoue la tête.

— Ça ira.

Après son départ, le silence s'installe. Un employé de l'hôtel remet quelques bûches dans le foyer. Lorsqu'elles s'embrasent, des flammes orangées jaillissent dans l'immense cheminée.

— Qu'est-ce qu'on va faire? demande Lise. On ne peut pas rester assis en silence toute la nuit! C'est encore pire!

Benoît est affalé sur sa chaise et bâille.

— Je vais essayer de dormir, dit-il.

— J'aurais dû apporter mon livre, dit Lise. Je l'ai laissé dans ma chambre. Je suppose que personne n'a envie de monter avec moi pour que j'aille le chercher, hein?

Les garçons se regardent.

— Je peux y aller si tu veux, dit Simon en songeant que ça lui donnera la chance de vérifier que tout va bien pour Janick.

— J'y vais aussi, dit David. Plus on est nombreux, moins il y a de danger, rappelez-vous.

Benoît soupire et se lève.

— O.K., je vous accompagne.

— Vous voulez que je vienne aussi? demande Louis.

Les autres se mettent à rire.

— Je crois que nous sommes assez nombreux, dit Lise.

Celle-ci monte la première. Les flammes de leurs chandelles jettent des ombres géantes sur les murs.

La chambre de Lise est située à l'autre extrémité

du couloir. Simon, qui ferme la marche, entend soudain une sorte de battement. Il élève sa chandelle et constate que la fenêtre est ouverte et qu'elle bat au vent.

— Attendez, dit-il. Je vais fermer la fenêtre.

Ça lui paraît idiot après coup, mais il n'a pas vérifié que les autres l'ont entendu. Il se dirige vers le bout du couloir. Soudain, la chandelle crépite et s'éteint. Simon se retrouve dans le noir.

Il pousse un juron. Il aurait dû penser que la chandelle ne resterait pas allumée en plein courant d'air.

Simon se retourne. Il fait noir comme chez le loup. Les autres doivent déjà être entrés dans la chambre de Lise. Il avance à tâtons vers la fenêtre. Autant la fermer maintenant qu'il y est.

Mais Simon reste figé sur place. Quelqu'un le suit dans le couloir. Le jeune homme s'arrête et retient son souffle. De nouveau, il peste intérieurement. Il doit être fou pour se promener dans le noir avec un tueur en série dans les parages.

Tout à coup, une main lui touche le bras. Simon pousse un petit cri, fait un bond en arrière et heurte le mur. Une flamme jaillit lorsque quelqu'un gratte une allumette. Simon aperçoit un visage pâle, des cheveux noirs et des yeux bleus…

— Janick! dit-il avec un rire hystérique. Tu m'as fait une de ces peurs!

La jeune fille allume la chandelle qu'elle tient dans sa main. Simon la voit sourire dans la pénombre.

— Désolée.

— As-tu vu les autres ? On est venus chercher le livre de Lise.

— Oui, je sais. J'ai entendu des voix.

— Est-ce qu'ils sont redescendus ?

— Je crois, oui.

— C'est gentil de leur part de me laisser seul en haut. Heureusement que c'était toi et pas… Tu sais ce que je veux dire.

— Tu avais raison, Simon. Je n'aurais pas dû monter seule. Je n'arrive pas à dormir.

Simon remarque alors que Janick est en chemise de nuit. Soudain, elle est parcourue d'un violent frisson. Simon l'entoure de son bras en la raccompagnant à sa chambre.

— Je crois que c'est l'homme à la barbe qui avait laissé la fenêtre ouverte.

— Quelle idée ! On gèle.

— Je sais. À vrai dire, je le trouve un peu bizarre.

Janick sourit timidement.

— Tu ne crois pas que c'est lui l'assassin, hein ?

— Peut-être. Ça pourrait être n'importe qui.

— Même moi ?

Simon pose une main sur son épaule.

— Non, répond-il doucement. Pas toi.

Elle le dévisage un instant.

— Pourquoi tu n'entres pas une minute ? dit-elle en battant des cils. Je ne suis pas certaine d'avoir envie de rester seule, après tout.

— O.K., dit-il.

Une fois dans la chambre, Janick s'empresse de transporter un sac de linge sale de l'entrée à la salle de bains et pousse quelques journaux éparpillés sur le lit. Simon reste près de la porte sans trop savoir quoi dire.

— J'en ai pour une minute, dit-elle avant de disparaître dans la salle de bains.

Simon entend un robinet couler. Pendant ce temps, il jette un coup d'œil sur les journaux. Étrangement, ceux-ci remontent à plusieurs jours. À la une d'un des journaux, il est question du tueur en série.

Janick sort de la salle de bains. Elle s'est rhabillée. Elle se tient devant Simon et lui touche doucement la joue. Puis, elle le considère de la tête aux pieds. Simon est surpris. Il ne se doutait pas qu'il lui faisait autant d'effet.

Elle continue de caresser la joue gauche de Simon.

— Les griffures sur la joue de ce pauvre garçon…

Simon avale sa salive.

— Oui.

Il fronce les sourcils. C'est comme si quelqu'un avait tiré la sonnette d'alarme.

Comment Janick a-t-elle su de quel côté du visage le jeune homme a été griffé ? « Il a d'horribles griffures au visage. » Voilà ce qu'il leur avait dit en redescendant. Il s'en souvient, car Lise avait instinctivement porté la main à sa joue droite. Il n'avait pas jugé nécessaire d'entrer dans les détails.

Le cœur de Simon bat la chamade. Janick le fixe toujours en souriant.

— Tu sais, continue-t-elle doucement, tu me rappelles quelqu'un.

— Ah oui ?

Pendant ce temps, les idées se bousculent dans sa tête. Simon est presque certain que les griffures ont été faites par une personne gauchère. Janick est gauchère. Simon se rappelle l'avoir vue porter sa petite valise de la main gauche. Une toute petite valise, comme si elle avait fait ses bagages en vitesse. Était-elle pressée de quitter la ville pour aller se réfugier à la montagne ? Et si c'était le cas, pourquoi ?

Simon recule de plusieurs pas et cligne des yeux. Son imagination lui joue sûrement des tours. Ça ne lui a pas réussi de rester seul dans le couloir obscur. D'ailleurs, il lit trop de romans policiers. Des tas de gens sont gauchers. Vingt pour cent de la population, en fait. De plus, nombreux sont ceux qui louent leur équipement de ski sur place. C'est ridicule… Janick n'est sûrement pas…

Celle-ci lui sourit toujours.

— B-b-b-on, bégaye-t-il. Je ferais mieux de retourner en bas. Les autres vont penser que nous…

Il s'interrompt.

Une lueur folle brille dans les yeux de Janick.

Sans un mot, elle saisit quelque chose dans la poche arrière de ses jeans. Quelque chose de long, de pointu, de luisant…

— Je suis navrée, Simon, murmure-t-elle. Mais

tu me rappelles mon ex, toi aussi. Il m'a laissée tomber il y a un an.

Elle parle d'un ton détaché.

— Nous étions en vacances, à l'hôtel…

Simon fait un bond de côté lorsque Janick se rue sur lui. Il ressent une vive douleur au bras.

Tournant le dos à la porte, il cherche la poignée à tâtons. Il doit sortir d'ici et avertir les autres. La porte s'ouvre toute grande et Simon trébuche dans le couloir. De nouveau, Janick s'élance vers lui.

À cet instant, des pas résonnent dans l'escalier. Des gens se souhaitent bonne nuit.

Janick blêmit. La panique se lit dans ses yeux. Elle pivote brusquement et s'enfuit dans le couloir. Simon se lance à sa poursuite et descend l'escalier.

Une fois en bas, il constate que la porte latérale est ouverte. La neige a repris. Le souffle glacé du vent fouette le visage de Simon. Celui-ci fonce tête baissée en suivant les traces de pas menant au garage.

Il y a tellement de neige que Simon a du mal à courir. Il tombe à plusieurs reprises et commence à être étourdi. De plus, son bras saigne abondamment. Transi, il entend des voix qui crient son nom, mais il ne pense qu'à Janick.

Un escalier derrière le garage mène à une réserve au deuxième étage. C'est là que Janick s'est réfugiée. Simon a un moment d'hésitation. « De toute façon, pense-t-il, elle est coincée. » Il peut attendre dehors jusqu'à ce que quelqu'un arrive.

Mais une force mystérieuse le pousse à monter. De nouveau, il hésite sur le seuil de la porte. Où est-elle ? Il ne voit rien du tout. Mais peu à peu, ses yeux s'habituent à l'obscurité. Il distingue des piles de boîtes en carton, des sacs de pommes de terre et des conserves. Il avance d'un pas et entend un bruit. Comme le souffle rauque de quelqu'un qui a couru. Soudain, il revoit une image dans son esprit. Le gars de la chambre numéro 26… face contre terre… poignardé dans le dos.

Il virevolte et lève le bras pour repousser la main qui s'apprête à le tuer. Il passe ensuite l'autre bras autour du cou de Janick et serre autant qu'il peut. La jeune fille se débat et lui crie des insultes. Simon a la tête qui tourne. Il sent son étreinte qui se relâche… Elle va s'enfuir !

Il entend alors un cri :

— Arrêtez ! Police !

Puis, il s'effondre.

* * *

— Tu te sens mieux, Simon ? demande l'homme à la barbe en entrant dans le hall de l'hôtel.

Le jeune homme lève les yeux.

— Oui. Merci.

Il fronce les sourcils. Pourquoi l'homme a-t-il un calepin à la main ? Et comment se fait-il qu'il connaisse son nom ?

Simon est assis devant le foyer, emmitouflé dans une couverture, le bras bandé. Heureusement, sa blessure n'est que superficielle. Un verre de brandy repose à côté de lui sur la table. Simon a haussé les épaules lorsque ses amis l'ont félicité. Il s'est seulement trouvé au bon endroit au bon moment.

« Au mauvais endroit, plutôt », a dit Benoît avec un sourire forcé.

L'homme lui tend la main.

— Je suis le détective Poirier, dit-il d'un ton aimable. Et non Poirot, ajoute-t-il en riant.

Il s'assoit à côté de Simon.

— Permets-moi de te remercier. Si tu n'avais pas été là, on ne l'aurait jamais attrapée.

— Je ne comprends pas, dit Simon.

— Nous avions de bonnes raisons de croire que le tueur en série se trouvait quelque part à la station d'autobus. C'est moi qui ai été chargé de votre groupe. En secret, bien sûr.

— Ah !

Simon ne sait pas quoi dire.

— Nous avons déjà plusieurs pièces à conviction, continue le détective. Un sac de vêtements maculés de sang qui était dans la chambre de la fille, de même que le couteau retrouvé dans la réserve.

Simon prend une grande inspiration.

— J'avais cru que…

— Que j'étais le meurtrier ?

Le détective rejette la tête en arrière et éclate de rire.

— J'ai bien vu que tu me regardais avec un drôle d'air à quelques reprises.

— Qu'est-ce que vous faisiez à la fenêtre ?

— Je voulais m'assurer qu'elle n'avait pas été forcée et qu'il n'y avait pas d'empreintes dans la neige.

— Et quand vous... commence Simon.

Mais Roxane l'interrompt.

— Tu es encore pâle, Simon. Pourquoi ne pas poursuivre cette conversation avec le détective Poirier un peu plus tard ?

Celui-ci se lève.

— Elle a raison. Merci encore, Simon.

— C'est moi qui devrais vous remercier.

— Pourquoi ?

— Pour être arrivé juste à temps.

— Mais on est là pour ça !

Le détective lui adresse un grand sourire.

— Après tout, c'est comme ça que finissent les meilleurs romans policiers.

— Ah oui ? dit Simon d'un air songeur. Il faudra que je m'en souvienne.

LA SECTE

Malcolm Rose

Justine a décidé qu'elle tentera de s'évader lors-que Renée lui apportera son prochain repas. En attendant, elle s'efforce de chasser de son esprit les sermons de Daniel Campagna. Ceux-ci lui parviennent continuellement dans sa cellule, comme s'il s'agissait de musique d'ambiance enregistrée. Les paroles de Daniel ont été réconfortantes au début, mais sa voix tranquille est vite devenue irritante. Quant à son message, c'est une autre histoire. Derrière son idéal d'harmonie dans le monde se cache une vision sinistre qui horrifie Justine. Elle a juré de ne jamais adhérer à ses opinions.

Justine se retrouve dans ce pétrin parce qu'elle a perdu sa foi en l'humanité. Elle ne voyait que de la misère et de la cruauté dans les nouvelles télévisées. Ça l'écœurait tellement qu'elle n'arrivait plus à manger. Ses parents étaient assez riches pour la faire soigner dans une clinique privée. Cependant, ils ne pouvaient rien faire quant à la cause. Ils étaient trop

occupés à faire fructifier leur argent pour s'intéresser aux problèmes de la planète. Leur style de vie
n'apportait aucune réponse aux questions de Justine.
Lasse du monde, elle est partie en quête d'une autre
façon de voir la vie. Elle a trouvé sur son chemin la
secte de la Vérité et de la Justice divines. Ça semblait idyllique à prime abord : une quarantaine de
jeunes adultes vivant ensemble dans un vieux
manoir, renonçant au pouvoir et aux biens matériels,
s'acceptant les uns les autres, priant pour l'humanité, se nourrissant d'aliments purs et naturels et
menant une vie modeste. Elle s'était presque laissé
gagner quand une des rencontres avec le maître avait
sonné l'alarme dans sa tête. Tout juste avant l'initiation de Justine, Daniel avait déclaré que le nombre
croissant de conflits sur la planète annonçait la fin de
la race humaine. Le vénérable prophète, vêtu d'un
kimono blanc qui contrastait avec sa barbe et ses
cheveux noirs en désordre, avait prédit une catastrophe pour la fin de l'année 1999. Peu de gens survivraient jusqu'en l'an 2000. Pire encore, Daniel se
réjouissait à l'avance de l'apocalypse. Il la considérait comme bénéfique et nécessaire au nettoyage de
la Terre. Justine ne pouvait pas l'approuver. Les
guerres lui répugnaient et elle refusait d'accepter le
caractère inévitable d'un désastre. Elle avait cru que
la secte avait pour idéal d'assurer un avenir meilleur
à l'humanité en éliminant l'hostilité, et non les êtres
humains.

À partir de ce moment, elle a perdu foi en la secte

aussi. Mais dès l'instant où elle a tenté de s'en aller, elle a compris que les responsables de la secte feraient tout en leur pouvoir pour l'en empêcher. Hugues Goudreau, le directeur aux belles paroles, l'a fait entrer de force dans une cellule et l'y a enfermée. Depuis, elle est incapable de dormir, soumise sans aucun répit aux prophéties de Daniel, et elle se nourrit des repas frugaux que lui apporte Renée.

Lorsque celle-ci réapparaît, elle tient un plateau sur lequel sont posés un bol de salade et un verre d'eau. Justine lui lance un regard mauvais.

— Vous ne pouvez pas me garder ici contre mon gré. On appelle ça de la séquestration.

Renée se penche pour déposer le plateau sur le sol.

— Écoute…

Justine bondit sur elle et la pousse de toutes ses forces. Renée tombe à la renverse, fait la culbute et heurte le mur. Elle reste étendue sur le plancher comme une poupée de chiffon. Justine hésite. Elle a horreur de la violence et craint d'avoir blessé Renée gravement, mais elle doit s'enfuir. Dans l'embrasure de la porte, elle jette un regard de regret derrière elle. Renée est tellement douce et inoffensive. Mais en constatant qu'elle commence à bouger, Justine n'attend pas une seconde de plus et se sauve.

* * *

Comme Justine, Natacha a de longs cheveux blonds. Pour atténuer la ressemblance entre elles, elle

71

les fait couper très court, au-dessus des oreilles. Puis, elle jeûne pendant quatre jours. Lorsqu'elle est prête à jouer son rôle, elle traîne aux alentours de la clinique, comme n'importe quelle autre fille assez riche pour se faire soigner dans un centre spécialisé dans les troubles alimentaires. Elle n'a pas à attendre longtemps avant d'être abordée par trois membres de la secte. Ceux-ci se dirigent automatiquement vers les adolescentes en détresse qui fréquentent la clinique. La plupart des patientes évitent l'équipe de recrutement de la secte, mais Natacha se laisse convaincre d'aller faire un tour au parc avec eux. Ils se présentent comme étant Charlotte, Renée et Pascal. Natacha les laisse lui poser quelques questions et faire les louanges de la secte de la Vérité et de la Justice divines. Au bout d'une semaine, après trois rencontres, elle accepte de les accompagner au manoir, mais seulement pour y jeter un coup d'œil.

Tandis qu'ils traversent le parc, Pascal ramasse un chat galeux et nerveux et le caresse tendrement.

— Pauvre petite bête ! marmonne-t-il. Les gens qui ne s'occupent pas de leur animal devraient être… Renée, il y a de la place pour lui dans le pavillon des animaux, hein ?

— Oui, bien sûr.

Charlotte, qui semble être le chef d'équipe, sourit à Natacha.

— Deux rescapés en une journée. C'est du bon travail.

Natacha sourit d'un air tendu et fait de son mieux

pour bien jouer son rôle.

En mettant le pied sur le terrain du manoir, elle comprend que Justine ait succombé au charme de cet endroit paisible. Elle fait semblant d'être enchantée aussi, tout en se demandant avec quel argent la secte a pu acquérir un tel édifice, et pourquoi tous ceux qu'elle croise sont des jeunes. En fait, elle croit connaître la réponse à ces deux questions. La secte de la Vérité et de la Justice divines attire principalement les jeunes désabusés et elle encaisse probablement l'argent auquel ils doivent renoncer à leur arrivée.

Natacha garde l'esprit ouvert, mais elle est d'un naturel soupçonneux. Après tout, elle a infiltré la secte pour enquêter sur la disparition de Justine. La dernière fois que sa sœur cadette a été vue, elle sortait de la clinique en compagnie de quelques membres de la secte. La police affirme que celle-ci fait déjà l'objet d'une enquête, mais Natacha, sceptique, a préféré prendre les choses en main.

À son arrivée, on la conduit devant un homme d'environ quarante ans vêtu d'un complet haute couture. Il se présente comme étant Hugues Goudreau, le directeur de la secte.

— Bien, commence-t-il. On m'a dit que tu t'appelles Natacha et que tu es venue voir comment nous vivons. Je te souhaite la bienvenue. Je crois que tu aimeras ça ici. Nous sommes une communauté où il fait bon vivre. Ça fait partie de notre philosophie d'accueillir tout le monde. Tu te sentiras donc chez toi très rapidement. Je suis convaincu que tu voudras te joindre à nous. Mais prends ton temps.

Il sourit.

— Comme tu pourras le constater, on ne pousse personne dans le dos ici. Nous sommes très détendus. Pascal sera ton guide.

Natacha est troublée par Hugues Goudreau. Il a la parole un peu trop facile. Il incarne l'efficacité et la menace.

Il se tourne vers Pascal.

— Je vois que tu as trouvé un autre chat qui a besoin de nous. Donne-le à Renée pendant que tu t'occupes de notre invitée. C'est elle qui est responsable du pavillon des animaux.

À contrecœur, Pascal remet à Renée la petite boule de poils ébouriffée. Natacha saisit tout de suite qu'il convoite le poste de Renée.

Pascal lui fait visiter le manoir. Il y a tant de pièces et de couloirs qu'on peut facilement s'y perdre. Partout, les couleurs sont vives : vert, jaune, bleu. Les membres de la secte bavardent gaiement et ne semblent jamais se lasser de sourire d'un air affable. Personne ne paraît être là contre son gré. Mais il n'y a aucune trace de Justine.

À un certain moment, Pascal désigne un long couloir où il n'est pas permis de se promener.

— C'est là que se trouvent le bureau de Hugues et les appartements de Daniel.

— Daniel ?

— Le maître. Il passe presque tout son temps à méditer. Tu feras sa connaissance plus tard. Il s'adresse à nous tous les soirs. Tu pourras assister à la réunion.

— Est-ce que tout le monde y va?

— Bien entendu. Personne ne voudrait manquer le maître. Si tu viens, tu le verras en chair et en os. C'est… une expérience merveilleuse. Il est tellement… Je ne sais pas comment dire. Mystique. Presque saint.

Natacha approuve d'un signe de tête comme si elle comprenait.

— Je vais te montrer les animaux, dit Pascal avec empressement.

À l'extérieur, il y a des enclos pour les lapins et les plus gros animaux, ainsi que des cages pour les oiseaux. Les poules se promènent librement. Dans le pavillon, les chiens et les chats sont gardés dans des niches et des paniers, tandis que les gerbilles, les hamsters, les souris et les rats sont en cage. Des poissons nagent dans des aquariums. À plusieurs reprises, Pascal s'arrête pour parler tendrement à ses animaux favoris.

Lorsqu'ils se dirigent avec Natacha vers une autre section, la jeune femme entend Charlotte et Renée qui discutent avec animation.

— Qu'est-ce qui s'est passé ensuite? demande Charlotte d'un ton insistant.

— Comment veux-tu que je le sache? répond Renée d'un ton désespéré. Elle était coincée. Je suppose qu'elle est rentrée en courant, car elle ne pouvait aller nulle…

Derrière Natacha, Pascal toussote pour annoncer leur présence. Immédiatement, les deux filles mettent un terme à leur conversation et retrouvent leur sourire figé.

— Bonjour ! dit Charlotte. La visite te plaît ?

— Euh… oui, répond Natacha qui se demande de quoi elles parlaient à leur arrivée.

Elle n'ose pas poser la question et regarde à l'intérieur d'un coffret vitré et sombre.

— Qu'est-ce qu'il y a là-dedans ? demande-t-elle.

— Des insectes, répond Pascal. Des araignées, surtout.

— Beurk !

Elle se détourne.

— Nous avons aussi des serpents.

Pascal rit un peu, puis il ajoute, plus sérieusement :

— Renée et Charlotte parlaient d'une lapine qui est sortie de sa cage. Elle a pris panique.

Natacha hausse les épaules comme si ça ne l'intéressait pas.

— C'est comme l'arche de Noé ici, fait-elle remarquer. Il y a un peu de tout, à part les rhinocéros et les éléphants. À moins que vous les ayez mis ailleurs ? dit-elle avec esprit. Pourquoi les gardez-vous ?

— Ce sont toutes des créatures de Dieu. Chacune d'elles est précieuse. Daniel dit que nous sommes un monde miniature à l'intérieur même du monde. Ce ne serait pas pareil sans animaux.

— Je suppose que non. Qu'est-ce que vous gardez là-dedans ? demande-t-elle en désignant une porte derrière Renée. Les lions et les tigres ?

Cette fois, Pascal ne rit pas.

— Non. C'est la salle d'opération des animaux. En fait, c'est une sorte de laboratoire où nous pouvons les traiter quand ils sont malades.

De nouveau, il paraît mécontent. Natacha devine que ça ne fait pas partie de ses tâches de s'occuper des bêtes. De toute évidence, il adore les animaux et se sent frustré de ne pas pouvoir les soigner. Au bout d'un moment, toutefois, il sourit comme il le ferait discrètement d'une bonne blague. Ça lui donne un air à la fois futé et dérangé.

— Qu'en penses-tu ? demande Paul. C'est un endroit super, hein ?

— Hum… C'est tranquille. Mais je préférerais rencontrer Daniel d'abord.

— O.K. Tu ne seras pas déçue.

* * *

Les membres de la secte se rassemblent dans la grande salle. Ils s'assoient en tailleur sur le plancher en bois. Ils sourient encore comme des abrutis et certains ont une bible à la main. Natacha soupire intérieurement après avoir scruté l'assemblée. Justine n'est pas là.

Natacha est stupéfaite en voyant Daniel monter sur l'estrade. Il ressemble aux images de Jésus, sauf qu'il est plutôt grassouillet. Il a les cheveux longs et

77

une barbe bien fournie. Il y a de l'électricité dans l'air. Dans un silence absolu, tout le monde fixe le maître. Celui-ci arpente l'estrade avant de lever la tête et de commencer son sermon.

— La cupidité et l'envie ! lance-t-il comme pour capter l'attention de ses fidèles, pourtant déjà tout oreilles.

Il amorce une tirade contre les gens qui accordent plus d'importance à leurs possessions et au profit qu'au bien de la planète, de la société et de leur propre âme.

— Dieu, proclame-t-il, ne dépend pas de l'économie de marché. Il réside dans le cœur de ses serviteurs, dans la nature, dans la planète qu'on saigne à blanc pour l'appât du gain. Nous sommes tous témoins des ravages infligés à la Terre par l'avidité des humains, poursuit-il. Ceux-ci courent çà et là avec leur argent avec un air de toute-puissance. Ils utilisent des armes et des bombes pour protéger leurs richesses et leurs terres fécondes des envieux. Leur fortune met de l'huile dans les rouages d'une économie qui enrichit les riches et appauvrit les pauvres. Elle est responsable de la fabrication des armes et de la guerre. La nature observe tout ce gâchis et gronde devant ses enfants délinquants. Un jour, bientôt, sa patience aura atteint ses limites. La nature se vengera. En ce moment même, elle s'apprête à se débarrasser de la race humaine.

Daniel s'arrête et essuie la sueur sur son front.

— En 1999, elle engloutira jusqu'au dernier de

ces pécheurs. La Terre ainsi purifiée amorcera le prochain millénaire sans eux. Nous devons nous préparer. Chacun de nous survivra ou périra, selon ce qu'il mérite.

Il termine avec un plaidoyer pour l'altruisme, le culte et la vertu. Puis, il s'esquive, laissant derrière lui un immense vide.

Natacha est impressionnée par le discours enflammé de Daniel. Elle est également troublée par le message qu'il a livré. Il a annoncé l'extermination de la race humaine sans l'ombre d'un regret. Il semble même s'en réjouir à l'avance. Instinctivement, Natacha se dit que sa sœur a dû prendre ses jambes à son cou en entendant cette prophétie. Pourtant, Justine n'est pas rentrée à la maison et ne semble pas se trouver au manoir. Elle a disparu. Imaginant le pire, Natacha frémit.

Mais elle n'a pas le temps de s'apitoyer longtemps sur le sort de sa sœur. Renée, Pascal, Charlotte et Hugues l'entourent.

— Et puis ? lui demandent-ils avec enthousiasme.

Pascal, en particulier, exulte. Natacha se dit qu'il doit jubiler à l'idée que les animaux héritent de la planète.

— Ça… ça fait beaucoup de choses à absorber d'un seul coup, parvient-elle à répondre.

Hugues lui adresse un sourire mielleux.

— Je comprends, souffle-t-il. Pourquoi ne restes-tu pas avec nous cette nuit ? Ça te donnera le temps de réfléchir. On pourra se reparler après la prière matinale et le déjeuner.

Natacha fait mine d'être reconnaissante.

— C'est une bonne idée, mais je n'ai pas apporté…

— Nous fournissons tout, l'interrompt Hugues. Charlotte va s'occuper de ça immédiatement.

— O.K., dit-elle. Merci.

Seule dans une chambre au décor modeste, Natacha pleure doucement. Elle se sent vulnérable dans cet environnement dangereux. Elle se dit qu'il a dû arriver quelque chose de terrible à sa sœur. Jusqu'à maintenant, elle n'a pas osé poser de questions à propos de Justine. Elle ne peut pas se permettre d'éveiller les soupçons et il est encore trop tôt pour savoir si elle peut faire confiance à quelqu'un de la secte. Elle se méfie de Charlotte, cependant, dont l'air autoritaire la déroute un peu. Quant à Daniel, il est trop inaccessible pour que Natacha puisse espérer le sonder. Pascal et Renée lui semblent beaucoup plus simples et sincères. Peut-être se confiera-t-elle d'abord à l'un d'eux.

* * *

Natacha a vu juste : les questions de Hugues Goudreau portent essentiellement sur ses parents et leur fortune. Elle présume que l'homme est davantage motivé par l'argent et le pouvoir que par le désir de sauver des âmes. Elle a des réponses toutes prêtes et passe le test du directeur avec brio. Quand il l'invite à se prononcer sur la secte, Natacha déclare qu'elle souhaite rester et embrasser ses principes. Hugues lui avoue que son adhésion est déjà faite. Natacha se demande ce qu'il aurait fait si elle avait refusé de rester. Elle a l'impression qu'elle n'aurait pas pu quitter le manoir comme si de rien n'était.

Hugues lui explique qu'elle est maintenant un membre associé. Après son initiation, au cours de laquelle elle devra céder tous ses biens temporels, prier et rencontrer Daniel, elle deviendra un membre à part entière.

Natacha hoche la tête, mais elle tremble intérieurement. Dans quoi s'est-elle embarquée ? Et lorsqu'elle aura découvert ce qu'elle cherche, comment sortira-t-elle d'ici ?

Charlotte lui apporte une tenue sans élégance dans laquelle elle devient pareille aux autres : dépouillée et innocente. On lui confie de légers travaux dans le jardin pour l'habituer à la vie austère et à un horaire de travail. Le soir venu, Pascal lui demande :

— Alors, ça te plaît ?

— Oui. J'ai fait la connaissance de filles très gentilles en travaillant. Je crois que je vais aimer ça ici.

Elle s'efforce d'adopter le sourire béat qui éclaire tous les visages au manoir.

— Tant mieux.

Pascal rayonne. Il est fier d'avoir recruté pour le maître un membre aussi prometteur.

— J'ai une amie qui est censée être ici, dit Natacha en baissant le ton.

— Ah ? fait Pascal.

— Elle s'appelle Justine. Mais je ne l'ai pas encore vue. Sais-tu où elle est ?

— Justine.

Il semble secoué.

— Euh… Oui, une fille prénommée Justine a fait un séjour ici. Il y a environ deux semaines de ça. Il faudrait que tu questionnes Hugues.

— D'accord. Mais que lui est-il arrivé ? insiste Natacha. J'espérais la revoir ici.

— Malheureusement, nous ne pouvons pas plaire à tout le monde. Nous ne répondions pas à ses attentes. Elle est restée quelques jours, puis elle nous a quittés.

— Je vois.

Natacha ne le connaît pas encore assez bien pour savoir s'il ment.

— Ça ne fait rien, ajoute-t-elle. Ce n'était pas très important.

Malgré la réponse de Pascal, elle est convaincue que Justine n'a jamais quitté la secte.

* * *

Une terrible nouvelle les attend le lendemain. On informe les membres que, pendant la nuit, Renée est morte subitement dans son sommeil. L'annonce de son décès est accueillie sans pleurs ni tristesse. Daniel et Hugues président une célébration à la mémoire de Renée. Aucune ambulance, aucune voiture de police ne vient au manoir. Le corps de la jeune femme est incinéré sur-le-champ et ses cendres sont disséminées dans le jardin. Pendant tout ce temps, personne ne perd son sourire. Surtout pas Pascal, maintenant responsable du pavillon des animaux.

Natacha se réfugie dans sa chambre. En son for intérieur, elle se demande si Justine a connu la même fin tragique : une mort mystérieuse suivie d'une crémation rapide et commode. Peut-être que Natacha a marché parmi les cendres de sa sœur dans le jardin, la veille. Elle s'effondre misérablement sur son lit, consternée.

Le lendemain matin, Natacha décide de poursuivre sa petite enquête. En travaillant dans le jardin, elle interroge les filles à propos de Justine. Elle obtient toujours la même réponse : Justine a passé quelques jours au manoir, puis elle est partie.

« Non ! a-t-elle envie de hurler. C'est ma sœur ! Je le saurais ! » Mais, bien sûr, elle se tait.

À deux heures du matin, elle sort de sa chambre à pas de loup, bien déterminée à explorer le manoir sans escorte.

En premier lieu, elle traverse l'aile qui mène au pavillon des animaux ; d'abord parce que c'est là que Renée travaillait, et ensuite parce que c'est le seul endroit où elle a perçu de la friction entre des membres de la secte. Enfin, elle trouve plutôt curieux qu'une communauté qui se veut primitive se vante de posséder un laboratoire.

Tandis que Natacha avance silencieusement entre

les cages, elle entend des grattements. Probablement les rats. À son passage, quelques rongeurs effarouchés courent se réfugier au fond de leur cage. Le pavillon est éclairé par la lumière blanchâtre émanant des aquariums et par la faible lueur rouge des cages abritant les insectes et les reptiles.

Natacha ne sait pas trop ce qu'elle espère trouver. Il n'y a rien d'autre ici que des rangées et des rangées de cages. Elle marche à pas feutrés vers le laboratoire. Au moment où elle s'apprête à tourner la poignée, les cris des bêtes l'alertent. Quelques secondes plus tard, elle entend des pas. Elle se glisse derrière une cage et se retrouve nez à nez avec un serpent. En fixant ses yeux hypnotiques et sa langue ondulante, elle essaie d'avaler sa salive pour ne pas crier. Après tout, une vitre les sépare. Elle s'accroupit pour éviter de regarder le serpent et s'efforce de maîtriser sa respiration tandis que l'individu se dirige vers la porte du laboratoire. Elle reconnaît alors Charlotte. « Elle s'assure probablement que tout va bien », pense Natacha qui tremble comme un animal traqué.

Charlotte hésite avant d'ouvrir la porte et promène son regard autour d'elle. Pendant un instant, Natacha se dit qu'elle a peut-être senti son odeur. Mais lorsque Charlotte finit par entrer dans le laboratoire, elle pousse un soupir de soulagement. Elle sait qu'elle ferait mieux de s'en aller avant que Charlotte ne la trouve, mais elle est bien décidée à jeter un coup d'œil dans le labo. Et comme elle n'est pas certaine d'avoir le courage de recommencer sa petite expédition une autre nuit, elle décide de rester jusqu'à ce que le champ soit libre.

Charlotte ne reste à l'intérieur du labo que quelques minutes, mais Natacha a l'impression que des heures se sont écoulées. Elle a des fourmis dans les jambes lorsque Charlotte ouvre la porte et continue sa tournée dans une autre aile.

Natacha se lève et pose son pied par terre pour chasser une crampe. Dès qu'elle se sent capable de marcher, elle va jusqu'à la porte en boitant et entre dans le laboratoire. Elle allume la lumière et ferme aussitôt les yeux, aveuglée.

Au bout de quelques secondes, lorsque ses yeux se sont habitués aux tubes fluorescents, elle est atterrée par ce qu'elle voit. Devant elle se trouvent une table d'opération ainsi qu'une armoire vitrée contenant de nombreux flacons qui portent une étiquette de toxicité. Pire encore, un chien, un lapin et plusieurs rats en cage sont maintenus par des courroies qui les empêchent de bouger. Ils sont rasés aux endroits où des électrodes ont été posées sur leur corps. Ils font pitié, mais au moins, ils sont en vie. Ils suivent Natacha de leurs yeux implorants tandis qu'elle inspecte la pièce. Elle tente d'ouvrir une porte dans un coin du laboratoire, mais celle-ci est verrouillée. Bien que sa curiosité soit piquée, Natacha doit se résoudre à abandonner. Charlotte peut revenir d'une minute à l'autre. Après avoir jeté un dernier coup d'œil dans la pièce, elle éteint la lumière et retourne à sa chambre.

Incapable de dormir, Natacha commence à émettre une hypothèse. Les yeux agrandis par l'horreur de son propre raisonnement, elle se demande si un membre de la secte n'est pas en train de tout mettre en œuvre pour que la prophétie de Daniel se concrétise. La personne responsable du laboratoire tente peut-être de mettre au point une substance inoffensive pour les animaux, mais mortelle pour les humains. Mais si elle a raison, quel est le rapport avec la disparition de Justine ? C'est à ce moment-là qu'une pensée atroce lui traverse l'esprit. Le poison devrait alors être testé sur des êtres humains. Justine a peut-être servi de cobaye. Tout comme Renée, d'ailleurs, dont le corps a été incinéré rapidement pour effacer toute trace de la substance toxique !

Natacha se tourne et se retourne dans le lit dur. Elle espère qu'elle se trompe complètement et qu'il ne s'agit pas d'une affaire de meurtre. Pourtant, Charlotte et Hugues ont l'air terriblement suspects.

L'esprit trop embrouillé pour trouver le sommeil, Natacha attend le lever du soleil en élaborant une stratégie pour la journée qui vient.

* * *

Les autres membres de la secte qui s'occupent du jardin ne semblent pas se formaliser de travailler parmi les cendres de Renée. Ils creusent et piochent avec enthousiasme alors que Natacha évite de marcher là où les cendres de la jeune femme ont été éparpillées. Elle choisit de travailler derrière l'édifice principal afin d'avoir une meilleure vue du laboratoire. De l'extérieur, elle s'efforce de situer la porte verrouillée qu'elle a tenté d'ouvrir la nuit précédente. S'appuyant un instant sur sa bêche, elle estime que la porte doit donner sur un petit pavillon qui relie le labo au bureau de Hugues Goudreau.

Soudain, une main lui tapote l'épaule. Natacha sursaute et laisse tomber la bêche.

— Excuse-moi, dit Pascal. Je n'ai pas voulu te faire peur.

Il lui sourit gentiment.

— Je me demandais comment tu te débrouillais.

— Ça va, répond Natacha avec un sourire forcé. Je rêvassais, c'est tout.

— C'est bien, ça, la contemplation.

— Et toi, tu t'en tires bien avec les animaux, maintenant que Renée est… partie ?

— Bien sûr. Tout va bien.

— Est-ce que tu t'occupes aussi du laboratoire ? demande Natacha.

— Pas vraiment. Je donne un coup de main, mais c'est Hugues qui fait tout le travail. Je crois qu'il était médecin avant de tout abandonner pour venir ici. Pourquoi ?

Natacha hausse les épaules.

— Ça m'intéresse de savoir ce que vous faites.

— Justement, il faut que j'aille travailler. À plus tard.

En le regardant s'éloigner, Natacha aperçoit Charlotte qui l'observe, debout près d'une des portes du manoir. Elle se penche, ramasse sa bêche et s'empresse de se remettre au travail.

* * *

À une heure du matin, Natacha se dirige sans bruit vers l'aile où se trouvent le bureau de Hugues et les appartements de Daniel. Elle hésite un peu devant la porte de la zone interdite, mais pas longtemps. Elle inspire profondément et tourne doucement la poignée. La porte s'ouvre ; Natacha se glisse dans le couloir et la referme.

Il y a trois portes à sa gauche. La première est verrouillée ; étrangement, Natacha croit entendre une voix provenant de l'intérieur. Elle se déplace rapidement vers la porte suivante. Cette fois, la poignée tourne. La pièce est plongée dans l'obscurité mais, de nouveau, Natacha entend quelqu'un parler. Elle retient son souffle, puis elle reconnaît la voix de Daniel. D'après son intonation, elle en conclut que c'est un enregistrement et pousse un soupir de soulagement.

Elle n'essaie même pas d'ouvrir la troisième porte, convaincue qu'il s'agit, comme dans le cas des deux autres pièces, d'une sorte de cellule où l'on fait subir un lavage de cerveau aux invités qui refusent de se joindre à la secte.

Au bout du couloir, Natacha aperçoit la porte qui donne sur le laboratoire. L'idée lui vient à l'esprit que les récalcitrants sont peut-être conduits directement au labo… où ils servent de cobayes.

Natacha rebrousse chemin et passe devant le bureau de Hugues. Elle a presque fini de traverser le couloir lorsqu'une porte s'ouvre brusquement. Vêtu de son kimono blanc, Daniel se dresse devant elle, tel un spectre. Il paraît surpris pendant quelques secondes, puis il lui sourit.

— Tu es la nouvelle recrue ? demande-t-il. Tu dois être ici pour me voir.

— Euh… oui, bafouille Natacha qui est devenue toute rouge.

De toute évidence, le maître n'a aucune notion du temps. Il ne porte pas de montre. Il était probablement en pleine séance de méditation. Une guerre pourrait éclater sans qu'il s'en rende compte.

— Entre, dit-il. Tu n'as aucune raison d'être nerveuse, mon enfant.

Il la regarde avec bonté et lui touche tendrement l'épaule.

Natacha s'efforce de ne pas tressaillir à son contact et pénètre dans la pièce d'un pas chancelant.

La chambre est vaste, presque complètement blanche et vide. Il n'y a qu'une chaise au centre de la pièce ainsi qu'un immense lit à droite. Une épaisse moquette couvre le sol. L'un des murs est entièrement couvert de miroirs et fait paraître la pièce deux fois plus grande.

Daniel regarde par la fenêtre.

— Il est tard… ou très tôt, fait-il remarquer.

Mais ça n'a pas d'importance.

Il s'assoit sur la chaise, face aux miroirs, et fait signe à Natacha de s'installer par terre devant lui.

— Plus près, dit-il.

Natacha obéit.

— Tu t'appelles Natacha, commence Daniel. Tu viens d'un monde très attirant pour les jeunes filles de ton âge : la télévision, la radio, les journaux ; les parents, les frères et sœurs ; les gadgets et l'argent. Pourquoi rejettes-tu tout ça ?

Natacha essaie d'imaginer ce que Justine aurait répondu.

— Le stress, le pouvoir de l'argent… C'est très laid. Le monde est plein de haine et d'intolérance.

— Hum…

Daniel scrute son visage.

Natacha a l'impression que son cerveau est fouillé par un homme remarquable.

— Pour avoir ta place parmi nous, tu devras jurer de ne jamais partir, de remettre toutes tes richesses à la secte et de faire passer celle-ci avant ta famille, ta propre vie et tes besoins. Es-tu prête à donner ta parole ?

Natacha a une boule dans la gorge. Par amour pour sa sœur, elle ment.

— Oui.

Pendant de longues secondes, Daniel la regarde comme un père contemple sa fille qui vient de naître : avec un mélange de curiosité, d'émerveillement et d'amour.

— Tu viens d'arriver. Tu dois avoir des questions à me poser.

Pour la première fois, Natacha plonge son regard dans le sien.

Il semble vraiment s'intéresser à elle.

— Vous croyez sincèrement que la race humaine sera exterminée, n'est-ce pas ? demande-t-elle.

— Regarde mon visage et réponds toi-même à cette question.

Natacha inspire profondément et s'exécute. Elle ne perçoit pas la moindre trace de méchanceté dans ses yeux.

— Vous le croyez, conclut-elle doucement.

— Une maladie contagieuse décimera les humains, comme ils le méritent. Les êtres malfaisants disparaîtront de la surface de la Terre. Les gens purs et humbles formeront la prochaine génération. Dans ce nouveau monde, il n'y aura plus de crime, de violence ni de maladie. Tous auront un toit, un travail qu'ils aiment et de la nourriture saine. Les humains et les animaux cohabiteront dans la paix.

Natacha est de plus en plus convaincue qu'elle ne se trompait pas la veille. Un membre de la secte est prêt à tout pour que la prophétie de Daniel se réalise. Pourtant, elle est certaine que le maître n'a rien à voir avec cette machination. Il se contente de prédire l'avenir et n'essaie pas de le façonner. Il ne sait peut-être même pas que ses sermons sont enregistrés et utilisés pour convertir les membres insoumis.

Natacha se surprend elle-même en posant une autre question.

— Avez-vous eu une discussion de ce genre avec une jeune fille du nom de Justine?

— Justine… Non. Dieu l'a accueillie dans son royaume juste avant qu'elle ne se joigne à nous.

Natacha le fixe. Elle n'en croit pas ses oreilles.

— Vous voulez dire que…

— Elle nous a quittés pour un monde meilleur.

Natacha fond en larmes.

— On ne doit pas pleurer les morts, dit Daniel d'un air affligé. Ce sont eux qui devraient pleurer pour ceux qui restent.

— Comment est-elle morte? demande-t-elle entre deux sanglots.

— Elle a été appelée par Dieu. Elle était malade, comme Renée. Elle a été choisie. Ces choses-là échappent à mon pouvoir.

— On m'a dit qu'elle était partie.

— C'est vrai. Elle a quitté la Terre. Personne ne t'a menti. Puisqu'elle n'était pas encore membre associé, il n'y a pas eu de cérémonie comme pour Renée. Hugues s'est occupé de la crémation et j'ai prononcé quelques prières pour son salut.

Il se penche vers Natacha.

— Prends ma main, murmure-t-il.

Elle obéit.

— Justine était ton amie. Je suis désolé que tu aies perdu son amitié, mais ne pleure pas sur son sort. Justine est au paradis.

Puis, sans avertissement, il ajoute :

— Tu n'as pas ta place ici.

Il n'a pas parlé d'un ton accusateur. Il s'agit plutôt d'une constatation.

— Tu n'es venue que pour connaître les circonstances de la mort de ton… amie. Je devine que c'était ta sœur.

Natacha acquiesce faiblement.

— Je vais parler à Hugues. Tu ne seras pas heureuse ici. Tu dois nous quitter. Hugues s'occupera de tout. Maintenant, laisse-moi seul.

* * *

Au matin, Natacha se réveille en sursaut lorsqu'on frappe à la porte de sa chambre. Elle a mis beaucoup de temps à s'endormir après sa rencontre avec le maître.

— Qui est-ce ?

Elle craint que ce ne soit Hugues ou Charlotte.

— C'est moi. Pascal.

Natacha soupire de soulagement.

— Une seconde.

La tenue fournie par la secte est si simple qu'elle ne met qu'une minute à s'habiller.

— Est-ce que ça va ? demande Pascal lorsqu'elle lui ouvre.

— Écoute. Je crois savoir ce qui se passe ici.

Paul fait la grimace.

— C'est vrai ?

— Je sais ce qui est vraiment arrivé à Justine.

On vous a dit qu'elle était partie, mais c'était un mensonge.

— Ah?

On dirait que ça ne l'intéresse pas ou qu'il est déjà au courant.

— Justine est morte, comme Renée, poursuit Natacha. Et je crois qu'elles ont été tuées dans votre laboratoire ou dans l'une des trois pièces de la zone interdite.

— Mais on est là pour soigner les animaux, proteste Pascal. Pas pour les tuer.

— Je te parle d'êtres humains. C'est différent.

Tout à coup, Paul se met à rire.

— Il n'y a aucune violence ici, Natacha. Tu t'imagines des choses.

Il lui tend la main.

— Viens, je vais t'emmener au labo. Je vais te prouver que tu te trompes.

Natacha hésite, puis elle finit par le suivre.

L'enthousiasme du jeune homme est presque contagieux. Manifestement, il est impatient de dissiper les soupçons de Natacha. À moins que… Une idée épouvantable jaillit dans l'esprit de Natacha. Pascal est peut-être impliqué dans les meurtres. Elle ne peut imaginer ce qui l'aurait poussé à tuer Justine, mais il avait certainement intérêt à éliminer Renée, dont la mort lui a assuré une promotion au pavillon des animaux.

De plus, Pascal serait sûrement en faveur d'un projet qui permettrait aux bêtes de remplacer les êtres humains sur la Terre. Et voilà qu'elle se laisse conduire au laboratoire, là où les meurtres ont probablement eu lieu et où l'on complote l'extermination de la race humaine.

— Euh... Je ne suis pas certaine que c'est le bon moment, Pascal, marmonne-t-elle. Je devrais déjà être au jardin. On pourrait remettre ça à une autre fois.

— Pourquoi remettre à plus tard ce qu'on peut faire maintenant ?

Ils se trouvent entre les cages des reptiles et des insectes. Il n'y a personne d'autre dans le pavillon.

— Pascal ! Je...

— Ne crie pas ! ordonne-t-il. Tu vas effrayer les animaux.

Puis, il lui adresse un sourire innocent qui lui donne un air complètement débile.

— Viens, dit-il sans lâcher sa main.

— Mais...

Natacha ne parvient pas à terminer sa phrase. Elle perd la voix à mesure qu'ils approchent du laboratoire.

Soudain, la porte du labo s'ouvre et Charlotte apparaît..

— Qu'est-ce que tu fais à Natacha ? demande-t-elle.

— Je... euh... J'allais lui faire visiter le labo, admet Pascal. Elle croit qu'il s'y passe des choses bizarres.

— Vraiment ? dit Charlotte. De toute façon, ça devra attendre. Hugues veut la voir immédiatement.

Étonnamment, Natacha est heureuse de cette diversion. Elle suit Charlotte. Le chemin le plus court jusqu'au bureau de Hugues est de passer par le labo et les cellules, mais Charlotte opte pour le trajet le plus long.

— Qu'est-ce qui t'a pris de rendre visite à Daniel sans permission ? rugit Hugues après avoir renvoyé Charlotte. Et qu'est-ce que c'est que cette histoire d'enquête à propos de la mort de Justine ?

— C'était ma sœur, répond Natacha.

— Et c'est pour ça que tu es venue au manoir. Tu nous as menti ! Nous ne tolérons pas les menteurs, ici !

— Il y en a, pourtant. C'est vous qui avez dit à tout le monde que Justine était partie. Ce n'est pas vrai. Elle est morte.

Hugues la saisit brutalement par le bras et l'entraîne vers les cellules.

— Elle est partie, insiste-t-il. Pour toujours.

Il ouvre l'une des portes et murmure à l'oreille de Natacha :

— Tu vas rester ici jusqu'à ce que tu apprennes à bien te conduire !

— Non ! hurle-t-elle.

Mais elle n'a pas le choix. Hugues la pousse avec brusquerie dans la cellule et referme la porte.

* * *

Natacha ne saurait dire depuis combien de temps elle est soumise aux sermons monotones de Daniel.

Probablement moins de vingt-quatre heures, mais ça lui paraît une éternité. Elle est prête à adhérer à n'importe quoi, pourvu qu'on la libère.

Quand la porte finit par s'ouvrir, Natacha n'a plus toute sa tête. Hugues se dresse dans l'entrée de la cellule et lui annonce qu'il l'amène au laboratoire.

— Au laboratoire? bredouille-t-elle comme si elle n'arrivait pas à se souvenir de quoi il s'agit.

Hugues la prend par le bras et la traîne jusqu'au labo. Natacha n'a pas la force de résister. Il la fait asseoir sur un siège qui ressemble à un fauteuil de dentiste, sauf que celui-ci est muni de courroies. Il lui attache ensuite la tête, les pieds et les bras. Lorsque Natacha sort enfin de sa torpeur, elle aperçoit Hugues près de l'armoire. Il porte des gants et remplit une seringue d'un liquide jaune pâle.

— Non! crie-t-elle.

Hugues a un petit sourire satisfait.

— Tiens! Tu as repris tes esprits! Tant mieux. C'est préférable que tu sois consciente. Tu pourras me dire ce que tu ressens à mesure que le poison envahira ton corps.

— C'est ce que vous avez fait à Justine et à Renée.

Natacha essaie de gagner du temps.

— Oui. Tu es privilégiée de pouvoir expérimenter ce que ta sœur a senti.

— Vous avez tué Justine parce qu'elle ne voulait pas rester, mais pourquoi Renée?

— Elle a découvert ce qui se passait vraiment ici. Elle n'était pas d'accord, l'idiote !

— Vous voulez empoisonner tout le monde !

Hugues tient la seringue de façon que l'aiguille pointe vers le haut. Il enfonce le piston pour éliminer toute bulle d'air et quelques gouttes jaillissent sur l'armoire.

— Pas tout le monde. Juste les humains. Daniel l'a prévu. C'est mon rôle de m'assurer que ça se produira.

— C'est… ridicule ! Vous allez mourir aussi !

— Tu te trompes. J'ai mis au point un antidote pour moi et pour ceux qui le mériteront. Je présiderai la prochaine génération d'humains.

— Je parie que Daniel n'est pas au courant de cette histoire. Il n'approuverait sûrement pas tout ça.

— Daniel est peut-être prophète, mais il ne voit pas ce qui se passe sous son nez. Ses visions m'aident à savoir ce que je dois faire, sans plus.

Il fait un pas vers Natacha et remonte la manche de sa tunique.

— De la si belle chair ! Quel dommage !

Il pince la peau de son bras et s'apprête à piquer. Natacha pousse un hurlement.

Avant que l'aiguille ne perce la peau, un cri résonne derrière eux.

— Arrête ! Laisse tomber la seringue ! Je suis officier de police. Tout est terminé.

Hugues hésite et se met à rire.

— Toi ?

Il ricane.

— Après elle, ce sera ton tour.

L'aiguille effleure le bras de Natacha.

Il y a ensuite un grand fracas lorsque l'officier de police lance une lourde cage qui traverse le laboratoire et heurte Hugues à la tête.

Celui-ci s'effondre au pied du fauteuil en gémissant.

Charlotte surgit alors à côté de Natacha.

— Ça va?

Natacha est incapable de parler. Elle se contente d'émettre un grognement.

Charlotte se penche et examine Hugues. La seringue a roulé un peu plus loin. Elle est vide. Lorsque Charlotte retourne le directeur, elle aperçoit une tache de sang sur son sarrau blanc. Il est tombé sur la seringue et le poison a été injecté dans sa poitrine.

Charlotte se relève immédiatement.

— Il y a un antidote quelque part, dit-elle en cherchant parmi les flacons qui se trouvent dans l'armoire.

— Est-ce qu'il mérite qu'on le sauve? demande Natacha.

— Je suis policière, pas juge, déclare Charlotte en remplissant une autre seringue. Je veux le voir répondre de tout ça en cour.

Elle enfonce brutalement l'aiguille dans le bras de Hugues.

— Je ne peux rien faire de plus. Il ne reste qu'à attendre maintenant.

Assise en face de Natacha, Charlotte s'explique.

— On m'a désignée pour infiltrer la secte parce que j'ai l'air jeune. J'étais censée enquêter sur la disparition de quelques jeunes, mais j'ai flairé quelque chose de plus grave. Je me suis rapprochée de Hugues et j'ai tout découvert. Il était trop tard pour Justine, cependant. J'aurais pu prouver qu'elle était retenue contre son gré, mais elle est morte avant que je puisse intervenir. J'ai fini par apprendre de Renée qu'elle avait tenté de s'enfuir et qu'elle s'était réfugiée dans le labo. Hugues l'a suivie et Renée n'a jamais revu Justine.

— Tu m'as laissée croire comme tous les autres qu'elle était partie. Tu n'as pas essayé de me mettre en garde.

— Je ne savais pas que tu menais ta propre enquête. Puis, Renée a dû admettre que Hugues ne se contentait pas de soigner les animaux malades. Ils se sont probablement disputés… et Renée a été la deuxième victime. Sa mort m'a vraiment mise sur la piste. Un soir où j'étais allée jeter un coup d'œil au labo, Pascal a failli me surprendre pendant que je cherchais un bon endroit où me cacher. C'est grâce à cette cachette que j'ai pu assister à toute la scène lorsque Hugues a tenté de te tuer.

— Alors, Pascal n'était pas du tout impliqué ? demande Natacha.

— Non. Comme Renée, il s'occupait simplement des animaux.

— Et Daniel ? Et la secte ?

— Ce n'est pas contre la loi de prédire des choses. Daniel n'était même pas au courant au sujet des cellules. Bien sûr, il savait que Justine était morte, mais il avait cru Hugues lorsque celui-ci avait prétendu qu'elle était malade.

— Qu'est-ce qui va arriver à Hugues Goudreau, d'après toi ?

— Je viens de lui rendre visite. Il se remet lentement, mais il restera paralysé. Quand il sera assez bien pour subir son procès, il sera accusé de meurtre et de tentative de meurtre.

Charlotte soupire avec mélancolie.

— Ce qui me rappelle que je dois travailler. On ne peut pas porter d'accusations sans ta déposition. On va commencer, O.K. ?

— S'il est paralysé, est-ce que c'est vraiment nécessaire ? demande Natacha faiblement.

— Pense à ce qui serait arrivé si son plan avait fonctionné, répond Charlotte d'un ton autoritaire. L'important, c'est que la vérité éclate au grand jour. Surtout si cela peut décourager d'autres fanatiques de tenter le même coup. Tu ne crois pas ?

COLONEL MUSTARD

Dennis Hamley

Il fait un temps épouvantable le soir où nous trouvons le vieux jeu de *Clue*. Nous sommes douze élèves de troisième secondaire venus en sortie éducative dans le cadre de notre cours de géographie. Nous logeons dans une vieille grande auberge décrépite située au cœur des Laurentides. Bien des gens raffolent des Laurentides. Pas moi. Je déteste cette région. C'est plein de côtes et de maringouins. Et, pendant que j'y suis, je déteste aussi la géo.

Au fait, je m'appelle Laurence Loubier. Pendant le voyage, je suis presque tout le temps avec Jordan Saint-Onge et Christine Wilson, qui sont toujours collés l'un à l'autre, et avec Bruno Robert, qui souhaiterait bien se coller à moi. L'ennui, c'est que j'aime encore Jordan. On est sortis ensemble pendant un bon bout de temps avant qu'il me laisse tomber pour Christine. Malgré tout, nous faisons toujours partie de la même bande. Il faut dire que je suis indulgente de nature.

Par ailleurs, nous avons tous une chose en commun : nous haïssons monsieur Moutardier, notre professeur de géographie et accompagnateur pour ces quelques jours. Ai-je bien dit professeur ? Il se prend plutôt pour un gardien de prison ou un haut gradé de l'armée. Après une journée passée sous la pluie à grimper de peine et de misère les côtes précitées, tandis que Moutardier nous gueulait après comme s'il s'agissait du parcours du combattant, nous sommes rentrés à l'auberge avec (il faut que je le dise) l'envie de tuer.

Après avoir pris une douche et avalé un repas chaud qui aurait dû nous remonter le moral, nous avons une longue soirée à passer. Moutardier ne nous permet pas d'aller en ville. Madame Bélanger, son assistante, nous laisserait probablement sortir, mais c'est Moutardier qui donne les ordres. Nous devons donc nous contenter de la télé (sans le câble) dans le salon et de quelques vieux livres écornés dans une petite pièce pompeusement baptisée « la bibliothèque ».

La salle de jeu délabrée, elle, n'a pas grand-chose à offrir, mis à part une table de billard brisée. Je fouille donc parmi les jeux de société et je tombe sur *Clue*.

Quand j'étais petite et que nous formions encore une famille, papa, maman, mon jeune frère Mathieu et moi, on jouait souvent à *Clue*. Je me souviens de la dernière fois où nous y avons joué. J'avais onze ans. C'est la dernière soirée que nous avons passée en famille. On avait beaucoup ri. Lors de cette partie, c'est le colonel Mustard qui avait commis le meurtre, dans la bibliothèque, avec le chandelier. Je ne l'oublierai jamais. Tout comme je n'oublierai jamais que papa et maman avaient un sourire forcé, qu'ils évitaient de se regarder et que le lendemain, maman est partie rejoindre un autre homme et qu'elle n'est jamais revenue. Mon frère et moi, nous sommes restés avec papa et nous avons pleuré tous les soirs pendant une année entière parce qu'elle ne semblait plus vouloir de nous.

Mais il y a maintenant des années de ça.

— On joue ! dis-je avec enthousiasme.

Les autres ne disent pas non.

Clue n'est pas un jeu très difficile et nous nous souvenons vite des règles. Nous nous appliquons à découvrir lequel des étranges personnages du jeu a tué le pauvre docteur Black dans la vaste demeure.

C'est quand même bizarre. Au fil des parties, c'est toujours le colonel Mustard qui est le coupable. Le colonel Mustard, dans le studio, avec le revolver. Le colonel Mustard, dans la salle de bal, avec le tuyau de plomb. Le colonel Mustard, le colonel Mustard…

— C'est ridicule, dit Bruno au bout de la sixième fois. Est-ce qu'on essaie de nous passer un message ?

Nous nous regardons tous.

— Bien sûr que non, répond Christine. C'est une pure coïncidence.

— Je n'en suis pas si sûr, dit Jordan. Mustard,

Moutardier. Ça fait réfléchir.

— Si c'était Moutardier, il le mériterait. On est tous ses victimes, déclare Christine avec émotion.

— Qu'est-ce que tu choisis, alors ? demande Jordan. La corde dans la cuisine ?

Personne ne rit. L'atmosphère est soudain tendue.

— Moutardier va trop loin, dit Jordan. Vous saviez qu'il a fait mettre mon frère dehors de l'école quelques semaines avant la fin de sa cinquième secondaire ? François voulait aller au cégep. Maintenant, il est au chômage.

— Il y a deux ans, ma sœur aînée a participé à une sortie éducative organisée par Moutardier, dit Christine. Elle est tombée d'un rocher et s'est cassé la jambe à trois endroits. Elle ne marche pas encore comme avant. C'est la faute de Moutardier. Il a été imprudent. Pourtant, il n'a jamais payé pour ça.

— Pourquoi es-tu venue, alors ? dis-je un peu rudement.

— Pour être avec Jordan, répond Christine en se blottissant contre celui-ci.

J'ai envie de les frapper tous les deux.

— Moutardier s'est engueulé avec mon père lors d'une réunion de parents, explique Bruno. Il lui a dit que j'étais paresseux et débraillé. Mon père a failli le tabasser. C'est le directeur qui est venu les séparer.

— Et toi, Laurence ? demande Christine.

— Il m'a mis en retenue à quelques reprises

alors que je n'avais rien fait. Un jour, il a perdu mon devoir et a juré que je ne le lui avais jamais remis. J'ai dû tout recommencer.

— Ce n'est pas grand-chose, dit Jordan avec mépris.

— Je sais. Mais ce qu'il vous a fait, à toi et à Christine, c'est différent, hein? Vous n'avez pas envie de vous venger?

Durant quelques secondes, Jordan serre les poings et se pince les lèvres.

— Si seulement… commence-t-il.

Je ne saurais dire s'il est en colère contre moi ou contre Moutardier.

— Jouons une autre partie, dis-je. Ça ne peut pas être encore le colonel Mustard. Ce sera peut-être le professeur Plum cette fois et nous pourrons oublier toute l'affaire.

Nous jouons. Le vent souffle et la pluie fouette contre les fenêtres de la vieille maison.

La partie est terminée. De nouveau, c'est le colonel Mustard dans la bibliothèque, avec le chandelier.

* * *

Moutardier nous confine peut-être à l'auberge, mais lui ne se prive pas pour sortir. Après le souper, nous le voyons partir.

Pour aller où? À son retour, nous devinons facilement qu'il a fait la tournée des bars de la ville.

Les cinq autres filles et moi dormons dans une

grande chambre qui donne sur le jardin et sur la longue allée en pente bordée d'arbres. De la fenêtre, nous apercevons les lumières de la ville et les eaux sombres et tranquilles du lac. Il est passé minuit lorsque nous entendons une voix pâteuse ainsi que des pas qui remontent l'allée.

Je couche dans le lit du haut, et Christine dans celui du bas.

— Qu'est-ce que tu fabriques, Laurence ? me demande-t-elle d'un ton endormi.

Je mets mes sandales (je n'aime pas porter mes pantoufles quand je ne suis pas chez moi) et ma robe de chambre, et je me précipite à la fenêtre.

— Il faut que vous voyiez ça.

En moins de deux, toutes les filles sont à côté de moi pour observer la scène.

La pluie a cessé. Moutardier, qui porte des bottines et un anorak, avance lentement d'un pas chancelant. Il chante, ou du moins, il essaie.

Christine rit avec ravissement.

— S'il n'a pas sa clé, il va y avoir du chahut.

Et il y en a !

Moutardier frappe dans la porte à grands coups. Quelqu'un finit par lui ouvrir. On entend des cris de colère. L'aubergiste a l'air furieux. Finalement, le calme revient et des pas lourds résonnent dans l'escalier. La chasse d'eau est tirée. Puis, plus rien.

Bientôt, les occupants de l'auberge sombrent dans un profond sommeil. Certains d'entre nous croient entendre des bruits curieux dans la nuit. Mais on se retourne et on se rendort en se disant qu'on a dû rêver.

* * *

C'est madame Bélanger qui vient nous réveiller.

— Debout, les filles. Il fait beau et nous avons du pain sur la planche.

Elle a raison. Le soleil brille et le lac miroite. Je me surprends presque à aimer l'endroit.

Quelques minutes plus tard, les garçons nous rejoignent en bas en traînant les pieds, les yeux troubles.

— Moutardier a dû prendre une cuite hier soir, dit Bruno. Il dort encore. C'est madame Bélanger qui est venue nous réveiller.

Celle-ci est toujours en haut avec l'aubergiste. Lorsqu'ils entrent dans la salle à manger, ils ont l'air perplexes.

— Peut-être qu'il est allé faire une promenade, dit-elle.

— Impossible, dit l'aubergiste. Le verrou est encore poussé.

— Est-ce que quelqu'un a vu monsieur Moutardier ? demande madame Bélanger.

Personne ne l'a vu.

— Voulez-vous m'aider à le trouver, s'il vous plaît ?

Mécontents de devoir laisser refroidir nos assiettes de saucisses, de bacon et de fèves aux lard, nous nous levons tous sans enthousiasme pour faire le tour de la maison. C'est Florence qui ouvre la porte de la bibliothèque.

— Viens ici, Laurence, dit-elle comme si de rien n'était.

Je la rejoins, jette un coup d'œil dans la pièce et appelle les autres.

Monsieur Moutardier est étendu sur le ventre. Il semble avoir été frappé à la tête. Du sang s'écoule de son crâne défoncé.

Monsieur Moutardier, dans la bibliothèque, avec le chandelier.

* * *

L'aubergiste court appeler les policiers, qui arrivent dix minutes plus tard. Mais avant leur arrivée, et après que tous ceux qui ont envie de hurler, de vomir (plusieurs) ou de pleurer (pas très nombreux, dois-je dire) sont partis en courant, j'ai le temps d'inspecter brièvement la pièce avant que madame Bélanger ne ferme la porte. Je songe à m'inscrire en techniques policières après mon secondaire, car je suis une assez bonne détective.

Moutardier porte un survêtement rouge et bleu. Il n'y a aucune arme en vue. La fenêtre à guillotine donnant sur l'allée et le jardin est ouverte. Le carreau du bas a été brisé de l'extérieur, car il y a des éclats de verre partout sur le sol. Le rebord de la fenêtre est maculé de boue, tout comme le plancher, jusqu'au corps de Moutardier. La pièce est en ordre et ne présente aucune trace de bagarre.

C'est tout ce que j'ai le temps de voir avant que madame Bélanger me saisisse par les épaules et m'éloigne en disant :

— Laurence, il n'est pas question que je te laisse regarder ça.

Elle est blanche comme un drap, visiblement très secouée. Elle se tourne vers nous.

— Je vous prie d'aller dans vos chambres. Les policiers voudront sûrement vous parler. Montez et attendez.

Nous nous assoyons sur nos lits, aussi bouleversés que madame Bélanger.

— C'est à cause de *Clue* ! s'écrie soudain Christine qui éclate en sanglots. On n'aurait pas dû y jouer.

— Qu'est-ce que ç'a à voir avec la mort de monsieur Moutardier ? dis-je.

— Ça tombait toujours sur le colonel Mustard, gémit-elle. Bruno s'est demandé si on essayait de nous passer un message. Il avait raison.

Immédiatement, la curiosité de Marcelline est piquée.

— Qu'est-ce que c'est que cette histoire ?

Nous lui racontons l'étonnante coïncidence de la veille.

— Mais non, dit Marcelline avec assurance. Monsieur Moutardier n'est pas mort à cause de ça. Il s'agissait plutôt d'un présage de sa mort. C'est le destin qui s'est manifesté. Vous n'y êtes pour rien.

Christine se trouve tout de suite rassurée.

— Il faut d'abord se demander, dit Florence qui s'est installée sur l'un des lits superposés, qui avait un motif pour tuer Moutardier.

Il y a un silence.

— Mon Dieu! s'exclame Christine tout à coup. Hier soir, Bruno a parlé d'une dispute entre son père et le professeur!

Je commence à en avoir assez de Christine. D'abord, elle me chipe Jordan, puis voilà qu'elle tremble comme une mauviette.

— Quel est le rapport? dis-je. Jordan en veut encore à Moutardier à cause de ce qu'il a fait à son frère. Et ta sœur boite toujours.

— Jordan ne ferait jamais une chose pareille, dit Christine.

— Ni Bruno, même si c'est une crapule. Il ne reste que toi. D'ailleurs, je trouve étrange que tu sois du voyage après ce qui est arrivé à ta sœur.

Tout le monde regarde Christine avec un nouvel intérêt.

— De toute façon, dis-je lorsqu'elle se remet à pleurer, je ne comprends pas pourquoi vous vous mettez dans un tel état. La personne qui a tué monsieur Moutardier est entrée par la fenêtre.

Mais personne ne prête attention à ce que je viens de dire, car Jessica s'écrie soudain:

— Les policiers sont là!

En effet, deux détectives se dirigent vers l'entrée, suivis de six autres agents, dont une femme, en uniforme.

— Ils voudront surtout savoir si nous avons entendu quelque chose la nuit dernière, dis-je. Nos rancunes contre Moutardier ne les intéresseront sûrement pas.

— Moi, je n'ai rien entendu, dit Florence. J'ai dormi comme une bûche.

— Maintenant que j'y pense, dit Jessica, je me suis réveillée au milieu de la nuit et j'ai cru entendre un bruit de verre brisé.

— C'est bizarre, fait remarquer Marcelline. Moi aussi. Je me suis dit que j'avais dû rêver.

— La fenêtre de la bibliothèque a été fracassée, dis-je.

Jessica inspire brusquement et porte la main à sa bouche.

— J'ai entendu l'assassin ! dit-elle.

À cet instant, Nathalie entre dans la chambre. Elle a encore le teint un peu verdâtre, elle qui a été la première à aller vomir après la découverte du cadavre.

— Les policiers se sont installés dans le salon, annonce-t-elle. Madame Bélanger prétend qu'ils vont nous rencontrer un à la fois, par ordre alphabétique inversé.

Christine sera donc la première.

— N'oublie pas de leur parler de ta sœur, dis-je.

— Tu peux être certaine que je ne leur dirai rien, fait-elle d'un ton cassant. Mais je ne manquerai pas de leur demander comment tu as pu savoir que le meurtrier est entré par l'extérieur.

Cette chère Christine ! Elle n'est pas aussi idiote qu'elle en a l'air.

***

Florence et moi avions raison toutes les deux. Les policiers veulent savoir ce que nous pensions de monsieur Moutardier et si nous avons entendu des bruits pendant la nuit.

Le plus âgé des détectives est grisonnant. Il a le visage hâlé et des yeux qui nous transpercent. Le plus jeune a les cheveux bruns et est plutôt séduisant.

Les premières questions qu'ils me posent concernent mes sentiments à l'égard du professeur. Qu'est-ce que je peux dire ? Je ne l'aimais pas et je trouvais qu'il était pourri comme professeur, mais est-ce que ce sont là des raisons suffisantes pour vouloir le tuer ?

Non, je n'ai pas entendu de bruit de verre brisé. Oui, j'ai entendu la chasse d'eau. À quelle heure ? Deux heures trente. Je le sais parce que c'est moi qui suis allée aux toilettes. Non, je n'ai pas vu ou entendu quoi que ce soit de suspect.

C'est un jeu d'enfant de répondre à leurs questions. Mais voilà qu'on m'en pose une plus difficile.

— Je suis troublé, mademoiselle Loubier, dit le plus âgé des policiers. L'une de vos amies nous a dit que vous aviez une bonne idée des circonstances du meurtre. Pouvez-vous nous en dire plus ?

Ainsi, Christine a tenu sa promesse. Très bien,

chère amie. Voyons si je peux dire quelque chose qui te le fera regretter.

Je commence par raconter au policier ce que j'ai pu observer sur les lieux du crime.

— Je vois, dit-il. C'est très intéressant. Et corrigez-moi si je me trompe, mais quelques-uns d'entre vous n'ont pas semblé surpris d'apprendre ce qui est arrivé à monsieur Moutardier. Comment cela se fait-il?

Je vois très bien où il veut en venir.

— C'est à cause de *Clue*, dis-je.

— Racontez-nous ça.

Je m'exécute.

— Si je comprends bien, dit-il lorsque j'ai terminé, quelqu'un a pu manipuler le jeu pour arriver toujours au même résultat.

— Ce n'est qu'un jeu de société. Je ne vois pas comment on aurait pu tricher. On avait plutôt l'impression qu'un message nous était adressé. On y a tout de suite pensé en découvrant monsieur Moutardier.

— Comment la dernière partie s'est-elle terminée? demande le détective.

— Le colonel Mustard, dans la bibliothèque, avec le chandelier.

— Si on ne tient pas compte du fait que le colonel devrait être le meurtrier, ça fait deux sur trois. Et l'arme, elle?

O.K., monsieur le détective. Écoutez ça.

— Je crois que vous trouverez un chandelier

souillé de sang dans le jardin, là ou l'assassin l'a jeté en prenant la fuite.

Au même moment, un policier entre dans la pièce.

— Excusez-moi, dit-il. Nous avons découvert quelque chose.

Le détective se lève et suit l'agent à l'extérieur du salon. L'autre détective ne dit rien et me regarde. Le silence est pénible.

À son retour deux minutes plus tard, le détective tient un objet dans un sac en plastique.

— Dites-moi ce que c'est, me demande-t-il.

— Un gros chandelier en argent.

— Je ne crois pas qu'il soit en argent. L'aubergiste m'a dit qu'il l'avait mis sur le manteau de cheminée parce qu'il le trouvait trop laid pour le garder dans ses appartements. Où croyez-vous que nous l'avons trouvé ?

— Dans le jardin ?

— Exactement. Et devinez ce qui en recouvrait le pied.

— Du sang ?

— Je songe sérieusement à vous confier cette enquête, dit le détective avec lassitude.

L'autre policier s'adresse alors à moi d'un ton dur.

— Tu en sais beaucoup trop à propos de ce meurtre. J'ai bien l'intention de découvrir pourquoi.

— Je vous l'ai dit. C'est à cause de *Clue*.

— Arrête de nous prendre pour des imbéciles.

C'est impossible que la partie se termine de la même façon sept fois de suite.

De nouveau, l'agent fait irruption dans la pièce. Il tient un bout de papier froissé. Le détective lit la note et la remet à l'autre policier, qui l'examine à son tour.

— Tu te crois bien maligne, hein ? me demande-t-il d'un ton intimidant.

— Qu'est-ce que c'est ?

— Que pensais-tu vraiment de Moutardier ?

— Je vous l'ai déjà dit.

— Tu n'as rien à ajouter ?

— Non.

Je commence à être furieuse.

— Pourquoi vous acharnez-vous sur moi ? Le meurtre a été commis par quelqu'un de l'extérieur.

— Qu'est-ce qui te fait dire ça ?

— Je vous l'ai dit. La fenêtre cassée, le verre sur le plancher, la boue sur le rebord et l'arme dans le jardin.

— Puisque tu as réponse à tout, explique-nous ce que faisait le professeur dans la bibliothèque.

— Il a entendu du bruit. Il est descendu voir ce que c'était.

— Vous ne croyez pas qu'il allait rejoindre quelqu'un ?

— Qui ? Et pourquoi ?

Le jeune policier me montre le bout de papier. Les mots ont été tracés au crayon d'une grosse écriture ronde, presque enfantine. *Reprenons. Je t'attends dans la bibliothèque. Loulou.*

— Qui est Loulou ? demande-t-il.

— Comment le saurais-je ?

— Réfléchis bien.

— Je ne connais personne qui s'appelle Loulou.

— C'est ce que nous verrons, dit le policier.

Hors de moi, je ne sais plus ce que je dis.

— Si vous croyez que Loulou est la meurtrière et qu'elle avait un complice, comment expliquez-vous que le complice ne lui ait pas ouvert la fenêtre au lieu de l'obliger à la briser ? Et comment Loulou a-t-elle remis la note à Moutardier ? Comment pouvez-vous être certains que ce bout de papier a quelque chose à voir avec le meurtre ? Il a peut-être traîné par terre pendant des jours avant que le professeur ne le ramasse pour le jeter à la poubelle. Et la bibliothèque dont il est question n'est peut-être pas celle de l'auberge. Il pourrait s'agir de la bibliothèque de l'école ou de la bibliothèque municipale.

Je m'arrête, à bout de souffle. Les deux hommes échangent un regard. Je crois qu'au fond, ils se disent que je ferais une sacrée détective.

* * *

Tout le monde connaît maintenant les circonstances du meurtre. Nathalie est intriguée par la note.

— Comme c'est romantique ! Il s'agit peut-être d'un crime passionnel.

— Qui pouvait aimer Moutardier à ce point ? s'étonne Florence.

— Je crois que Florence a raison, dit Jessica. On finira par découvrir que Moutardier est descendu après avoir entendu du bruit et qu'il a été tué par un simple cambrioleur.

— Ce cambrioleur devait être désespéré pour venir voler ici, fait remarquer Christine.

— Et toi, qu'est-ce que tu penses de tout ça? me demande Florence.

Je n'ai pas le temps de répondre. Madame Bélanger frappe à la porte.

— Laurence, ils veulent t'interroger encore une fois.

*　*　*

Ils sont encore là tous les deux, l'air exténués. Malgré tout, le plus âgé des deux policiers s'adresse à moi avec une extrême politesse.

— Mademoiselle Loubier, vous semblez en avance sur tout le monde aujourd'hui. Laissez-moi vous poser encore quelques questions.

Qu'est-ce qu'il y a encore? Je sens mon cœur se serrer.

— Tout à l'heure, vous sembliez convaincue que le meurtrier est entré par l'extérieur. Mais ne croyez-vous pas qu'on a pu tenter de nous faire croire que l'assassin n'était pas quelqu'un de l'auberge?

Je le regarde fixement.

— Oui, mademoiselle Loubier. Ce crime est peut-être l'œuvre d'une ou de personnes que vous connaissez.

— Voyons donc !

— Ce n'était pas l'aubergiste, ni son épouse, ni madame Bélanger, dit le jeune policier.

— Et ne venez pas me dire que vous n'êtes que des enfants, dit le détective. Nous en avons vu d'autres.

Je hoche la tête, incapable d'émettre un son.

— Il aurait fallu deux personnes, continue le détective. Une pour commettre le meurtre et une autre pour simuler l'effraction. Deux personnes qui détestaient le professeur au point de le tuer. Y a-t-il des noms qui vous viennent à l'esprit ?

— Non.

Cependant, je commence à avoir une petite idée de ceux qu'ils soupçonnent.

— Il semble que certains d'entre vous avaient toutes les raisons du monde de détester monsieur Moutardier, poursuit le détective.

— Tu vois, nous sommes au courant de tout, ajoute l'autre policier. Tes amis se sont trahis malgré eux. Et disons que madame Bélanger s'est montrée très volubile.

— Nous ne sommes pas intéressés par l'histoire de Bruno, dit le détective. Quant à la sœur de Christine et au frère de Jordan, c'est une autre affaire. L'une est marquée à vie, tandis que l'autre voit ses projets d'avenir anéantis. Si on additionne ces deux motifs...

— Qu'est-ce que vous voulez dire ?

— Est-ce que Christine et Jordan sont très intimes ?

Je ne peux pas le nier. Il y a trois mois que j'enrage de les voir ensemble.

— Supposons qu'ils ont comploté le meurtre du professeur. Ils voient le chandelier dans la bibliothèque et décident d'en faire l'arme du crime. Ils quittent leurs chambres à l'heure convenue. Jordan apporte des vêtements qu'il pourra enfiler en bas afin de ne laisser aucune trace de boue dans la maison. Il sort par la fenêtre, brise le carreau une fois dehors et rentre par la même fenêtre. Pendant ce temps, Christine a attiré monsieur Moutardier dans la bibliothèque. De quelle façon ? Je vous laisse l'imaginer. On ne sait pas si la note signée par Loulou a un rapport avec l'affaire. Moutardier descend dans la bibliothèque après avoir entendu un bruit. Il aperçoit la fenêtre brisée, s'avance et bang ! Jordan l'assomme avec le chandelier et sort par la fenêtre, tandis que Christine remonte dans sa chambre. Jordan se débarrasse du chandelier, rentre par la fenêtre, enlève les bottes et les pantalons qu'il portait et les dépose avec les vêtements boueux des autres avant de retourner sous les couvertures.

Je suis incapable de parler. Je ne crois pas un mot de ce qu'il vient de dire. Je voulais me venger de Christine, je l'admets. Mais pas comme ça.

— On n'a retrouvé aucune empreinte digitale, dit le jeune policier. L'assassin n'a pas agi impulsivement.

— Surprenant, hein ? dit le détective.

Je fais signe que oui.

— Je suis désolé. J'aurais vraiment voulu que tu démolisses notre hypothèse.

J'en suis incapable et je le leur dis.

— Mais je n'arrive pas à y croire, dis-je.

* * *

Je quitte la pièce, hébétée. En rentrant dans la chambre, j'évite le regard de Christine. Au bout d'un moment, la policière monte et demande à Christine de la suivre. Celle-ci obéit, l'air déconcertée. On entend sa voix sur le palier :

— Toi aussi ?

— Mais qu'est-ce qui se passe ? demande Jordan.

Nous attendons. Tout à coup, il y a du bruit en bas. Nous apercevons Christine et Jordan, sous escorte des policiers, qui les font monter à l'arrière de deux voitures de police. Puis, le convoi s'éloigne dans l'allée.

* * *

Le corps de Moutardier est maintenant à la morgue, mais l'atmosphère à l'auberge n'est pas bien différente de celle à laquelle il nous avait habitués. Personne n'a la permission de sortir. Nous devons rester à l'intérieur jusqu'à ce que la police nous permette de monter dans l'autobus qui nous ramènera chez nous.

Cette nuit-là, je n'arrive pas à fermer l'œil, torturée à l'idée de ce qui va arriver à Christine et à Jordan. Oui, j'étais jalouse d'eux. Mais pas tant que

122

ça. Je veux qu'ils reviennent.

Le lendemain matin, peu après le déjeuner, ils sont de retour. Christine a pleuré et Jordan a l'air furieux.

— Vous ne me croirez pas, mais ils ont failli nous accuser de meurtre.

— Ils nous ont laissés partir après nous avoir dit qu'ils s'étaient trompés et qu'ils étaient désolés.

Jordan se tourne soudain vers moi. Il me foudroie du regard.

— Et ne va pas croire qu'on ne sait pas qui nous a mis dans ce pétrin, Laurence Loubier. Tout ça est ta faute. Je ne te parlerai plus jamais.

— Et ça vaut aussi pour moi, dit Christine.

En voyant tous les yeux rivés sur moi, je comprends que je n'aurai aucun appui.

* * *

Lorsque l'autobus s'engage dans la cour de l'école deux jours plus tôt que prévu, je commence à m'habituer à être ignorée. Mais je me dis qu'ils finiront par oublier. Ils se rendront compte que je n'ai jamais voulu que Christine et Jordan soient accusés de meurtre.

Pourtant, ils n'ont aucune idée de ce qui a pu se passer.

La police a dû renoncer à sa théorie selon laquelle le crime aurait été commis par quelqu'un logeant à l'auberge. Mais comme on n'a rien trouvé à l'extérieur non plus, l'enquête piétine. Personne ne sait ce qui a bien pu se passer à l'auberge en cette nuit pluvieuse.

En fait, ce n'est pas tout à fait vrai. Quelqu'un le sait…

* * *

Je vous ai parlé de la dernière partie de *Clue* que nous avons jouée en famille, la veille du jour où ma mère est partie vivre avec un autre homme.

Mais je ne vous ai jamais dit qui était cet homme, n'est-ce pas ?

Je n'ai pas su non plus de qui il s'agissait pendant plusieurs années. Tout comme mon père, d'ailleurs, qui ne m'aurait jamais laissée dans cette école s'il avait su. Je l'ai appris par hasard à l'âge de treize ans.

Je soupais chez Angela, ma meilleure amie à l'époque, en compagnie de ses parents. Nous parlions de l'école et il avait été question de monsieur Moutardier.

— Il ne me plaît pas du tout, avait dit la mère d'Angela. Je ne comprendrai jamais ce que ta mère peut lui…

Son mari lui avait lancé un regard furieux et avait dû lui donner un coup de pied sous la table, car elle avait porté la main à sa bouche, le souffle coupé.

— Oups ! Désolée. Oubliez ça, avait-elle dit avant de changer de sujet.

Mais avant que mon père vienne me chercher, j'avais questionné Angela à propos de ce qu'avait dit sa mère.

— Tu ne le savais donc pas ? Ta mère vit avec monsieur Moutardier.

Quand mon père était arrivé, j'étais folle de rage. Pourquoi ne m'avait-il rien dit ? Pourquoi n'allait-il pas casser la gueule de Moutardier comme aurait dû le faire un père digne de ce nom ? Il m'avait répondu en criant que ce n'était pas mon affaire, que j'étais trop jeune pour comprendre et qu'il ne voulait plus jamais entendre prononcer le nom de maman.

J'aime mon père, mais entre vous et moi, je crois que c'est un imbécile et une poule mouillée.

Deux mois plus tard, nous avons emménagé où nous habitons actuellement, à plus de cent soixante kilomètres de notre ancienne ville.

Et qu'est-ce qui s'est passé ensuite ? Vous avez deviné. Monsieur Moutardier a été muté à notre école un an plus tard.

Je n'ai pas osé le dire à mon père.

Mais je surveillais Moutardier sans en avoir l'air. J'ai découvert qu'il demeurait dans un village à treize kilomètres de la ville. Un jour, je m'y suis rendue à bicyclette et j'ai attendu à l'extérieur de sa maison. Une femme est sortie.

Ce n'était pas maman.

J'ai alors demandé à mon père de me dire la vérité, cette fois. Il m'a dit que ma mère était bel et bien partie vivre avec Moutardier, mais que celui-ci l'avait quittée au bout de deux ans. Mes parents étaient divorcés mais, en apprenant ce qui était arrivé, mon père avait écrit à ma mère pour lui demander de revenir. Elle avait refusé en disant qu'elle nous avait déjà fait assez de mal comme ça, qu'elle allait partir et qu'on n'entendrait plus jamais parler d'elle. Et c'est ce qui s'est passé.

Je déteste Moutardier. Bien sûr, il savait qui j'étais. Mais moi, je n'ai jamais laissé voir que je le connaissais. Pendant les cours, je restais assise à le fixer. « Je n'oublierai jamais. » Voilà le message que je lui envoyais en secret tous les jours.

Puis, j'ai abouti dans cette auberge. On a joué à *Clue* et le souvenir de cette dernière soirée en famille est revenu me hanter. Le colonel Mustard, dans la bibliothèque, avec le chandelier.

Je n'ai pas truqué les cartes. Comment aurais-je pu? Le fait que le colonel ait été le meurtrier sept fois de suite était une pure coïncidence. Je le jure.

Une fois mon plan élaboré, toutefois, il me restait à trouver un moyen d'attirer Moutardier dans la bibliothèque.

Enfant, je m'amusais souvent à imiter la grosse écriture ronde de ma mère. J'étais convaincue de pouvoir encore le faire. Ma mère s'appelle Louisette. Depuis qu'elle est toute petite, on la surnomme Loulou.

Voilà.

J'ai attendu que tout le monde soit endormi. Je me suis levée et, avant de descendre, j'ai pris soin d'apporter un chiffon pour éviter de laisser mes empreintes. Une fois dans le salon, j'ai allumé ma lampe de poche et j'ai rédigé la note : *Reprenons. Je t'attends dans la bibliothèque. Loulou.* Je suis entrée dans la bibliothèque, j'ai ouvert la fenêtre et je suis sortie. Puis, après avoir trouvé une pierre pour briser la vitre et l'avoir laissée tout près du mur, je suis rentrée et j'ai couru jusqu'à la chambre de Moutardier. J'ai frappé et ai glissé la note sous sa porte avant de redescendre en toute hâte dans la bibliothèque. Je suis ensuite sortie par la fenêtre, j'ai cassé le carreau et je suis rentrée dans la pièce où je me suis emparée du chandelier. Enfin, je me suis accroupie derrière une étagère et j'ai attendu.

Il est entré presque tout de suite. Il restait planté là à regarder autour de lui.

— Loulou ? a-t-il dit doucement. Es-tu vraiment là ? Si c'est le cas, laisse-moi te dire une chose une bonne fois pour toutes. C'est fini. Je ne veux plus de toi.

Tout à coup, je suis devenue enragée. Je me suis levée et j'ai assommé le professeur avec le chandelier.

— Pour ce que tu nous as fait, à maman, à papa, à Mathieu et à moi, ai-je sifflé.

Je n'ai pas eu besoin de m'assurer qu'il était mort. Je suis sortie par la fenêtre et j'ai lancé le chandelier au loin. Je suis rentrée sans regarder le corps immobile de Moutardier, puis j'ai enlevé mes sandales avant de courir les nettoyer dans la salle de bains. J'ai vérifié qu'il n'y avait aucune tache de sang sur moi et je suis retournée au lit. J'ai dormi longtemps et profondément.

Et je ne regrette toujours pas mon geste.

Les choses se sont améliorées depuis. Mon père est plus heureux. Je le soupçonne même de s'être fait une blonde. On n'a toujours pas de nouvelles de maman. Un jour, je me mettrai à sa recherche.

Christine et Jordan ne m'en veulent plus. Les autres ont recommencé à me parler.

C'est madame Bélanger qui enseigne la géographie maintenant. Elle est gentille.

Malgré tout, j'avais envie de me confier à quelqu'un.

Rappelez-vous, cependant, qu'il n'y a que vous qui savez.

Pas un mot à qui que ce soit.

Sinon, une nuit, je pourrais me retrouver à votre fenêtre.

Et j'apporterai le chandelier.

DÉFAILLANCE DE MÉMOIRE

Nigel Robinson

Je m'appelle Laurie. Vous avez peut-être entendu parler de moi. Vous voyez, je suis une criminelle notoire. Du moins, c'est ce qu'ont décidé le juge et douze jurés à la cour de Miami, il y a maintenant quatre ans.

J'ai plaidé non coupable, bien sûr, et j'ai clamé mon innocence jusqu'à en perdre la voix.

Mais c'est ce que tout le monde fait, non ? Si on avait pris Jack l'éventreur en flagrant délit, je suppose qu'il aurait fait la même chose. Après tout, j'ai été reconnue coupable par la justice d'un des pays les plus démocratiques du monde.

Il faut dire qu'il m'arrive de douter. Il y a des choses que je ne me rappelle pas, des moments dans ma vie où je ne me souviens pas de ce que j'ai fait. Bien avant le meurtre, Didier riait quand je lui parlais de ça. Il disait que j'étais probablement schizophrène et que je menais une double vie. Il ne comprenait pas pourquoi je pleurais lorsqu'il me taquinait. Mais je ne suis pas folle, hein ? Je suis vraiment innocente.

N'est-ce pas ?

Il n'y aura aucun secret entre nous. Pas ici. Pas maintenant. C'est vrai que j'ai des défaillances de mémoire, parfois. Rien de grave, rassurez-vous. Le docteur a dit que je souffrais de narcolepsie : ça signifie qu'il m'arrive de tomber profondément endormie, et ce, sans avertissement. Je suis également somnambule. Oncle Frank m'a raconté qu'une fois, il m'a trouvée sur la pelouse devant la maison à trois heures du matin. Je ne portais qu'une chemise de nuit. Moi, je ne me souviens de rien. Mon oncle avait mis ça sur le compte du stress causé par la mort de mes parents.

J'aimerais bien m'endormir aussi facilement le soir, lorsque les gardiennes verrouillent les cellules et que la femme au bout du couloir se met à gémir et à réclamer ses bébés.

Mais bientôt, je n'aurai plus de difficulté à trouver le sommeil, hein ? Il est minuit et je sais que dans onze heures, je m'endormirai pour l'éternité…

Je suis entrée au collège Régnier de Miami il y a sept ans, à l'âge de quinze ans. J'ai perdu mes parents dans un accident de voiture. Je n'ai ni frère ni sœur et mon plus proche parent est oncle Frank, qui habite ici, à Miami.

Je l'appelle oncle Frank, mais il s'agit plutôt du

cousin au deuxième degré de mon père. Papa était américain. Même si j'ai passé presque toute mon enfance au Québec, j'ai toujours mon passeport américain. À leur mort, mes parents m'ont légué un fonds en fidéicommis que j'aurais pu toucher le jour de mon vingt-cinquième anniversaire. Lorsque oncle Frank a accepté de s'occuper de moi, je me suis souvent demandé si ce n'était pas l'argent que j'aurais un jour qui l'intéressait.

Mais à mesure que le temps passait, je me suis rendu compte que je me trompais. Oncle Frank s'assurait que je ne manquais de rien ; et je n'aurais pas pu tomber sur un oncle plus gentil et plus compréhensif. Et pourquoi aurait-il voulu de mon argent ? Après tout, il gagne très bien sa vie, merci, en tant que P.D.G. d'un parc d'attractions dans le sud de la Floride.

Comme vous l'avez sans doute deviné maintenant, le collège Régnier est un établissement privé de langue française pour jeunes bien nantis. La plupart des élèves qui y sont inscrits ont pour parents des gens très importants : des politiciens, des diplomates, et même des vedettes rock. Il faut dire, cependant, que ce ne sont pas tous les élèves qui viennent de familles riches. En effet, le directeur remet quelques bourses à ceux qui obtiennent les meilleurs résultats durant l'année.

Je suis donc reconnaissante à oncle Frank d'avoir payé les frais d'inscription, car ma moyenne générale de quatre-vingt-un ne m'aurait pas permis de recevoir une bourse. Je réussissais très bien en physique et en ingénierie, mais ce n'était rien comparé à la moyenne de quatre-vingt-dix qu'obtenaient Kim et Didier.

Kim était la meilleure élève de biologie de l'école, au point que son enseignant était parfois tenté de la laisser donner le cours. Quant à Didier… Eh bien! Didier était Didier. Il était très fort en maths. Mais même s'il ne l'avait pas été, il n'aurait eu qu'à faire du charme à l'enseignante pour qu'elle lui accorde quatre-vingt-dix sur-le-champ.

Tout le monde adorait Didier. Les gars voulaient tous être son meilleur ami et il n'y avait pas une seule fille dans l'école qui ne rêvait pas de l'avoir comme petit ami.

J'aimais Didier aussi et j'ai eu l'honneur d'être sa blonde. Et peu importe ce que les gens peuvent dire, je ne crois pas que l'amour que j'éprouvais pour lui aurait pu un jour se changer en un sentiment haineux qui pousse à tuer. L'amour, c'est une chose. La haine, c'en est une autre. N'est-ce pas?

Mais tout ça, c'est du passé. Lorsque je rejoindrai Didier et Kim dans quelques heures, je leur demanderai de me pardonner le mal que j'ai pu leur faire. Peut-être que j'arriverai à éclaircir cette mystérieuse affaire. Tout a commencé avec la mort de Kim, par une belle journée du mois de mai, au collège Régnier, en Floride, là où le soleil brille et où la vie est belle…

* * *

Kim est morte. Comme ça, sans avertissement. C'est Joëlle qui a découvert son corps sur le plancher de sa chambre.

Le bras gauche de Kim était tendu vers une photographie qui reposait à l'envers sur sa table de chevet. C'était une photo de Kim et de Didier prise quelques mois auparavant, le 15 février, plus exactement, lors d'un voyage d'amoureux à Key West.

Vous vous demandez comment je peux être aussi certaine de la date ? Comment pourrais-je l'oublier ? Cette fin de semaine-là, Didier et moi devions assister à un spectacle à Orlando. Il a tout annulé à la dernière minute en prétextant qu'il devait étudier en vue d'un examen.

Quand ils sont revenus, Didier m'a annoncé que tout était fini entre nous et que Kim et lui, c'était du sérieux. Il a ajouté qu'il m'aimait beaucoup et qu'il souhaitait qu'on reste amis. Je me suis sentie trahie et j'étais dégoûtée de voir que mon petit ami sortait maintenant avec l'une de mes meilleures copines. Une copine qui venait si souvent chez moi qu'elle avait même une clé de la maison.

Je leur en voulais à tous les deux et j'avais envie de les tuer.

Bien sûr, c'est une façon de parler. On dit bien des choses quand on est en colère. En voyant que Joëlle, Jean-Marc, Scott et Arnaud se faisaient du souci pour moi, je les ai rassurés en leur disant que ça irait mieux dans quelques semaines. Ils ont été supergentils avec moi durant cette période. Mais ils l'ont été moins quand est venu le temps de témoigner contre moi et de rapporter mes paroles au jury.

Mais je suis trop amère. Comment auraient-ils pu faire autrement? Après tout, c'était la vérité. J'avais bel et bien dit que je voulais tuer Didier et Kim.

Mais revenons à Joëlle. C'est le genre de fille qui pleure en regardant un film d'amour, qui se cache derrière le canapé pendant un film d'horreur et qui dévore les romans d'Agatha Christie. Jean-Marc prétend qu'elle a une imagination débordante et ce n'est donc pas étonnant qu'elle ait été la première à avancer que Kim avait été assassinée.

— Reviens-en, Joëlle, avais-je dit.

C'était quelques jours après la mort de Kim et nous dînions au *Suzuki,* un restaurant japonais dont la spécialité était les sushis.

— Le médecin a dit qu'il s'agissait d'une mort naturelle.

— Peut-être qu'il se trompait, avait insisté Joëlle.

— Mais non, avait dit Arnaud en sirotant son thé vert. Le docteur Namihoko est le meilleur médecin en ville. Et tu ne crois pas qu'il se serait empressé de le dire s'il avait eu le moindre soupçon concernant la mort de sa nièce?

Joëlle avait haussé les épaules.

— Même les médecins font des erreurs, Arnaud. S'il y a quelqu'un qui doit le savoir, c'est bien toi.

Arnaud l'avait foudroyée du regard. Elle avait touché une corde sensible et nous le savions tous. Arnaud était l'athlète par excellence du collège

Régnier. Haltérophilie, planche à voile, rafting… il avait tout fait. Quelques mois auparavant, toutefois, il avait échoué un test antidopage et avait failli être renvoyé de l'école. Il avait clamé son innocence auprès du directeur, et ce n'est qu'après avoir demandé l'avis d'un autre médecin (assez curieusement, l'oncle de Kim) qu'Arnaud avait été blanchi.

J'étais contente qu'il n'ait pas été renvoyé. Arnaud est un gars super quand il n'a pas pris trop de bière. Pourtant, je le soupçonnais de prendre vraiment des stéroïdes. Je me rappelais avoir entendu Scott, l'un de ses partenaires d'entraînement, lui dire que les stéroïdes étaient pour les perdants. Arnaud était entré dans une colère folle.

Je me demande souvent si Kim n'est pas intervenue auprès de son oncle pour innocenter Arnaud. Avant de sortir avec Didier, elle avait été amoureuse de lui. Mais Arnaud est le genre de gars qui ne s'intéresse pas beaucoup aux filles et qui préfère passer toutes ses soirées au gymnase. Il le lui avait bien fait comprendre et Kim, habituée à avoir tous les gars à ses pieds, l'avait très mal pris. Elle lui avait promis qu'un jour, il n'aurait pas d'autre choix que de la traiter avec respect.

Il ne fait aucun doute qu'après cette affaire de stéroïdes, Arnaud avait montré beaucoup plus d'égards à l'endroit de Kim. Celle-ci avait commencé à le mener par le bout du nez et s'amusait beaucoup. Arnaud, lui, semblait souffrir le martyre.

— Du calme, avait dit Jean-Marc avec son accent parisien. Nous venons de perdre une amie. Ne déshonorons pas sa mémoire en nous querellant à propos de sa mort.

— Elle était ton amie, avait fait remarquer Joëlle, mais tu ne sembles pas du tout intéressé à savoir comment elle est morte.

— Jean-Marc est fatigué, avais-je dit en me portant à sa défense. Il est arrivé de France ce matin.

C'est moi qui avais téléphoné à Jean-Marc, en visite chez ses parents à Paris, pour lui annoncer la mauvaise nouvelle. Prêt à sauter dans le premier avion, il avait été déçu d'apprendre que la dépouille de Kim avait déjà été rapatriée au Japon, où auraient lieu les funérailles. Il avait quand même écourté son séjour en France pour être auprès de nous.

Jean-Marc est comme ça : gentil, doux, prévenant. Du moins, c'est ce que je croyais avant qu'il soit appelé à la barre des témoins.

— J'aimais beaucoup Kim. Elle était très sympa, avait-il déclaré alors. Non seulement était-elle une grande biologiste, mais elle était aussi très douée pour les arts. Je ne sais pas si je devrais vous dire ça, mais elle nous écrivait de faux billets d'absence quand nous voulions sécher les cours ! Pourtant, ses rapports avec Laurie étaient tendus. Je suppose que c'est à cause de Didier. Si je n'avais pas été là quand Laurie a appris qu'ils sortaient ensemble, je suis certain qu'elle…

Sa voix avait traîné.

— Vous êtes certain que quoi, monsieur Petit ? avait demandé le juge.

— Qu'elle les aurait tués.

Les larmes aux yeux, Jean-Marc s'était tourné vers moi, implorant mon pardon du regard. Je ne pouvais pas le blâmer. Il avait raison, après tout.

Mais il y a quatre ans, au *Suzuki*, je ne me doutais pas que notre conversation me mènerait au fond de cette cellule.

— Je suis désolée, Jean-Marc, avait dit Joëlle. Mais avoue que c'est étrange ! Une jeune fille de dix-huit ans en parfaite santé qui meurt de mort naturelle !

— Joëlle a raison, avait approuvé Scott. Mais maintenant que son corps se trouve au Japon, on ne saura jamais ce qui lui est arrivé…

J'avais donné une tape sur la table et laissé libre cours à ma colère. À la lumière de ce qui s'est passé ensuite, je me rends compte que ce n'était peut-être pas une très bonne idée.

— Avez-vous fini avec vos hypothèses ridicules ? Kim est morte d'une crise cardiaque, un point c'est tout. C'est rare chez quelqu'un de cet âge, mais ça arrive.

— On parle d'autre chose, d'accord ? avait dit Jean-Marc en voyant le serveur s'approcher de notre table.

Comme je l'ai déjà mentionné, les sushis sont la spécialité du *Suzuki*. Je dois avouer que je ne raffole pas du poisson cru, comme l'avait laissé voir mon expression lorsque le serveur avait posé les assiettes devant nous.

— Ça fait branché de manger des sushis ! avait dit Scott en voyant mon hésitation.

— Branché ou pas, ça reste du poisson cru, avais-je dit. C'est un miracle qu'on ne s'empoisonne pas en avalant ça.

— Le poisson est frais, avait déclaré Jean-Marc. Il a été tué il y a quelques minutes à peine dans les réservoirs d'eau salée de la cuisine. C'est même très sain.

— Sain ?

— Les Japonais sont de grands consommateurs de poisson et ils ont l'un des plus faibles taux de maladies cardiaques du monde.

— Ça n'a pas aidé Kim, pourtant, avait fait remarquer Joëlle.

— On a tous entendu des histoires horribles à propos de gens qui ont été malades après avoir mangé du poisson cru, avais-je insisté sous le regard amusé du serveur.

— Il n'y a aucun danger, mademoiselle, m'avait-il assurée. Vous savez, vous n'êtes pas la première à vous inquiéter. Votre amie d'origine japonaise a mangé ici il y a quelques jours. Elle a discuté avec le chef et semblait préoccupée. Elle n'est pas avec vous ce soir ?

— Non… avait répondu Scott tandis qu'un silence de mort planait sur notre table.

— Vous voyez ? avait dit Joëlle d'un air triomphant une fois le serveur parti. Il a dit que Kim paraissait préoccupée. Elle savait que quelqu'un la poursuivait !

— Ferme-la, Joëlle !

Honnêtement, si elle ne s'était pas tuée bientôt, je crois que je l'aurais tuée !

— Tu as trop d'imagination, avait dit Jean-Marc. Qui aurait pu tuer Kim ? Et pour quel motif ?

Joëlle s'était adossée et nous avait examinés l'un après l'autre.

— Tout le monde avait un motif.

— Ne sois pas stupide, avait dit Arnaud en évitant son regard accusateur.

— On a tous vu comment Kim te traitait depuis quelques semaines, avait continué Joëlle. Peut-être que tu en as eu assez d'elle.

— C'est ridicule et tu le sais très bien.

— Et pour quelle raison aurais-je voulu tuer Kim ? avait demandé Jean-Marc. Bon sang ! Elle était l'une de mes meilleures amies !

— Et tu lui devais de l'argent.

Joëlle lui avait rappelé que Kim lui avait prêté plusieurs milliers de dollars quelques mois auparavant, quand ses parents avaient tardé à lui envoyer son chèque. Mais Jean-Marc est très dépensier et lorsqu'il avait finalement reçu son argent, il avait dû l'utiliser pour régler le compte de sa carte de crédit. Depuis quelque temps, Kim le harcelait pour qu'il la rembourse, et cela avait mis leur amitié à rude épreuve.

— J'étais sur le point de tout lui remettre.

— De toute façon, qui pourrait tuer pour quelques milliers de dollars ? avais-je lancé.

Mais je m'étais demandé où Jean-Marc avait pu trouver l'argent pour se payer un aller retour pour Paris s'il était si fauché. Plus tard, il avait expliqué que c'était un cadeau de ses parents pour son dix-huitième anniversaire. Mais quand même…

Joëlle s'était tournée vers Scott.

— Je sais aussi que Kim et toi ne vous entendiez pas très bien depuis quelque temps. Kim m'a raconté ce qu'elle savait à ton sujet.

Mal à l'aise, Scott s'était rappelé le soir où Kim l'avait surpris en train d'embrasser la fille du meilleur ami de son père. Comme celle-ci était déjà fiancée et que le père de Scott s'apprêtait à signer un important contrat avec le père de la jeune fille, Scott n'osait pas imaginer ce qui se serait passé si Kim avait décidé de parler.

— Et bien entendu, avait conclu Joëlle, Kim est celle qui a volé Didier à Laurie.

— Je suppose que tu es la seule qui n'avait pas de motif ? avais-je demandé.

— Exactement. Je parie que même Didier en avait un.

— Le pauvre gars vient de perdre sa blonde, Joëlle ! s'était écrié Jean-Marc, indigné. Comment peux-tu dire ça ?

Au même moment, un jeune homme séduisant était entré dans le restaurant, attirant le regard des femmes sur son passage. Joëlle savait qu'elle était allée trop loin et n'avait rien ajouté, tandis que j'invitais Didier à s'asseoir à notre table.

— Comment vas-tu ? avait demandé Jean-Marc d'un ton inquiet.

— Je ne peux pas croire qu'elle n'est plus là, avait répondu Didier dans un soupir.

Il était pâle et avait les yeux cernés.

— Il y a une semaine à peine, elle était pleine de vie. Et voilà qu'elle se retrouve au Japon, enterrée dans le caveau familial. Il y a tant de choses que j'aurais voulu lui dire...

— N'y pense plus, lui avais-je dit en posant une main réconfortante sur la sienne.

— Elle va me manquer, avait dit Joëlle.

Pourtant, nous savions tous qu'elle avait toujours été jalouse de Kim, de sa beauté et de son mode de vie raffiné. En fait, les deux jeunes filles n'avaient pas grand-chose en commun. Et même si elles logeaient dans le même pavillon, elles ne se parlaient que rarement.

Je trouvais donc étrange que ce soit Joëlle qui ait trouvé le corps de Kim dans sa chambre. Joëlle avait prétendu que Kim lui avait demandé de l'aider à faire un travail de sciences. Pourtant, Kim était première de classe et n'avait jamais eu besoin de personne pour effectuer ses travaux.

— Le souvenir de Kim restera toujours dans nos cœurs, avait déclaré Scott, comme pour mettre un terme à la discussion.

— À l'avenir ! avais-je ajouté.

Et nous avions tous levé nos tasses de thé vert.

— À des lendemains meilleurs pour nous tous !

Comme j'étais naïve ! Pour deux d'entre nous, ces jours meilleurs ne viendraient jamais…

* * *

J'avais reçu le coup de téléphone de Jean-Marc vers dix heures trente le lendemain matin, alors que je… Bien, je ne sais plus très bien ce que je faisais. Vous vous souvenez des défaillances de mémoire dont je vous ai parlé ? Je me rappelle m'être levée ce matin-là et avoir pris une douche. Les douches chaudes m'endorment toujours et je m'étais allongée sur le canapé. Dans l'intervalle, j'avais également enfilé des jeans et un chandail molletonné blanc.

J'avais écouté ce que Jean-Marc avait à m'apprendre, le cœur serré. En rentrant chez lui la veille (il est l'un des rares élèves du collège à habiter en appartement), Jean-Marc s'était couché tout de suite, sans écouter les messages sur son répondeur. Après avoir rembobiné la cassette ce matin-là, il avait entendu le message de Kim.

Celle-ci lui avait téléphoné la veille de sa mort, paniquée. Elle prétendait que quelqu'un la pourchassait et voulait se venger. Cette personne était prête à tout, avait-elle dit, même à tuer.

Jean-Marc était secoué. Je lui avais dit de se faire un café et de m'attendre.

— C'était une vengeance ? avais-je demandé en arrivant chez lui.

— Elle a dit que quelqu'un était jaloux de son bonheur.

— Je veux entendre le message, avais-je dit.

Jean-Marc avait appuyé sur un bouton, mais on n'avait entendu que le silence. Puis, le jeune homme s'était mis à jurer après s'être aperçu qu'il avait accidentellement effacé le message de Kim.

Si, bien sûr, le message avait bel et bien existé. Car pourquoi Kim aurait-elle appelé Jean-Marc, sachant très bien qu'il était à Paris?

J'en avais eu assez de toutes ces questions sans réponse. J'avais porté la main à mon front: je commençais à avoir mal à la tête.

— Est-ce qu'on devrait le dire à la police? avait demandé Jean-Marc.

J'avais secoué la tête. Le message était effacé et nous n'avions aucune preuve. De toute façon, la police nous aurait pris pour une bande de jeunes idiots.

* * *

C'est triste de voir à quel point on oublie vite. Quelques semaines avaient passé, et déjà, on ne parlait plus de Kim. Même Didier ne prononçait plus son nom. En fait, on passait de plus en plus de temps ensemble. Il y avait des moments où… Enfin, je m'imaginais peut-être des choses, mais j'avais l'impression qu'il avait envie qu'on renoue.

Mais chaque fois qu'il semblait sur le point d'aborder la question, je changeais de sujet. Après

143

tout, c'est lui qui m'avait laissée tomber. Et comme je ne pardonne pas facilement… De plus, ç'aurait été très mal vu que Didier reprenne avec son ex seulement six semaines après la mort de sa blonde.

Le dernier jour de classe était enfin arrivé. Pour fêter ça, j'avais proposé qu'on passe tous la journée au parc d'attractions de mon oncle Frank, à Key West. Didier avait commencé par refuser, mais j'avais insisté et il avait fini par céder. En fouillant dans ma garde-robe pour trouver quelque chose à me mettre, j'avais remarqué que la manche gauche de mon chandail blanc molletonné était déchirée. Pourtant, je ne me rappelais pas l'avoir accrochée. Il faut dire que je n'ai jamais eu beaucoup de mémoire.

Le Technoterreur était l'un des manèges les plus récents et les plus électrisants du parc d'attractions. Il s'agissait de gigantesques montagnes russes comptant de nombreuses boucles et virages. Oncle Frank avait hésité avant d'en faire l'acquisition, mais je l'avais finalement convaincu d'aller de l'avant. Un soir, j'avais étudié les plans et les caractéristiques du manège avec lui et avais déclaré que le Technoterreur ferait courir les foules.

Il y avait longtemps que je rebattais les oreilles de mes amis avec ce manège-là. D'ailleurs, oncle Frank avait accepté que nous soyons les premiers à l'essayer.

— Viens, Didier ! On va s'amuser ! avais-je dit tandis que nous marchions vers les wagonnets.

Joëlle et Scott, de même que Jean-Marc et Arnaud, étaient déjà assis.

— Tu sais bien que j'ai le vertige, avait dit Didier en hésitant.

— Oui, je sais.

Je me souvenais de cette fois où nous étions montés dans une très haute tour alors que nous formions encore un couple.

Avant qu'il me largue.

Je lui avais pris la main.

— Ne fais pas le bébé !

Didier avait cédé en souriant et s'était dirigé vers le wagonnet derrière celui de Joëlle et de Scott. Je l'avais entraîné plus loin en disant à la blague que la dernière fois que Joëlle était montée dans un manège, elle avait vomi. Plus on serait loin d'elle, mieux ce serait !

Le Technoterreur avait démarré en grondant, prêt pour son voyage inaugural. Joëlle s'était retournée pour nous sourire lorsque le train avait commencé son ascension.

— Mon sac ! avais-je crié.

En tirant Didier vers le manège un peu plus tôt, j'avais laissé tomber mon sac sur le sol et avais oublié de le ramasser. Je savais que c'était contre les règles de sécurité, mais j'avais sauté du wagonnet pour aller le récupérer. Didier avait crié mon nom, mais il n'avait pas osé descendre en voyant que le train prenait de la vitesse.

— On dirait bien que tu vas devoir partir sans

moi ! avais-je crié en lui faisant un signe de la main.

La randonnée paraissait excitante. Les wagonnets avaient atteint leur vitesse maximale d'environ cinquante kilomètres à l'heure. Les passagers hurlaient de plaisir tandis que le Technoterreur défiait toutes les lois de l'attraction.

Mais les cris enthousiastes s'étaient changés en hurlements de terreur lorsqu'une pluie d'étincelles avait jailli et qu'un bruit strident avait couvert les clameurs de la foule.

L'un des wagonnets avait déraillé et plongé dans le vide, telle une petite tache rouge se découpant sur le bleu du ciel. Étrangement, je n'avais rien ressenti, sauf peut-être une sorte d'engourdissement en voyant le wagonnet décrire un arc au-dessus du parc avant de s'écraser sur le ciment, une quinzaine de mètres plus loin.

J'avais été la première à accourir sur les lieux de l'accident. Quand les autres m'avaient rejointe après l'arrêt du manège, j'étais finalement sortie de ma torpeur. Je tremblais et pleurais sans pouvoir m'arrêter. Il n'y avait rien à faire. Dans l'amas de ferraille qu'était devenu le wagonnet rouge, le corps ensanglanté de Didier avait été réduit en bouillie.

C'était un accident tragique. Du moins, c'est ce que tout le monde disait avant que la police ne ferme le parc pour permettre aux experts en sinistres de faire leur inspection. Étant donné que j'étais la nièce du propriétaire, j'avais accès au parc en tout temps. J'étais là quand ils ont découvert que le wagonnet dans lequel Didier prenait place avait été saboté. On en avait délibérément tailladé les câbles. Oncle Frank avait déclaré que c'était impossible : le manège avait été soigneusement inspecté la veille de l'accident. Les policiers en étaient venus à la conclusion que le sabotage avait eu lieu durant la nuit ou le matin. Je m'étais alors souvenue de mon chandail blanc que je ne me rappelais pas avoir déchiré.

— Quelqu'un voulait tuer Didier, avait dit Joëlle.

Nous étions retournés chez nous après le départ de la police.

— Ne recommence pas, Joëlle, avait dit Jean-Marc. D'abord Kim, puis maintenant Didier... C'était un accident. N'importe lequel d'entre nous aurait pu s'asseoir dans ce wagonnet.

— Non, avait insisté Joëlle en me jetant un regard accusateur. Pourquoi avez-vous choisi ce wagonnet, Didier et toi ?

Je lui avais répondu que c'était une coïncidence, mais elle ne m'avait pas crue.

— Et lorsque le train s'est mis en marche, tu es descendue.

— Je voulais récupérer mon sac, avais-je dit en implorant Jean-Marc du regard pour qu'il prenne ma défense.

— Où veux-tu en venir, Joëlle ? avait-il demandé même s'il en avait déjà une bonne idée.

— Pour saboter le wagonnet, il aurait fallu que le coupable ait accès au parc... et qu'il ait de bonnes connaissances techniques.

Joëlle avait jeté un regard qui en disait long sur mes manuels d'ingénierie dans la bibliothèque.

— Pourquoi aurais-je voulu tuer Didier ? Pour l'amour du ciel ! Il a déjà été mon *chum* !

— Jusqu'à ce qu'il te remplace par Kim ! Tu as voulu te venger d'eux !

— Kim est morte d'une crise cardiaque ! avais-je dit.

Jean-Marc se frottait le menton d'un air perplexe en songeant au message sur son répondeur. Kim avait prétendu que quelqu'un cherchait vengeance.

— Nous avions tous un motif pour tuer Kim, avait déclaré Joëlle.

— Ce n'est pas vrai, avait protesté Jean-Marc.

Mais Joëlle avait poursuivi en me dévisageant :

— Cependant, tu es la seule qui en avait un pour tuer Didier.

— Ç'a n'a aucun sens, avait dit Arnaud en allant chercher un *Coke* sans sucre dans la cuisine.

— Où étais-tu ce matin, Laurie ? m'avait demandé Scott.

— Chez Jean-Marc, tu le sais bien.

J'avais touché la manche déchirée de mon chandail. J'avais dû m'accrocher quelque part pendant une crise de somnambulisme. Si seulement j'arrivais à m'en souvenir…

— Et avant ça ? avait demandé Jean-Marc.

J'avais enfoui mon visage dans mes mains.

— Je ne sais pas ! Tu sais bien que j'ai parfois des défaillances de mémoire !

— Comme ça tombe bien ! s'était exclamée Joëlle.

À cet instant, j'avais vraiment eu envie de la tuer.

Soudain, tous les yeux s'étaient tournés vers la porte de la cuisine. Arnaud était là et tenait quelques objets dans ses mains.

— Je viens de trouver ça, avait-il dit en les posant sur la table du salon.

Il s'agissait d'outils : pinces coupantes, clé à écrous… et plan du Technoterreur.

— Je suis un cours d'ingénierie ! Bien sûr que vous allez trouver des outils chez moi !

En fait, je ne savais plus très bien quelle était la vérité. Je ne pouvais pas avoir tué Didier ni Kim. Mais qu'est-ce que j'avais fait ce matin, durant cette défaillance de mémoire ? Je me rappelais les taquineries de Didier à propos de ma vie secrète. Est-ce que j'étais une meurtrière sans le savoir ?

De toute évidence, quelqu'un avait tué Kim et Didier. Ça pouvait très bien être moi.

Jean-Marc avait posé une main sur mon épaule. On n'avait aucune preuve que j'avais tué Didier, avait-il dit. Même les outils trouvés dans la cuisine étaient des preuves indirectes. À moins que je passe aux aveux ou qu'un témoin m'ait vue saboter le wagonnet, personne ne pouvait m'accuser de quoi que ce soit.

— Réfléchis, Laurie, avait-il dit doucement. Où étais-tu ce matin ?

J'avais souri tout à coup en fouillant dans mon sac.

— Mon journal ! J'écris toujours dedans en me levant le matin.

Je l'avais tendu à Jean-Marc.

— Lis-le.

Je savais très bien que Joëlle ne croirait pas un mot de ce que je dirais si je le lisais moi-même.

Jean-Marc avait feuilleté les pages et avait trouvé ce que j'avais écrit avant d'aller chez lui. Son visage s'était décomposé et les mots étaient tombés, tel un couperet.

— *Comme je les déteste ! Cette méchante sorcière japonaise m'a volé Didier. Et lui m'a jetée comme une vieille chaussette quand il n'a plus eu besoin de moi. Mais je vais me venger ! Oh oui ! Il va me payer ça. Il ne sera plus aussi attirant quand on le sortira du tas de ferraille...*

J'avais arraché mon journal des mains de Jean-Marc.

— Je n'ai pas écrit ça !

Mais lorsque mes yeux s'étaient posés sur le texte, j'avais reconnu mon écriture.

J'avais signé mon arrêt de mort de ma propre main. J'avais assassiné Didier, et probablement Kim aussi.

Comme vous le savez tous si vous lisez les journaux, on m'a trouvée coupable du meurtre de Didier. Oncle Frank a engagé l'un des meilleurs avocats du pays, mais même lui n'a pas réussi à obtenir une sentence plus clémente pour cause de responsabilité atténuée. Une experte en graphologie a témoigné après avoir étudié mon journal. Elle a déclaré que j'étais particulièrement lucide et saine d'esprit au moment où j'avais comploté de me venger de Didier.

On a également tenté de m'accuser du meurtre de Kim, mais on a dû y renoncer, faute de preuves. L'oncle de Kim avait été clair : il ne voulait pas d'enquête sur la mort de sa nièce. D'ailleurs, il est retourné au Japon et personne ne savait où le joindre.

Voilà les faits. Pourtant, je ne peux pas croire que j'ai tué Didier. Après tout, je l'aimais. Mais ne dit-on pas que la haine est une forme d'amour ? Je suppose que la trahison de Didier m'a fait plus de mal que je ne le croyais.

Et si je n'ai pas tué Didier, qui l'a fait ? Je ne peux pas imaginer Scott ni Arnaud en train de poser un tel geste. Après tout, quel aurait été leur motif ? Quant à Joëlle, les seuls meurtres auxquels elle a été mêlée ont été commis dans les romans policiers qu'elle dévore. Parfois, je m'interroge à propos de mon oncle Frank. À part moi, il n'y a que lui qui avait accès au parc d'attractions. Il aurait très bien pu saboter le manège. Mais pourquoi aurait-il voulu tuer Didier ? Pour me faire emprisonner et toucher l'argent qui était censé me revenir à mes vingt-cinq ans ? Ça ne tient pas debout. Les gens ne peuvent pas être aussi froids et calculateurs, n'est-ce pas ?

Je ne les vois presque plus maintenant, sauf Jean-Marc qui vient faire un tour de temps en temps.

J'apprécie sa présence. Il est gentil, même si je devine à son air qu'il n'a pas encore encaissé le fait qu'une de ses meilleures amies est une criminelle.

C'est ce que je suis, je crois. J'ai tué Didier, et probablement Kim, pendant mes défaillances de mémoire. Il va bien falloir que je me résigne à l'accepter. Il ne me reste que quelques heures à vivre, de toute façon. Il fait jour maintenant et j'ai vu mon dernier lever du soleil. Bientôt, tout sera terminé.

En entendant un cliquetis de clés à l'extérieur de ma cellule, je lève vite les yeux, le cœur battant, tandis que la porte s'ouvre en grinçant. Est-ce qu'on m'accorderait un sursis de dernière minute?

Bien sûr que non. Ces choses-là n'arrivent que dans les films et dans les romans, pas dans la vraie vie. Ce n'est que Doris, la gardienne. Elle n'est pas aussi dure que les autres et je m'entends bien avec elle. Il lui est même arrivé à quelques reprises de faire une entorse au règlement pour moi. Elle me sourit, comme elle a dû sourire à des tas d'autres condamnées à mort au fil des années.

— Tu as une visite, Laurie.

— Une visite? Qui? Oncle Frank? Jean-Marc?

— C'est ta demi-sœur.

Elle s'écarte pour laisser entrer quelqu'un et s'éloigne.

Ma demi-sœur? Mais je n'ai pas de demi-sœur! À moins que ce soit ma mémoire qui me joue encore des tours.

La jeune femme est à peu près de ma taille et de mon poids. Elle porte une élégante robe noire ainsi qu'un grand chapeau à bords flottants, de sorte que c'est seulement lorsqu'elle l'enlève que j'aperçois son visage. Elle rejette ses longs cheveux noirs en arrière, comme elle le faisait toujours.

Ça fait plus de quatre ans que je ne l'ai pas vue. Elle paraît plus âgée ; de minuscules pattes-d'oie sont apparues au coin de ses yeux.

— Kim, dis-je en m'appuyant sur la table pour ne pas tomber.

J'ai l'impression de voir un fantôme. Je tends la main pour la toucher. Elle est bel et bien vivante.

— Salut, Laurie, dit-elle en souriant.

— Mais… mais tu es morte…

Qu'est-ce que je raconte ? Comment peut-elle être morte ? Elle se tient là, devant moi !

— C'est exact, dit Kim. Et tu le seras aussi dans quelques heures, ajoute-t-elle avec ironie. J'ai aperçu la chaise électrique en venant ici. Tout est prêt pour le feu d'artifice.

— Je ne comprends pas, dis-je en portant une main à mon front mouillé de sueur.

— Nous, les Japonais, on est patients. Ça m'a pris quatre ans, mais je me suis finalement vengée de Didier et de toi.

— Vengée ?

Je comprends tout à coup.

— C'est toi qui as tué Didier ! Mais comment ? Pourquoi ?

— J'ai appris qu'il était sur le point de me quitter. Il voulait te demander de le reprendre. Je ne pouvais pas le laisser faire ça. Si ce n'était pas moi qui l'avais, personne d'autre ne l'aurait. Alors j'ai saboté le Technoterreur.

— Mais comment es-tu entrée au parc ? Les portes sont verrouillées tous les soirs…

— Nous avons déjà été amies, me rappelle Kim. Tu te souviens de cette soirée où j'étais allée chez toi en revenant du *Suzuki* ? Je t'avais aidée à faire tes devoirs. Tu m'avais prêté une clé et je ne te l'ai jamais rendue. Je n'ai eu aucun mal à entrer chez toi pendant ton absence et à m'emparer des clés du parc. Je suivais un cours d'ingénierie, moi aussi, et ç'a été un jeu d'enfant de saboter le wagonnet. Je savais que tu voulais être la première à essayer le Technoterreur.

— Mais tu aurais pu tuer n'importe lequel d'entre nous. Tu ne pouvais pas être certaine que ce serait Didier qui s'assoirait là.

Kim hoche la tête.

— S'il n'était pas mort, j'aurais trouver un autre moyen de le punir. L'important, c'était que quelqu'un se tue et que tu sois accusée de meurtre. Je voulais que la vie de celle que Didier aimait le plus devienne un enfer.

— Mais mon journal…

— J'avais l'habitude de rédiger des billets d'absence pour vous tous, tu te souviens ? Je n'ai eu aucune difficulté à imiter ton écriture. Le fait que tu aies parfois des défaillances de mémoire m'a rendu la tâche encore plus facile. Si tu commençais à douter de ton innocence, les autres te soupçonneraient encore plus. Tu vois, chère Laurie, tout était planifié. Du message laissé sur le répondeur de Jean-Marc aux pinces coupantes que j'ai déposées dans la cuisine pendant que tu étais au parc d'attractions.

Je regarde vers la porte. Il faut que j'appelle Doris et que je lui dise que je suis vraiment innocente. Que je n'ai pas tué Didier il y a quatre ans. Je jette un coup d'œil sur la montre de Kim, une *Rolex*. Dans deux heures, on me conduira à la chaise électrique. Une horrible pensée me traverse l'esprit. À cause de mes défaillances de mémoire, on me croit déjà folle. Pourquoi me croirait-on aujourd'hui ? De nouveau, je fixe le visage souriant de Kim.

— Tu es morte. Joëlle t'a trouvée dans ta chambre. Tu as eu une crise cardiaque.

— Je m'étais arrangée pour que ce soit elle qui me trouve, explique Kim. Elle a tellement d'imagination !

Elle éclate d'un rire joyeux.

— Tu es morte.

Kim secoue la tête.

— Je suis très forte en biologie, tu sais. Et ma spécialité est la zoologie. Plus particulièrement le fugu...

— Le fugu ?

— C'est un poisson très apprécié au Japon, me dit-elle.

Je me rappelle soudain avoir vu ce mot sur le menu du *Suzuki*. Et je me souviens également que le serveur m'a dit que Kim avait discuté avec le chef quelques jours avant sa « mort ».

— Il faut faire très attention à la façon dont on l'apprête, toutefois. Car le fugu contient de la tétrodotoxine, l'un des poisons les plus violents qui existent.

— Je ne comprends pas…

— Ce poison peut tuer. Mais s'il est bien dosé, par une biologiste expérimentée, par exemple, il peut aussi provoquer une mort apparente. Toutes les fonctions vitales du corps sont ralenties, mais la personne ne meurt pas.

— Tu as manigancé ta propre mort !

— Je me suis assassinée, si on peut dire. Un cercueil vide a été expédié au Japon. Je suis orpheline, Laurie, comme toi. Alors ça n'a pas causé de problèmes là-bas. Ensuite, j'ai attendu le bon moment pour tuer Didier et te faire condamner pour meurtre.

— Tu n'as pas pu faire tout ça sans l'aide de quelqu'un, dis-je.

— Malheureusement non, confirme Kim. Mon oncle s'est occupé des funérailles. Il s'est fait un plaisir de m'aider quand je l'ai menacé de dire à ses supérieurs qu'il avait menti en affirmant que le test antidopage d'Arnaud était négatif.

— Mais pourquoi ?

— Tu te souviens d'Aurélie Jodoin ? demande Kim.

Je fais signe que oui. Aurélie était diabétique. Elle est morte quelques mois avant Kim (!) et Didier.

— C'est mon oncle qui la soignait. Il a commis une erreur en lui administrant ses médicaments et elle en est morte. J'étais au courant, car je travaillais parfois au bureau de mon oncle à cette époque. J'avais accepté de ne rien dire, mais à une condition.

— Tu t'es servie de ton oncle, dis-je. Tout comme tu t'es servie de nous tous. Mais quand Didier est mort…

— Je ne sais pas ce que mon oncle a pensé quand Didier a été tué, mais il était déjà allé trop loin. Il est rentré au Japon, où il soigne sa conscience tourmentée et nourrit ses soupçons. Mais pour nous, les Japonais, il n'y a rien de plus important que la loyauté familiale. Même s'il me soupçonne d'avoir tué Didier, mon oncle ne dira rien. Sa carrière en dépend, après tout…

— Je vais appeler Doris, dis-je. Je vais lui dire que je suis innocente. On ne peut pas m'envoyer à la chaise électrique. Je ne peux pas mourir pour un crime que je n'ai pas commis !

Kim rit.

— Et tu penses qu'elle va te croire ? Oh non ! Laurie. C'est moi qui ai gagné. Et même si elle te croyait, qu'est-ce qu'elle pourrait faire ? On ne peut pas me condamner à ta place. Après tout, je suis morte, légalement parlant. On ne traîne pas un cadavre devant les tribunaux.

Elle m'adresse un sourire suffisant et moqueur,

un sourire qui me hantera pour le reste de ma vie. Et qui sait, maintenant, combien de temps je vivrai ?

— Je suis morte, chère Laurie, dit Kim. Et bientôt, tu le seras aussi.

NATURE MORTE

Laurence Staig

— Elle ressemble aux maisons hantées dans les foires, tu ne trouves pas?

Les yeux de Suzanne Saint-Sauveur pétillent. Celle-ci a le sourire fendu jusqu'aux oreilles depuis qu'ils ont quitté la maison ce matin.

Jonathan hoche la tête, croise les bras et s'avance dans la rue pour mieux voir. Il ne peut s'empêcher de sourire devant l'enthousiasme de sa mère. C'est une journée chaude et une légère brise charrie les cris joyeux des enfants s'amusant dans le parc non loin de là. Jonathan repousse ses cheveux bruns et contemple la maison.

— Elle a l'air abandonnée. Les fenêtres sont sales et brisées. C'est une vieille baraque, quoi!

— Pour l'amour du ciel! Cette maison a du caractère, Jonathan. Du caractère!

Sa mère fait de grands gestes, comme tous les artistes. Elle paraît songeuse en remontant ses cheveux blonds en un chignon.

— La maison penche un peu en avant à cause de l'affaissement du terrain. Mais d'ici à ce qu'elle s'écroule, elle continuera à servir d'atelier à une quarantaine d'artistes, dont moi. Voici *Les Ateliers du Parc*! J'en sens les ondes positives jusqu'ici.

La mère de Jonathan est heureuse, c'est évident. Mais le plus important, c'est qu'elle n'aura plus à passer l'hiver à grelotter dans un hangar mal aménagé au fond du jardin.

De l'autre côté de la rue, un centre communautaire vient d'ouvrir ses portes dans un ancien poste de police. L'immeuble à deux étages abrite aussi un café. Soudain, une voiture s'arrête en face.

Une jolie jeune fille aux longs cheveux bruns leur fait un signe de la main en en descendant. Elle dit quelque chose au conducteur et traverse la rue d'un pas léger.

— Bonjour! dit-elle. C'est le grand jour, hein?

— Oui, répond Suzanne d'un air rayonnant. Voici mon fils, Jonathan.

La jeune fille sourit et lui tend la main.

— Salut! Je m'appelle Anaïs. Tu viendras nous voir, j'espère. Mon père et mon oncle sont propriétaires du café. Bon, je dois y aller. À bientôt!

— Elle a l'air gentille, dit Jonathan.

Un nuage de poussière s'élève en tourbillons dans la rue lorsque deux portes vitrées s'ouvrent sur le côté de la maison. Un balai à la main, un homme maigre au teint cendreux et aux longs cheveux gris jette un coup d'œil sur le trottoir pour s'assurer qu'il n'y a pas de piétons. Puis, il continue à balayer.

— Regarde là-bas, où l'homme vient de sortir, dit la mère de Jonathan. C'est la galerie d'art.

Elle tambourine sur le toit de leur vieille Volvo. En fredonnant doucement, elle verrouille la portière du côté du conducteur et se dirige vers le coffre. Le hayon s'ouvre en grinçant et de petits morceaux de rouille se détachent des charnières.

— Mon atelier est au rez-de-chaussée. Heureusement, car il y a trois étages et mon four pèse une tonne. Je l'aurai la semaine prochaine.

Jonathan se dit que c'est la première fois qu'elle est aussi heureuse depuis que son père est finalement parti avec une des ses étudiantes.

Dans le coffre de la Volvo, sa mère a mis des seaux, des vadrouilles et des produits de nettoyage. En soulevant une boîte, Jonathan aperçoit des lunettes de motocycliste sous une pile de chiffons.

— Mais qu'est-ce que tu fais avec ça? demande-t-il.

Sa mère grimace et les replace sous les chiffons. Quelque chose luit au fond de la boîte.

— Qu'est-ce que c'est?

— Tu me connais, dit-elle en riant. Je traîne toujours toutes sortes de babioles.

L'homme aux cheveux gris arrête de balayer et regarde dans leur direction. Il appuie son balai contre le mur et vient vers eux sans se presser.

— Je crois que c'est Gustave. Je ne l'ai rencontré qu'une fois ou deux. Il était membre du comité de sélection. Il fabrique des masques pour des films, mais il s'occupe aussi des ateliers.

Gustave Fiset la salue d'un signe de tête et jette un bref regard vers Jonathan. Il porte un blouson en jean délavé ainsi que des jeans noirs troués qui laissent voir ses genoux maigres. Avec ses énormes *Doc Marten*, il ressemble à un personnage de dessins animés. Il leur adresse un sourire forcé et leur tend la main après l'avoir essuyée sur son blouson. Pendant un instant, il a l'air de ne pas trop savoir quoi dire.

— Vous êtes Suzanne, n'est-ce pas? La potière? demande-t-il.

— Suzanne Saint-Sauveur. Je suis céramiste, s'empresse-t-elle de corriger. Je vous présente mon fils Jonathan. Il se débrouille bien avec un marteau. Alors j'ai pensé venir installer quelques petites choses. Naturellement, on viendra à l'exposition ce soir.

Gustave sourit, mais Jonathan remarque qu'il a l'air peu enthousiaste. L'homme toussote et désigne une porte à la peinture cloquée à leur gauche.

— Vous pouvez entrer par là. Ce sera plus facile pour décharger vos affaires.

— Merci, dit Suzanne.

Il sourit brièvement.

Tout à coup, un cri strident leur parvient de la maison. Les portes de la galerie d'art s'ouvrent toutes grandes et une petite femme potelée aux cheveux crépus surgit dans la rue. Elle a une feuille de papier jaune à la main et l'agite furieusement.

— Gustave! Gustave! Est-ce que tu as lu ça?

L'homme gémit et enfouit son visage dans ses mains. Il secoue lentement la tête et regarde Suzanne entre ses doigts.

— C'est Dalila. Elle était absente depuis quelques semaines. Je suppose qu'elle vient de lire la lettre. Que Dieu nous vienne en aide ! Elle va avoir une attaque.

— Gustave ! As-tu lu cette lettre ? Elle était dans mon casier !

En quelques secondes, la femme les rejoint, le visage congestionné et les yeux exorbités.

— Je sais, je sais, Dalila, dit Gustave en soupirant. Bien sûr que je l'ai lue. C'est moi qui ai mis ces feuilles dans vos casiers.

Dalila fixe la lettre et la déchire en poussant un gémissement presque animal.

— Est-ce qu'on peut faire quelque chose pour empêcher ça ? Appeler le Conseil des Arts ou formuler une plainte ?

Sans attendre de réponse, elle tourne brusquement les talons et retourne dans la galerie. D'en haut leur parvient le grincement d'une fenêtre qui s'ouvre. Un homme au visage joufflu se penche vers eux. Ses lunettes sont sur le bout de son nez.

Gustave lève la tête.

— Salut, Normand ! Dalila est revenue. Elle n'était pas au courant à propos de Madeleine Vary.

— Madeleine ? Elle n'est même pas foutue de juger un concours de graffitis ! Encore moins une exposition comme la nôtre !

Gustave hausse les épaules en signe d'impuissance.

Normand grogne. Il place un bâtonnet de bois sous la fenêtre et disparaît à l'intérieur.

— Excusez-moi, dit Gustave. Il faut que j'aille préparer l'exposition. Bienvenue aux *Ateliers du Parc*. Venez nous voir tout à l'heure. Je serai dans la galerie d'art avec les autres.

— Ça me fera plaisir de vous aider, dit Jonathan.

Gustave hoche la tête et retourne à la galerie d'un pas pressé.

Jonathan ramasse les deux morceaux de papier par terre et les met côte à côte. Il parcourt la lettre rapidement.

— C'est une lettre du Conseil des Arts. *Pour cause de maladie, madame Éliane Fournier sera dans l'impossibilité de présider le Concours des galeries d'art de la région métropolitaine. Elle sera remplacée par madame Madeleine Vary, critique d'art réputée.* Vary ?

Jonathan réfléchit un instant.

— Ce nom me dit quelque chose.

Il remarque que sa mère ne parle plus. Un large sourire est resté figé sur ses lèvres, mais elle a le regard dans le vague.

— Maman, qu'est-ce qu'il y a ? Tu connais cette femme ? Madeleine Vary ?

Suzanne ne dit rien. Elle tousse et regarde autour d'elle, l'air mal à l'aise.

— Non. Je ne crois pas.

— Alors, tu es venu donner un coup de main à ta mère ? demande Anaïs.

Elle lui apporte un autre café, mais elle s'assoit à côté de lui cette fois.

— Oui. J'espère poursuivre mes études en art. Je suppose que j'ai ça dans le sang. Mon père enseigne la peinture au cégep. Il n'habite plus avec nous. Ma mère, elle, fait de la poterie. Je viens de finir mes examens et je l'accompagne pour passer le temps. Je cherche un emploi d'été.

— C'est un bel endroit, ici, dit Anaïs. La plupart des artistes sont très gentils. Ils viennent souvent manger ici. Ils forment une vraie famille. En ce moment, ils sont un peu nerveux à cause de l'exposition et de la personne qui doit les juger.

— Madeleine Vary ?

— Oui. Je crois qu'elle a des choses à se reprocher.

— Deux thés ! crie soudain le cuisinier.

— Je dois y aller, dit Anaïs. Il faut que je fasse le service. Mais reviens un peu plus tard. On pourra continuer cette conversation.

Jonathan sourit. Il se sent rougir et prend une grande gorgée de café avant de lui faire un petit signe de tête en sortant.

* * *

La galerie bourdonne d'activité. Tous s'affairent

à installer des socles et des plateformes et à accrocher des toiles.

Jonathan examine avec curiosité les pièces exposées. Il voit des sculptures en papier mâché qui ressemblent à des créatures de l'espace. Certains tableaux ont été recouverts d'une épaisse couche de peinture, et des objets y sont accrochés. Après les avoir regardés de plus près, Jonathan est persuadé qu'il s'agit des pièces d'un moteur. Sur un mur, enfin, figurent plusieurs photographies de gens dont le visage a été peint de couleur argent ou or.

Une femme petite et vêtue de jeans maculés de peinture demande à Jonathan de lui donner un marteau. Elle recule de quelques pas pour mieux voir la toile.

— Merci, dit-elle. Tu es le fils de Suzanne, hein ? Ta mère a dû aller acheter des trucs dont nous avions besoin. Elle te fait dire de ne pas t'inquiéter. Elle te verra tout à l'heure.

— Janine ! crie une voix pas très loin d'eux. Quand tu n'auras plus besoin de ce gentil garçon, pourrais-tu me l'envoyer ?

Une femme dans la cinquantaine aux cheveux presque noirs lui fait un signe de la main. Elle a les doigts potelés et porte des lunettes et d'immenses boucles d'oreilles.

— Viens, mon chou. Aide-moi à placer ce bronze sur son socle. Il est lourd.

En l'examinant, Jonathan se dit qu'elle doit être grecque. Elle se présente comme étant Nina.

À l'arrière de la galerie, un passage voûté donne sur une autre pièce. Un homme grand et grisonnant vêtu d'un complet est en train d'installer une caméra sur un support mural.

— Qu'est-ce qu'il fait? demande Jonathan.

— C'est Gratien Sénécal, répond Nina. Il a l'air d'un banquier, mais c'est un maître de l'art vidéo. Avec une caméra et un écran, il arrive à faire des choses extraordinaires. Par exemple, son ordinateur peut filmer des gens qui visitent l'exposition et transformer leur image. On dit de Gratien qu'il est le successeur d'Andy Warhol.

L'homme apparaît dans le passage en voûte.

— Gustave! On te demande au téléphone. Tu ne devineras jamais qui c'est. La secrétaire de Madeleine Vary!

Gustave Fiset a le regard noir.

— Pauvre lui! dit Janine.

— Cette Madeleine Vary, demande Jonathan, comment est-elle?

— C'est une pédante. Une vache prétentieuse, déclare Janine.

— Et une horreur ambulante! ajoute Nina. Elle a l'habitude de porter toute une quincaillerie. Tu te souviens des grosses bagues en cristal taillé qu'elle avait à chaque doigt? On aurait dit des lustres à la place des jointures!

— Et elle avait les boucles d'oreilles assorties! dit Janine. Avec, en plus, du rouge à lèvres écarlate qui lui donnait l'air d'un clown. Beurk!

Ils éclatent tous de rire, mais l'expression de Nina se durcit.

— C'est un mauvais souvenir pour nous, dit-elle. Tu vois, Jonathan, cette femme ne nous aime pas.

* * *

Les préparatifs vont bon train. Les toiles sont accrochées dans les ronds de lumière ; les objets en céramique sont disposés sur les socles ; les étoffes pendent, telles des tapisseries exotiques, aux murs couleur os.

Un lourd récipient ovale repose à côté d'un bronze. Jonathan se dit qu'il ressemble à une plate-bande. En effet, des dizaines de fleurs en forme de main semblent pousser à travers la céramique. De magnifiques pétales en verre bourgogne s'ouvrent sur des doigts tendus. Certaines mains sont en cuivre, d'autres en céramique ou en bois. C'est splendide.

— Ça te plaît ? demande Janine.

— C'est… saisissant, dit Jonathan.

Gratien les rejoint. Il a l'air grave.

— Gustave est hors de lui. Madeleine Vary veut visiter la galerie avant l'heure d'ouverture. Je parie qu'elle veut savoir qui expose pour mieux préparer ses vacheries. Elle a insisté pour qu'il n'y ait personne et qu'elle puisse en faire le tour seule.

— Est-ce qu'elle a le droit d'exiger ça ? demande Janine.

— D'après le Conseil des Arts, oui. Gustave est furieux.

Jonathan rentre sa chemise dans son pantalon et consulte sa montre. Sa mère n'est pas encore revenue.

Tout à coup, Gustave s'avance dans le passage voûté et lève les bras pour obtenir l'attention de ses amis.

— Silence, s'il vous plaît! J'ai une annonce à faire concernant Madeleine Vary.

Un grognement sourd accueille ses paroles.

* * *

Jonathan offre son aide aux artistes, mais Gustave Fiset est inflexible. Il faut qu'il y ait le moins de monde possible lorsque Madeleine Vary arrivera.

Jonathan va donc rejoindre Anaïs, mais il n'a aucune envie d'avaler un autre café.

— Pourquoi tu ne vas pas te promener dans le quartier en attendant que j'aie fini de travailler? Il y a un joli parc derrière les ateliers. Mais reviens me chercher! Je veux aller à l'exposition. Tu seras mon escorte. O.K.?

Cette fois, Jonathan ne se sent pas gêné. Anaïs l'accompagne dehors et le regarde marcher vers le parc. En se retournant, Jonathan aperçoit une femme qui porte une robe rouge et une sorte de châle noir sur la tête. Elle adresse quelques mots à Anaïs et entre dans la galerie d'art.

«Madeleine Vary est en ville», se dit Jonathan.

Une fois dans le parc, il s'assoit sur un banc et y allonge les jambes. Il se sent étrangement fatigué, même si tout le café qu'il a bu devrait le garder alerte. Bientôt, il s'assoupit.

* * *

Il se réveille en sursaut, ankylosé plutôt que reposé. Le soir tombe. Jonathan jette un coup d'œil sur sa montre et a du mal à croire qu'il a dormi aussi longtemps. Il sort du parc d'un pas traînant et se dirige vers les ateliers. Soudain, il reste cloué sur place. Une affiche de fortune annonçant l'exposition est collée à un lampadaire, mais un mot a été tracé par-dessus au crayon feutre noir : *ANNULÉ*.

« Qu'est-ce qui est arrivé à Madeleine Vary ? » se demande Jonathan. Quand il arrive aux ateliers, les portes de la galerie d'art sont ouvertes, mais quelques artistes s'affairent à inscrire « annulé » sur les affiches placardées à l'extérieur de la maison. Nina et Anaïs se tiennent dans l'entrée.

— Qu'est-ce qui se passe ?

— Bonsoir ! dit Normand. Tu n'as pas entendu la nouvelle ? Madeleine Vary s'est désistée.

Normand sourit d'un air espiègle.

— Elle est restée à l'intérieur une dizaine de minutes. Puis, elle a déclaré que les objets exposés étaient aussi laids que d'habitude et qu'elle avait mieux à faire que de présider ce concours. Elle a sorti son cellulaire et a annoncé qu'elle avait changé d'avis et qu'elle rentrait à Vancouver.

— Les gens faisaient déjà la queue dans la rue, dit Anaïs. Quand je suis sortie, elle engueulait Gustave devant tout le monde.

Jonathan se met à rire. Il ne sait pas trop pourquoi.

Nina en fait autant.

— On s'en va fêter ça au café, dit-elle. Joignez-vous à nous si ça vous tente. Jonathan, ça t'ennuierait de rester encore quinze minutes ? Gustave et Gratien vont bientôt descendre pour verrouiller les portes.

— Ça me donnera l'occasion de faire le tour tranquillement.

Les autres artistes quittent la galerie et traversent la rue.

Anaïs hausse les épaules.

— On se revoit tout à l'heure ?

— Bien sûr, dit-il.

La jeune fille retourne au café.

Jonathan est seul.

La galerie d'art est complètement silencieuse. Tout à coup, il entend une voix dans la pièce adjacente, dont les murs sont soudain balayés de couleurs.

— C'est vous, Gustave ? Gratien ? demande Jonathan.

Il avance dans le passage en voûte. C'est l'installation de Gratien qui s'est mise en marche. Celui-ci l'a programmée pour qu'elle fonctionne à intervalles réguliers. Jonathan aperçoit sa propre image sur un écran de télévision en pénétrant dans la pièce. Quelques secondes plus tard, l'image s'efface et réapparaît simultanément sur plusieurs écrans d'ordinateurs.

— Bienvenue, gazouille une voix électronique. Nous pouvons vous remodeler. Regardez le moniteur et choisissez une option maintenant à l'aide du clavier ou de la souris.

Jonathan se penche vers l'un des écrans où figurent les différentes options : *Remodeler, Réviser, Tracer, Images précédentes, Sortie.*

Il saisit la souris posée à côté du moniteur et opte pour « Tracer ». Mais il fait un faux mouvement et c'est plutôt « Images précédentes » qui est sélectionné.

Un message clignote à l'écran : *Toutes les images précédentes ont été effacées. Désirez-vous consulter la sauvegarde ?*

Jonathan fronce les sourcils. Quelqu'un a tenté d'effacer le contenu du disque. Sa curiosité naturelle l'emporte.

Il appuie sur « O » pour oui.

Une série de noms de fichiers défilent à l'écran. Puis, sans avertissement, le visage menaçant d'une femme apparaît en gros plan. Celle-ci fixe la caméra. Jonathan ne sait pas trop ce qui se passe ensuite, mais quelque chose est enroulé autour du cou de la femme. Des ombres bougent derrière elle.

La bouche de la femme est grande ouverte et ses lèvres écarlates apparaissent au bas de l'écran. C'est à ce moment-là que Jonathan remarque un détail qui le déconcerte. La femme a d'immenses boucles d'oreilles. Elle porte la main à son cou dans une tentative désespérée pour enlever le châle qui l'étrangle.

En voyant ses mains, Jonathan se souvient.

« Elle portait des bagues en cristal taillé à chaque doigt. On aurait dit des lustres à la place des jointures ! »

— Oh ! mon Dieu ! murmure-t-il. C'est elle !

Les yeux de la femme font saillie, puis se ferment. Sa tête et ses épaules sont secouées d'un terrible spasme.

Jonathan pousse un cri. Il accroche accidentellement le fil électrique et l'ordinateur s'éteint.

Jonathan reste figé, ne sachant trop ce qu'il doit faire. Une seule question habite ses pensées : « Est-ce l'enregistrement de quelque chose qui s'est vraiment passé, ou est-ce une pure invention de Gratien ? » Une tache attire son attention sur la souris. Il commence par se dire qu'il a dû se faire une égratignure et qu'il s'agit de son propre sang. Mais il examine ses doigts et ne voit rien. Il y a également des marques sur le tapis de la souris. Trois traits rouges.

Jonathan regarde autour de lui, traverse la pièce et règle le variateur de lumière au maximum. Il aperçoit alors sur le plancher de petites taches sombres qui vont jusqu'à la porte au fond de la pièce. Il s'agenouille et constate que les taches ont dû être essuyées à la hâte.

— Tu as perdu quelque chose?

Il manque de tomber sur le dos et regarde par-dessus son épaule. Gratien Sénécal se tient dans l'entrée.

— Euh… des taches, répond Jonathan.

— Tu as perdu quoi? Quelles taches? Où ça?

— Oh! ce n'est pas grand-chose.

Gratien traverse la galerie, l'air anxieux, et examine le plancher près de Jonathan.

— Vraiment, ce n'est rien, dit ce dernier.

Gratien s'arrête devant la table et s'empare de la souris. Il retire un mouchoir de sa poche, crache sur la souris et frotte la tache.

— C'est du sang, annonce-t-il comme si de rien n'était.

Jonathan se relève.

Sans autre commentaire, Gratien lui montre une écorchure sur le dos de sa main.

— J'ai eu un petit accident la semaine dernière.

À cet instant, la porte s'ouvre au fond de la pièce. Gustave entre avec Suzanne Saint-Sauveur.

— Maman! s'écrie Jonathan. Où étais-tu passée?

Sa mère ne dit rien. Elle paraît embarrassée. Elle jette un coup d'œil vers l'ordinateur.

— Est-ce que tu l'as allumé?

— J'ai accroché le fil.

Gratien tousse.

— Il n'y a rien à voir, de toute façon. J'ai tout effacé sans faire exprès.

Jonathan baisse les yeux.

— Est-ce qu'il y a quelque chose qui ne va pas ? demande Gustave sans même le regarder.

— Il y a des taches de sang, répond Jonathan.

Sa mère est pâle. Gustave se tient debout sans bouger.

Gratien rit et lève la main.

— C'est le mien. Vous vous rappelez, je me suis écorché en aidant Nina à transporter son énorme caisse.

— Moi aussi, dit Gustave.

Il montre une égratignure sur sa propre main.

— Je me suis fait ça en plaçant un socle.

Anaïs apparaît dans l'embrasure de la porte.

— Jonathan ! Je t'attendais. Bonsoir, Gratien, dit-elle en l'apercevant. Et votre matériel vidéo ? Avez-vous réglé votre problème ?

Gratien sourit et replace son mouchoir dans sa poche.

— Oui. Merci, Anaïs. Tes conseils m'ont été très utiles. C'était une erreur de programmation.

Les yeux d'Anaïs pétillent lorsqu'elle se tourne vers Jonathan.

— Tu sais, je ne travaille pas au café vingt-quatre heures sur vingt-quatre.

* * *

Assis à la terrasse du café, Jonathan est troublé. C'était bel et bien Madeleine Vary sur l'écran de l'ordinateur. De plus, il y a des traces de sang dans le studio. Pourtant, des tas de gens ont vu cette

175

femme entrer, puis ressortir de la galerie d'art.

Le bruit de glaçons qui s'entrechoquent le ramène à la réalité. Anaïs dépose deux grands verres sur la table.

— J'espère que ça te plaira. Georges fait le meilleur punch aux fruits en ville. Maintenant, dis-moi ce qui te tracasse. Tu as l'air nerveux.

Jonathan s'adosse en soupirant.

— Cette femme qui est venue aux ateliers après mon départ… commence-t-il. Elle portait une robe rouge et un châle noir. Tu l'as vue repartir, hein ?

— Oui. Pourquoi ?

— Est-ce que c'était Madeleine Vary ?

— Je crois, oui. Je ne l'avais jamais vue auparavant, mais on m'a dit que c'était elle.

— On ?

— Gustave. D'ailleurs, ils se sont enguirlandés devant la file de gens qui attendaient pour entrer.

— Tu as dit que Madeleine Vary avait des choses à se reprocher. Lesquelles ?

Anaïs regarde autour d'elle et fait signe à quelqu'un à l'intérieur du café.

Au bout d'un moment, Nina s'approche.

— Raconte à Jonathan ce que tu sais de Madeleine Vary, dit Anaïs.

— Madeleine Vary ? Cette vieille chipie ? Qu'est-ce que tu veux savoir ? Elle a été critique pour un magazine d'art prestigieux, mais merdique. Elle avait beaucoup de contacts, beaucoup d'influence, mais elle était d'une méchanceté inouïe. Elle a complètement détruit la carrière de Gustave, entre autres.

— Comment ? demande Jonathan.

— Gustave faisait… fait des masques extraordinaires. Il y a plusieurs années, il était sur le point de
décrocher un important contrat. Il aurait fabriqué
tous les masques pour un film d'aventures à gros
budget portant sur les Incas. Mais quelqu'un a lancé
des rumeurs sur son compte pour faire croire que
Gustave était alcoolique. Il a perdu le contrat.

— C'était Madeleine Vary ?

— Sans aucun doute. Un jour, poursuit Nina à
voix basse, une jeune artiste prometteuse s'est installée ici. Elle s'appelait Éva. C'était une tisscrande
remarquable. C'est son frère qui occupe son atelier
maintenant.

— Qu'est-ce qu'elle est devenue ? demande
Jonathan.

Anaïs et Nina échangent un regard lourd de sens.

— Éva était jeune et manquait de confiance en
elle, dit Nina. Lors de sa première exposition,
Madeleine Vary a dit que ses tapisseries n'étaient
même pas dignes d'être vendues au marché aux
puces. Éva ne s'en est jamais remise.

— On a repêché son corps dans le fleuve, dit
Janine qui s'est approchée. Ensuite, la Vary a commencé à recevoir des menaces. Peu après, elle a
accepté un poste à Vancouver.

— Où elle habite depuis, dit Nina. On n'en
croyait pas nos yeux quand on a appris qu'elle était
de retour !

— Heureusement, dit Anaïs, elle est partie !

Un sourire rayonnant éclaire le visage de Nina.

— Oui. Partie.

Jonathan boit une petite gorgée de punch.

— Comment s'appelle son frère ? demande-t-il.

Nina cligne des yeux sans comprendre.

— Son frère ?

— La fille qui s'est jetée dans le fleuve. Vous avez dit que son frère s'était installé dans son atelier.

— Oh ! je ne l'ai pas mentionné ? Éva était la sœur de Gratien.

* * *

Il est tard et les idées se bousculent dans la tête de Jonathan. Il marche avec Anaïs devant le café. Celle-ci lui prend la main.

— Est-ce que tu habites loin d'ici ? Peux-tu rentrer à pied ?

— Oui. J'ai dit à ma mère que je rentrerais seul. Elle est partie célébrer avec Gustave.

« Célébrer avec Gustave. Ça n'a aucun bon sens ! » se dit Jonathan.

Il regarde Anaïs droit dans les yeux.

— Tu as dit que tu avais vu ma mère dans le coin à quelques reprises, hein ?

— Oui. Plusieurs fois, en fait. Surtout au cours des dernières semaines. Elle est venue souvent aux ateliers. Mais pourquoi toutes ces questions ?

« Je crois que c'est Gustave », a dit la mère de Jonathan ce matin lorsque l'homme s'est approché.

Bien sûr qu'elle savait son nom ! Et lui, n'a-t-il pas fait semblant qu'ils se connaissaient à peine ?

— C'est ridicule ! s'exclame Jonathan.

— Je peux faire quelque chose ? demande Anaïs.

— Est-ce qu'il y a un moyen d'entrer dans la galerie ? Je veux te montrer quelque chose. S'il te plaît, fais-moi confiance.

Anaïs soupire, fouille dans son sac et en retire un trousseau de clés.

— J'étudie en informatique au cégep. J'aide mon père au café et… devine quoi.

Elle agite les clés.

— Abracadabra ! Je fais le ménage des *Ateliers du Parc* une fois par semaine.

Jonathan n'en revient pas.

— Mais écoute-moi bien, dit-elle en lui serrant la main. On ne fait rien d'illégal, O.K. ?

* * *

Quelques photographes travaillent encore au troisième étage, mais la maison est silencieuse.

— D'habitude, je viens faire le ménage le matin, chuchote Anaïs. Mais tout le monde me connaît. On ne devrait pas nous soupçonner.

Elle ferme la porte et allume les lumières.

— Hé ! fait Jonathan.

— Agis normalement, comme si on était venus nettoyer.

Ils s'installent devant l'ordinateur.

— Tu as vraiment aidé Gratien à programmer ce truc ?

— Un peu, oui. Je sais comment entrer dans le programme. Va baisser les stores dans les portes d'entrée.

Anaïs pianote sur le clavier avec une assurance déconcertante. Au bout de quelques minutes, les images de la galerie apparaissent sur les écrans. Lorsqu'ils optent pour « Images précédentes », la série de séquences que Jonathan a vue quelques heures plus tôt défile à l'écran. Anaïs écarquille les yeux.

— C'est la femme qui est venue à la galerie ? demande Jonathan.

— Oui. Enfin, je crois. C'est horrible ! Qu'est-ce que c'est ? Un film ?

— Non. Je pense qu'il s'agit de l'enregistrement de quelque chose qui s'est déroulé ici.

— Regardons ça de plus près.

Anaïs fait un gros plan de la main qui apparaît à l'écran. Elle appuie ensuite sur une autre touche et on aperçoit, au ralenti, la main de la femme qui griffe celle de son agresseur.

« Gratien a une écorchure sur le dos de la main, se dit Jonathan. Mais sa blessure remonte à plusieurs jours. Quant à Gustave... »

— Regarde ! s'écrie Anaïs.

Une main apparaît à gauche de l'écran. Puis une autre, celle d'une femme, plus potelée. Enfin, une main au bout d'une manche en jean semble serrer le châle.

— Mais combien de mains avait donc l'agresseur ? siffle Jonathan.

— C'est impossible à dire. C'est peut-être l'ordinateur qui a créé tout ça.

Jonathan soupire lorsque l'image disparaît dans un kaléidoscope de couleurs.

Soudain, une idée lui vient à l'esprit.

— Y a-t-il un moyen de savoir quand tout ça a été filmé ?

— Peut-être, oui. Si l'horloge de l'ordinateur fonctionne correctement.

Elle déplace la souris et choisit « Info ».

— Il y a deux semaines, annonce Anaïs.

Ils échangent un regard.

— Veux-tu qu'on aille jeter un coup d'œil au premier ? demande Anaïs.

* * *

Jonathan s'attend à trouver un bureau sens dessus dessous, mais la pièce est en ordre. Plusieurs chemises reposent sur le coin du bureau de Gustave, dont une particulièrement volumineuse.

— Vas-y, dit Anaïs. Prends-la.

Jonathan s'exécute. *Demandes d'adhésion*, lit-il sur la couverture. Les premières demandes sont datées d'il y a dix ans. En les feuilletant, il tombe sur une feuille tapée à la machine sur laquelle est inscrit : *Madeleine Vary, artiste. Aquarelle et peinture à l'huile*. Au bas de la lettre figure la marque d'un timbre : *REJETÉ*.

— Je commence à comprendre, dit Jonathan. Madeleine Vary a déjà fait une demande pour louer un atelier, mais on lui a dit non.

— Laisse-moi voir, dit Anaïs. Il y a d'autres lettres et des messages téléphoniques. Elle a tenté de les acheter, si je comprends bien.

Mais Jonathan a trouvé autre chose. Il repousse ses cheveux derrière ses oreilles d'un geste nerveux et s'empare d'une épaisse chemise tachée de café.

— Il y a des coupures de journaux et des lettres qui parlent de Nina. À l'occasion d'une exposition à laquelle elle a participé il y a cinq ans, un magazine artistique a publié un article sur elle. Le journaliste qui devait l'écrire s'est mystérieusement désisté. C'est Madeleine Vary qui s'en est chargée.

— Laisse-moi deviner, dit Anaïs. Elle a démoli le travail de Nina?

— On le dirait bien. Nina n'a participé à aucune exposition depuis.

Jonathan parcourt une autre feuille.

— Je crois que les artistes avaient l'intention de formuler une plainte au Conseil des Arts.

Il lève les yeux.

— Mais ils ont finalement trouvé une autre solution.

Il pousse un grognement et replace la chemise.

Soudain, il donne une tape sur la table.

— Je savais que j'avais déjà entendu le nom de cette femme!

Jonathan fonce vers le téléphone et appelle son père.

— Papa, je n'ai pas le temps de t'expliquer. Je

sais qu'il est tard. Oui, je vais bien. Écoute. Est-ce que maman connaît une certaine Madeleine Vary ?

Il écoute son père pendant de longues minutes. Anaïs l'observe tandis qu'il pâlit et que ses yeux s'agrandissent. Il finit par raccrocher.

— Quoi ? Qu'est-ce qu'il y a ? demande Anaïs en portant les mains à son visage.

— Concentre-toi, Anaïs. Les lunettes que portait Madeleine Vary, comment étaient-elles exactement ?

— Je ne sais pas trop. C'était des lunettes énormes, un peu comme celles des motocyclistes.

Jonathan a la bouche sèche en se souvenant des lunettes qu'il a vues parmi les affaires de sa mère, ainsi que d'un objet brillant comme du cristal taillé au fond de la boîte.

— Mon père a déjà eu une aventure avec une artiste qui s'appelait Gertrude Sigouin. Ça n'a pas duré longtemps, mais mon père dit que ma mère ne lui a jamais pardonné. Je me souviens d'une dispute à propos d'elle.

— Qui était Gertrude Sigouin ?

— Elle trouvait son nom un peu ordinaire et a choisi celui de Madeleine Vary au début de sa carrière de critique d'art.

La porte s'ouvre à la volée. Gustave, Nina, Janine et Gratien se tiennent sur le palier.

— Tu fais des heures supplémentaires, Anaïs ? demande Gratien.

Jonathan serre les dents et prend la main de la jeune fille.

— J'ai quelque chose à dire.

— Soyez compréhensifs, intervient Anaïs qui embrasse Jonathan sur la bouche. On voulait être tranquilles, mais vous nous avez surpris.

Les quatre artistes se consultent du regard. Un lourd silence envahit le bureau.

— Viens, dit Anaïs en se tournant vers Jonathan. On va aller ailleurs.

Les autres les regardent descendre.

— Jonathan ! crie Gratien du haut de l'escalier. N'oublie pas qu'ici, nous travaillons ensemble, nous créons ensemble et nous prenons les décisions ensemble. Madeleine Vary nous aurait fait la vie dure. Elle était sur le point d'accepter le poste de critique d'art au plus grand quotidien de la ville. C'est une bonne chose qu'elle soit repartie à Vancouver.

— Naturellement, il y a des gens qui l'ont vue sortir, n'est-ce pas ? dit Jonathan d'un ton cinglant.

— Au fait, dit Gustave, nous sommes très heureux de compter ta mère parmi nous, Jonathan.

— Et toi aussi, ajoute Gratien Sénécal. Bienvenue.

Pendant un moment, Jonathan dévisage Anaïs. Il ne sait plus trop à qui il peut faire confiance.

* * *

On a rapporté que Madeleine Vary était rentrée à Vancouver, puis qu'elle avait disparu. On ne l'a jamais revue.

Ce n'est qu'un an plus tard qu'elle refait surface.

Jonathan reçoit un appel d'Anaïs, qu'il n'a pas vue depuis longtemps. La jeune fille insiste pour qu'il aille faire un tour à la galerie d'art *Bleu ciel*, où se tient une importante exposition. L'une des pièces exposées, créée en collectivité par les artistes des *Ateliers du Parc*, est déjà considérée comme un chef-d'œuvre. Mais Anaïs ajoute autre chose :

— Ils nous ont bien eus. C'est toi qui avais raison. Tu te rappelles ? Ta mère s'est absentée durant une semaine après l'exposition. Tu ne penses pas qu'elle a pu mettre quelques bagues et des boucles d'oreilles et faire un petit saut à Vancouver en prétendant être Madeleine Vary ? En fait, celle-ci n'est pas allée bien loin, Jonathan.

Elle rit.

— Il faut leur donner ça. C'était une idée brillante !

* * *

Jonathan pousse la porte de la galerie d'art et entre. Son ombre s'allonge sur le plancher de bois verni.

Il a la bouche sèche comme du coton.

Il touche l'une des mains en verre, claire, dure, étrangement réconfortante. Il laisse ses doigts effleurer le cuivre et apprécier la fraîcheur du métal. Puis, il caresse la main en tissu et le bras sculpté dans le bois. C'est magnifique, exactement comme dans ses souvenirs.

Jonathan examine une autre main qui semble

recouverte d'une sorte de résine. Il éprouve une sensation bizarre en la touchant. Le matériau lui rappelle un peu celui qu'on retrouve sur les momies égyptiennes au musée. Il s'approche. Il croit d'abord qu'il s'agit d'une imperfection, mais après un examen minutieux, il conclut que la main a été faite comme ça. Des creux sont nettement visibles sous les jointures, comme si des bagues y avaient laissé leur marque. Une main identique s'élève juste à côté de la première.

Jonathan a le souffle coupé lorsqu'il comprend enfin ce que c'est. Il remarque une petite plaque sur laquelle sont gravés les noms de l'œuvre et de son auteur. Il se souvient alors des paroles de Gratien : « Nous travaillons ensemble, nous créons ensemble et nous prenons les décisions ensemble. » La petite plaque de cuivre confirme ses soupçons : *Nature morte. Les artistes des* Ateliers du Parc.

ALIBI

Philip Gross

Crac ! Il est je ne sais trop quelle heure le matin.
Je rêve que je fais un pique-nique avec ma famille et
tous les oncles et tantes que je n'ai jamais vus. On
est au zoo et les animaux deviennent soudain
comme fous, secouant leurs cages jusqu'à ce que les
barreaux cèdent. Des singes, des bisons et des tigres
courent partout… J'ouvre les yeux et j'aperçois
monsieur Barrette qui entre tel un ouragan dans le
dortoir, comme tous les matins depuis que nous
sommes dans ce foyer. Il cogne sur l'armature de
mon lit avec le pommeau métallique de sa canne.

— Remue-toi. Ce n'est pas un camp de vacances
ici.

Il sourit. Ici, il y a une foule d'activités de plein
air pour les fainéants des quartiers pauvres de la
ville. Avec l'air de la montagne en prime ! On veut
nous former le caractère. Une semaine de ce régime
et on sera des adolescents modèles. Je me laisse
tomber sur le plancher.

— Yohan, espèce d'empoté !

— Oui, monsieur, dis-je.

Mais il est déjà parti. Guy me sourit sur le lit d'en haut :

— Empoté ! Grosse vache ! Bravo !

Tandis que j'enfile mon t-shirt, il chuchote :

— T'en fais pas. Un jour, ce salaud va payer pour ça.

On entend le cliquetis des couverts en bas.

— Déjeuner ! aboie monsieur Barrette. Le dernier arrivé en bas fera la vaisselle.

Guy me saute par-dessus la tête. Mat est déjà sur le seuil de la porte et les filles sont sûrement dans la cuisine, à moins que Tessa n'ait organisé l'une de ses manifestations. Je serai encore de corvée.

Personne ne lève les yeux lorsque j'entre.

— Passe-moi le sucre, Yo, me dit Tessa sans se retourner.

— Va le chercher toi-même, dit Colette avec sa voix de fille de directeur d'école. Yohan n'est pas là pour te servir, tu sais.

Tessa pose brutalement sa cuillère sur la table.

— Écoute, face de pizza ! Mes ancêtres étaient des esclaves dans une plantation de canne à sucre. Alors quand je dis « passe-moi le sucre », vous faites mieux de vous grouiller.

Monsieur Barrette entre au moment où je donne le sucrier à Tessa.

— Du sucre ! C'est de l'eau et du sel qu'il vous faut. Vous ne connaissez rien à rien.

Il me considère de la tête aux pieds.

— Qui c'est, celui-là ? Le serveur ? Tu n'es pas au restaurant ici.

Je ferme les yeux. Personne dans ma famille n'est propriétaire d'un restaurant. Crac ! Je ne sais trop comment, mais le sucrier se retrouve sur le plancher.

— Oh ! Seigneur, Yo ! grogne quelqu'un. T'es complètement nul.

Claire, l'aubergiste, s'amène avec une pelle à poussière et un balai. Je me mets à quatre pattes.

— Mangez, vous deux.

Elle s'adresse sûrement à Claude et à Claudine. Il n'y a qu'elles qu'on appelle « vous deux ». Ce sont des jumelles identiques.

— Vous ne pouvez pas nous forcer à manger ça, dit l'une d'elles.

— On a des *Bran Flakes* à la maison, ajoute l'autre.

Elles disent toujours « nous », jamais « je ».

— Désolée, dit Claire. C'est tout ce qu'il y a. Il faut manger. Vous allez faire de l'escalade aujourd'hui.

Les jumelles marmonnent quelque chose dans le langage qu'elles ont inventé et que personne n'arrive à comprendre, puis elles repoussent leurs bols.

— Laissez-les tranquilles, dit Tessa. On ne peut pas les forcer.

— Là-dessus, intervient monsieur Barrette calmement, tu te trompes.

Derrière lui, Guy fait un rot.

Le poing de monsieur Barrette s'abat sur la table ; le gruau frémit. Mat commence à débarrasser la table.

— En voilà un qui a du cœur au ventre ! dit monsieur Barrette.

J'essaie de le respecter. C'est très important, le respect. J'essaie, mais c'est difficile.

Par la fenêtre de la cuisine, le temps paraît frais et pluvieux.

— Il pleut, fait remarquer Guy. On ne peut pas sortir par une journée pareille.

Monsieur Barrette se contente de rire.

— C'est de la brume. Elle devrait disparaître à six cents mètres d'altitude. Vous verrez ensuite ce qui vous attend.

Il nous sert le sermon habituel à propos de notre tenue vestimentaire. Selon lui, on n'a rien apporté de bon. Les jeans, surtout, rétrécissent quand ils sont mouillés et peuvent provoquer l'hypothermie. Sa hantise, c'est de mourir de froid. Il nous rebat sans cesse les oreilles avec ça. Il n'y a que Mat qui a des pantalons du surplus de l'armée.

— Monsieur Barrette…

Claire est dans l'embrasure de la porte derrière nous. Elle a un air bizarre.

L'homme s'arrête, ennuyé. On ne l'interrompt jamais.

— Je crois que vous devriez venir jeter un coup d'œil.

Les autres se précipitent dans la cuisine et je dois pousser pour réussir à voir. J'arrive juste à temps. Lorsqu'un courant d'air s'infiltre dans la pièce, la buée sur les vitres s'estompe, tout comme les mots tracés en grosses lettres, certaines majuscules, d'autres minuscules : *QuelQu'uN DOit MOUrIR*.

Personne ne parle. C'est comme le silence qui s'installe parfois pendant les séances de thérapie de groupe des classes spéciales à l'école ; quand les psys essaient de nous embarrasser au point qu'on finisse par parler, ça peut durer des heures. C'est donc avec soulagement qu'on accueille la remarque de monsieur Barrette.

— Idiots !

De nos jours, c'est mal vu de traiter les jeunes d'idiots. Mais il le fait quand même.

— Bande d'idiots ! Vous avez besoin de souffrir un peu ! Ça vous apprendra. Mettez vos bottines ! Prenez vos sacs et vos anoraks. Grouillez-vous !

Pour une fois, je suis presque content.

* * *

Monsieur Barrette avait raison. Lorsque le sentier devient vraiment abrupt, le brouillard se transforme peu à peu. Il devient plus bleu, plus clair. On en sort brusquement, comme si on émergeait de l'eau. Tout le monde s'arrête pour reprendre son souffle.

La vallée paraît inondée. Le brouillard l'enveloppe de façon que l'autre versant de la montagne ressemble à une falaise sur laquelle viennent se briser des vagues blanches. Les jumelles contemplent le paysage. Leurs cheveux blonds et droits tombent presque devant leur visage pâle, et leurs yeux bleu azur fixent le même point au loin.

— Attention à l'éboulis !

Sur le sentier escarpé, monsieur Barrette a plusieurs pas d'avance sur nous. Il donne un petit coup de canne sur l'éboulis. Une grosse roche plate dégringole, entraînant plusieurs pierres avec elle dans un grondement semblable à celui d'un chien. On dirait un avertissement.

Guy ricane en posant le bout de sa chaussure de sport sur une roche instable, mais monsieur Barrette a l'oreille fine.

— Essaie un peu, pour voir ! crie-t-il. Il n'y a pas de travailleur social dans la montagne. Alors grimpe !

Pendant un bout de temps, il reste devant les autres, s'arrêtant de temps en temps pour crier :

— Un peu de nerf ! Allez, allez !

Mat est derrière lui, suivi de Colette. Tessa la talonne et ne manque pas une occasion de la narguer. On se laisse distancer peu à peu. Guy ferme la marche derrière moi, mais il le fait exprès pour obliger monsieur Barrette à redescendre en courant bruyamment. Pendant quelques secondes, ils sont nez à nez. Guy est costaud, mais il cligne des yeux le premier. Je n'entends pas ce que monsieur Barrette lui dit, mais Guy devient tout rouge. D'habitude, quand on le voit comme ça, on prend nos jambes à notre cou. Guy peut exploser d'un instant à l'autre. Monsieur Barrette le sait ; il a vu son dossier. Il prend un malin plaisir à l'humilier devant les autres, à le pousser à bout, à le défier comme pour dire : « Vas-y, frappe ! » Guy baisse les yeux… et monsieur Barrette sourit. Il appelle ça la gestion des effectifs. C'est ce qu'on lui a appris dans la marine, nous a-t-il dit dans un de ses sermons. Il prétend qu'il va faire un homme de Mat. Peut-être même de Guy. Quant à ce qu'il veut faire des filles, il n'en parle pas. Et de moi, pas un mot.

Il fait chaud tandis que nous montons, mais il souffle un vent frais qui semble étancher notre soif quand on ouvre la bouche et qu'on avale. Les premiers s'arrêtent parfois pour attendre les autres et reprennent leur ascension quand je les rejoins. Tessa n'est plus toujours sur le dos de Colette (c'est mauvais signe) et elle ne répond pas quand celle-ci fait allusion au fait qu'elle fume. De temps à autre, les jumelles se rapprochent et parlent tout bas dans leur langage secret. Je voudrais bien comprendre ce qu'elle se disent. On dirait le chant des oiseaux.

Bientôt, on ne pense plus à rien d'autre qu'à la douleur. Ce ne sont pas tant mes jambes qui me font mal que ma poitrine. J'ai l'impression que quelque chose se déchire à chaque fois que j'inspire. À un certain moment, mon pied glisse et de petites pierres dégringolent. Je reste figé, de peur que monsieur Barrette m'ait entendu. Mais personne ne se retourne. Chacun avance, tête baissée et en nage. Même Colette a des cernes sous les manches de son t-shirt. Des filets de sueur ruissellent entre les tresses de Tessa, qui se retourne brusquement.

— Fais attention, me dit-elle. Sinon, ça pourrait être toi.

« Ça pourrait être moi qui quoi ? » Puis, je me souviens de la fenêtre de la cuisine. À ce moment-là, monsieur Barrette passe à côté de nous en courant. Oui, en courant !

— Aaaallez ! Je croyais que vous étiez bons pour grimper, bande de…

Il fait de petits gestes avec son bras. Je me tourne vers Tessa, mais elle ne réagit pas. Ou alors, elle fait semblant de n'avoir rien vu.

Des singes. Voilà le mot qu'il n'a pas dit.

L'éboulis rétrécit à mesure que nous montons. Le roc se referme de chaque côté de nous. Tandis que l'ombre de la paroi rocheuse se profile devant nous, je remarque une crevasse dans le roc au-dessus de nos têtes.

— Oh ! oh ! fait Guy. On ne monte pas là-dessus. On n'a pas l'équipement nécessaire. Ce n'est pas prudent.

— Il a raison, dit Tessa en haletant. Vous n'avez pas le droit de nous obliger à continuer. Le ministère de…

— Sottises ! Nous sommes presque arrivés, dit monsieur Barrette.

Mat fait son gentil garçon.

— On ne peut pas rebrousser chemin maintenant.

— Monsieur Barrette est un moniteur qualifié, ajoute Colette. S'il dit que ce n'est pas dangereux, ça ne l'est pas.

Elle regarde Tessa et Guy tour à tour.

— Vous avez peur ?

Mat et Colette d'un côté et Tessa et Guy de l'autre : ils me dévisagent tous.

— Bien sûr que non, dit une voix douce derrière moi.

C'est Claudine. À moins que ce ne soit Claude.

— Non, dit l'autre. Nous n'avons pas peur.

— Voilà !

Colette lance son regard le plus méprisant à Tessa et à Guy. Monsieur Barrette sourit intérieurement. La gestion des effectifs l'emporte encore une fois.

Nous devons laisser nos sacs ici. Monsieur Barrette nous a assurés que personne ne peut tomber. «Le pire qui peut arriver, a-t-il dit en me regardant, c'est que quelqu'un reste pris.» Les autres pouffent de rire.

Mat passe le premier. Une minute plus tard, son visage apparaît sur une vire que nous n'avions pas aperçue d'en bas.

— Eh ! c'est super ici ! crie-t-il.

Guy est déjà en train de grimper. Puis, tout le monde aide les jumelles.

— Bouge ton derrière, marmonne monsieur Barrette derrière moi. Tu n'es pas au magasin du coin.

— Super ! s'exclame Guy lorsqu'on se retrouve tous sur la vire.

Même Tessa s'est tue. Personne ne se dispute ni ne montre de signes d'impatience. On se contente de rester là et d'admirer la vue. Au-dessus de nous, un surplomb s'avance et nous donne l'impression que nous somes dans une grotte.

— Écoutez, dit monsieur Barrette.

Dans une niche sombre, on entend de l'eau qui s'écoule doucement.

— De l'eau vive. Vous n'aurez jamais goûté quelque chose d'aussi bon.

— Mais ce n'est pas hygiénique, dit Colette.

Monsieur Barrette secoue la tête.

— C'est l'eau la plus pure de la planète. Elle est filtrée par le roc.

C'est étrange. C'est peut-être à cause de l'écho, mais sa voix semble différente, presque douce. Je comprends tout à coup qu'il aime cet endroit. L'homme au cœur de pierre est un tendre, au fond.

— Guy, dit-il. Tu as sûrement soif.

— Euh… ça va. J'ai du *Coke* dans mon sac, monsieur.

— Et toi, Mat ?

Celui-ci se met en équilibre sur les pierres mouillées. Il a le souffle coupé lorsque les gouttelettes touchent son visage. Il secoue la tête et sourit. Colette, les jumelles et moi l'imitons, mais l'eau glacée est si dure qu'elle pue. La déception se lit sur le visage de monsieur Barrette.

— Vous êtes en train de défigurer le monde avec votre *Coke* et vos jeux vidéo.

J'ai envie de protester et de lui dire qu'il est injuste, mais il nous tourne le dos, passe la tête sous la source et boit à grandes gorgées. Il a l'air vulnérable. Aimable, presque. Mais Guy a attendu une occasion comme celle-là toute la semaine. On entend un grognement, un bruit sourd et un plouf.

Guy a déjà reculé d'un pas en prenant l'air innocent d'un joueur de hockey qui n'en revient pas que l'arbitre lui impose une pénalité. Monsieur Barrette est étendu de tout son long dans la petite mare. Pendant un instant, c'est difficile de ne pas rire, jusqu'à ce que l'on remarque qu'il ne bouge plus. Il émet un gémissement, mais la source coule directement sur son visage. Il tousse et tente d'agripper quelque chose. Nous nous regardons tous pendant un moment avant de le sortir de là. Il parvient à faire quelques pas en titubant, mais il flageole sur ses jambes. Il s'assoit par terre, frissonnant et trempé.

Il ne crie pas. C'est encore pire.

— C'était un accident, marmonne Guy.

Mais monsieur Barrette ne lui prête pas attention.

— Écoutez, dit-il. C'est une urgence. Restez calmes.

L'une des jumelles pousse une petite plainte.

— Il faut descendre. Vite. Il faut que je continue à bouger. Si je donne des contrordres plus tard, n'en tenez pas compte. Si j'ai l'air de m'endormir ou d'être ivre, c'est que je fais de l'hypothermie. Quelqu'un d'autre devra alors prendre les commandes.

Il est parcouru d'un violent frisson.

— Guy, dit-il en claquant des dents. Tu es le plus fort. Tu passes le premier.

— On descend doucement, dit celui-ci d'une voix aiguë et méconnaissable.

Monsieur Barrette marmonne un ordre de temps en temps, mais personne ne l'écoute vraiment. Soudain, il s'effondre. Mat et Colette ne parviennent pas à le retenir.

— Attention ! s'écrie Guy.

Monsieur Barrette glisse encore un peu et reste coincé dans la crevasse.

— Ça va, dit-il faiblement. C'est très confortable.

— Sapristi ! dit Tessa. Faites quelque chose, quelqu'un ! Il doit faire de l'hypo j'sais pas quoi.

Les jumelles se mettent à crier.

— Calmez-vous, dit Mat.

— Vos gueules ! crie Guy.

Mais elles sont prises de panique. Tessa donne alors une gifle à l'une des deux sœurs et les deux se taisent en même temps. Je ne saurais dire si nous avons mis des minutes ou des heures à tenter de sortir monsieur Barrette de sa fâcheuse position, mais celui-ci s'est mis à chanter.

— Mon pays, ce n'est pas un pays…

Je regarde les jumelles du coin de l'œil en me disant que je devrais être poli et les laisser descendre d'abord, mais l'une d'elles glisse et s'appuie contre moi. Je suis content de pouvoir l'aider à descendre. Dès l'instant où elle pose les pieds par terre, elle cherche sa sœur des yeux. On ne les voit jamais l'une sans l'autre.

— Où es-tu ? demande-t-elle.

La voix de Mat leur parvient de l'autre côté du surplomb.

— Elle est avec moi. C'est plus facile de descendre par ce côté.

La jumelle part en coup de vent. Deux minutes plus tard, elles reviennent ensemble.

Puis, un miracle se produit. La jumelle que j'ai aidée s'avance vers moi.

— Merci, Yo, dit-elle avant de m'embrasser sur la bouche.

Nous sommes si près l'un de l'autre que je distingue de délicates veines violettes sur ses paupières, ainsi qu'une marque là où la bague de Tessa l'a égratignée.

On entend un petit flac. Une gouttelette tombe sur la main que la jumelle a posée sur mon épaule et éclabousse un peu ma joue. Le liquide est tiède. La fille ouvre ses yeux bleu pâle et l'examine, perplexe. Puis, elle se met à crier. Tout le monde lève les yeux vers monsieur Barrette, toujours coincé dans la crevasse. Sa tête maculée de sang pend mollement.

* * *

— Battu !

Le policier donne un coup de poing sur la table. Il arpente le salon de l'auberge. Ça se voit qu'il a regardé des films où le détective sonde les suspects. Je peux même prédire qu'il va choisir l'approche psychologique.

— Tout un homme, ce monsieur Barrette. Il était dans la marine. Un officier, je crois. Il a consacré sa vie à des jeunes comme vous.

Il s'arrête devant la fenêtre, exactement comme à la télé.

— Pourquoi s'en prendre à lui?

— Excusez-moi, monsieur, dit Mat. Est-ce qu'il n'aurait pas pu simplement recevoir une pierre?

— Une pierre? Voyons, mon garçon! Tu as vu son visage.

Les jumelles tressaillent et se mettent à pleurer doucement.

— Battu, répète le policier. À l'aide d'un objet contondant. Sa canne, fort probablement. Il a reçu de nombreux coups à la tête et à la figure. Alors on arrête d'émettre des suppositions douteuses.

— C'est Guy qui l'a poussé, dit Colette.

— Ferme-la, dit celui-ci. Vieille chipie! Tout le monde sait que j'étais déjà descendu quand… quand c'est arrivé. N'est-ce pas?

— On en a déjà parlé, dit le policier qui jette un regard à la ronde. Ce n'est pas nécessaire de revenir là-dessus. Dans ces cas-là, je commence par me demander qui pouvait bien garder rancune à la victime. Il ne s'agit pas toujours d'une rancune personnelle, mais parfois d'un conflit de générations ou d'un conflit racial…

— Allez donc au diable !

Tessa bondit sur ses pieds.

— Vous voulez tous que ce soit moi, hein ? Parce que je suis noire. Parce que je suis une fille et que je ne me laisse pas marcher sur les pieds. Allez, dites-le !

Elle tend les bras devant elle, prête à être menottée.

— Dites-le, quelqu'un !

Elle s'affaisse soudain.

— Le problème, c'est que ce n'est pas vrai. Mais c'est moi qui aurais dû le tuer, ce salaud de raciste ! Moi ou Yo.

Je suis pris d'un violent spasme à la cage thoracique. C'est comme si j'avais reçu un coup de poing de l'intérieur. Tessa poursuit.

— Et Mat, lui ? Il en a peut-être eu assez d'être le chouchou du professeur. Et d'être haï de nous tous.

Mat est blanc comme un drap, mais Tessa continue sur sa lancée.

— Ou peut-être que c'est Colette. La charmante Colette. C'est une fille de directeur d'école, non ? En tout cas, c'est ce que sa mère prétend, mais elles sont aussi folles l'une que l'autre.

Colette pousse un hurlement. Claire réussit à la retenir quand elle s'élance vers Tessa, prête à griffer. Tout le monde se met à crier tandis que le policier reste bouche bée au milieu de tout ce chahut. Il fait très chaud dans la pièce. La tête me tourne et les oreilles me bourdonnent. J'ai l'impression d'observer la scène de loin.

— Yo ? demande Claire. Qu'est-ce qu'il y a ?

Un jour, quand j'étais plus jeune, des garçons ont commencé à se moquer de moi au terrain de jeu. J'avais chaud comme aujourd'hui et ça tournait autour de moi.

— Taisez-vous, dit le policier sèchement. Ce garçon essaie de dire quelque chose.

— S'il vous plaît, monsieur l'agent... Dites-moi, qu'est-ce que la police fait quand quelqu'un a commis un crime...

Tout est parfaitement calme maintenant.

— ... et ne le sait pas ?

— Ne sois pas stupide, dit Colette.

— Je ne suis pas stupide. Je crois que c'est... La personne qui l'a tué... Je crois que c'est moi.

Un long silence s'installe. J'attends que les sirènes se mettent à hurler et que les policiers envahissent l'auberge. Mais il ne se passe rien.

— Monsieur l'agent, dit Claire doucement. Un incident figure à son dossier. Une bagarre au terrain de jeu.

J'ai envoyé un des gars à l'hôpital, paraît-il. Moi, je ne me souviens de rien.

— Ce n'est pas lui, dit Claudine.

Ou Claude.

— Il m'aidait à descendre. J'ai été avec lui tout le temps.

— Non, proteste Colette. Il ne restait plus que

202

toi sur la vire quand je suis descendue. Toi ou ta sœur. Si ce n'est pas Yo, alors c'est l'une de vous.

— Tu accuses les jumelles ? dit Claire.

Guy s'étrangle de rire.

— Reviens-en !

— Tu es vraiment folle, dit Tessa.

— Mais… mais elle a raison, dit l'une des jumelles.

Tout le monde se tourne vers elle.

— C'est vrai que l'une de nous était là-haut.

Elle semble incapable de continuer. Je ne l'ai jamais vue si pâle. Ses yeux sont agrandis de frayeur.

— Je ne peux pas le dire. Je ne peux pas…

Claire l'entoure de son bras tremblant.

— Tu le peux, dit-elle doucement. Si c'est toi…

La jeune fille secoue la tête avec vigueur, puis enfouit son visage dans la robe chasuble de l'aubergiste.

— C'est pire. Pire.

Très craintivement, elle lève les yeux… vers sa jumelle.

— Nous… Je suis désolée, Claudine, dit-elle tout bas en sanglotant. J'ai essayé de te couvrir. Je leur ai dit que j'étais descendue avec Mat, mais c'est Yo qui m'a aidée.

Elle m'implore du regard. Ses yeux sont magnifiques.

— J'étais avec toi, hein ? Dis-leur, Yo.

— Yo ! C'est moi qui étais avec toi ! Pas elle !

Les yeux de Claudine me fixent maintenant. Ils

203

sont aussi beaux, aussi bleus que ceux de Claude. Je peux encore sentir ses lèvres sur les miennes… Ou était-ce celles de Claude ? La seule fille qui m'ait jamais embrassé…

Soudain, je me rappelle quelque chose.

— Excusez-moi. S'il vous plaît, fermez les yeux toutes les deux.

Les paupières de Claudine sont sillonnées de minuscules veines violettes. Je me penche vers Claude. Les mêmes cils, les mêmes paupières… avec la marque de la bague de Tessa. Claude.

— C'est toi qui étais avec moi.

Un hurlement presque animal résonne dans la pièce. Claudine foudroie sa sœur du regard, l'air désespérée. Claude se réfugie dans les bras de Claire.

— Aide-moi, gémit-elle. Elle va me tuer.

Le cri de Claudine se change en plainte. La jeune fille parvient à échapper aux bras tendus du policier avant de se ruer vers la véranda. La porte claque. On n'entend plus que la pluie qui tombe.

— Ma pauvre petite !

Claire caresse les cheveux de Claude.

— Elle ne te fera pas de mal. Tu es une brave fille, Claude.

* * *

La nuit est tombée. Une équipe de secours a entrepris des recherches, mais sans grand espoir de retrouver Claudine. Le temps est brumeux et pluvieux. Les secouristes prétendent qu'elle est remontée vers l'éboulis. Et si monsieur Barrette a souffert d'hypothermie en plein jour, imaginez un peu le soir. Il paraît que ce n'est pas si terrible de mourir de froid. On devient tout engourdi. C'est mieux que d'être enfermée, je suppose. Enfermée pour toujours sans Claude, son autre moitié. «L'affaire est classée», a dit le policier. Il semble content de lui-même. C'est une autre victoire pour la psychologie.

Personne ne pense réussir à dormir, mais chacun finit par trouver le sommeil ; même Claude. Claire suggère que nous dormions dans le salon et elle vient couvrir tout le monde. Elle s'installe sur le sofa et bientôt, elle ronfle aussi. Il n'y a que moi qui ne dors pas. La pluie a cessé et la lune filtre à travers les rideaux. Tout est calme et paisible.

Non. Quelqu'un d'autre bouge et marche à pas de loup jusque dans la cuisine. Au bout d'un moment, je me lève aussi.

Claude est à la fenêtre. Le clair de lune brille dans ses cheveux. Elle ne m'entend pas et je n'ose pas bouger. Elle regarde dehors dans la nuit noire, là où gît peut-être Claudine. Claudine, la meurtrière. Son autre moitié. Claude a l'air tellement fragile, tellement seule. Si seulement je pouvais l'enlacer et la serrer dans mes bras… J'avance derrière elle en silence. Elle se penche en avant et souffle sur la vitre. Tout près de ses lèvres, une forme se dessine. C'est un «Q». Claude souffle encore une fois. *QuelQu'uN* apparaît dans la vitre. Je reconnais alors le message tracé au doigt. Un seul souffle suffit à le faire revivre : *QuelQu'uN DOiT MOUrIR*.

Avec précaution, Claude efface les lettres du revers de sa manche et se retourne. Une fraction de seconde avant qu'elle ne m'aperçoive, je distingue un sourire triomphant sur son visage.

Oui. L'une d'elles devait partir. C'est fini, Claude et Claudine. L'une ne pouvait imaginer la vie sans l'autre. L'ennui, c'est que l'autre le pouvait. Bien sûr, Claudine s'est enfuie en pleurant. Elle n'était pas coupable, mais seulement perdue et effrayée. Elle a été trahie. Pauvre monsieur Barrette ! Il a fallu qu'il meure aussi. Il n'a été pour Claude qu'un outil lui permettant de se débarrasser de sa jumelle. Car elle se voyait prisonnière à jamais du couple qu'elle formait avec Claudine. Elle n'avait pas d'identité propre et avait l'impression de n'être que la moitié d'un tout.

La façon dont elle s'y est prise dénote une grande intelligence. Claude a été la dernière à descendre de la vire. Elle a vu monsieur Barrette dans sa position précaire, a saisi une roche et l'a tué. Elle a vu sa sœur descendre avec moi. Elle savait que quelqu'un finirait par découvrir que c'était l'une d'elles qui avait commis le meurtre. C'est ce qu'elle voulait, d'ailleurs. Et c'est par un heureux hasard que Mat l'a fait descendre du côté le plus rapide. Elle s'est hâtée de m'embrasser et de prendre la place de Claudine.

Ce baiser, pourtant… Mon miracle, son alibi. J'ai

des picotements partout et, lorsque je plonge mon regard dans le sien, je ne sais pas si c'est de l'amour ou de la peur.

Je m'empresse de lui murmurer à l'oreille :

— Ne t'inquiète pas, je ne dirai rien.

Car cette fille ferait n'importe quoi pour être libre.

« V » comme vengeance

ALAN DURANT

Le *party* est commencé depuis presque une heure lorsque Zach entre dans la pièce, vêtu de son habit de motard en cuir. Il porte une écharpe et, à le voir, on se croirait en plein cœur de l'hiver, et non par une belle soirée du mois de juin. Zach est accueilli par des sifflements et des rires. Il lève les épaules et hausse un sourcil d'un air comique.

— On joue au strip-poker?

C'est une entrée typique de Zach. Pour une fois, pourtant, il n'arrive pas le dernier. William et Marie ne sont toujours pas là, tout comme Olivier, d'ailleurs, ce qui est plus inhabituel.

— Si j'avais su, j'aurais pris mon temps, dit Zach.

— Tu prends toujours ton temps, Zach, fait remarquer Julien, notre hôte.

Dans sa chemise *Mexx* jaune à motifs noirs, Julien, qui fait un mètre quatre-vingt-sept, ressemble à une girafe. Même ses mains portent des traces jaunes et noirâtres, ce qui nous laisse croire qu'il a encore fait des expériences de chimie. Julien est un passionné des sciences, et plus spécialement de chimie.

— C'est pas nouveau, grogne Lou.

Il fait une grimace qui attire l'attention sur l'écart entre ses deux incisives. La blancheur de ses dents contraste avec sa peau noire. Lou porte un jean *Levi's* et un t-shirt noirs. Une petite boucle d'oreille argent luit à son oreille.

— Tu seras en retard à ton propre enterrement, ajoute Samantha qui s'éloigne de Rachel et de Sandra pour s'approcher des trois garçons.

Grande et maigre, Samantha a les cheveux courts coupés au carré et le teint rougeaud.

— J'ai pas l'intention de mourir, dit Zach avec sérieux. Je vous laisse ça. Je rêve d'être immortel.

Olivier entre à cet instant.

— T'es en retard, mon vieux, dit Zach. Comment ça se fait ?

Olivier sourit d'un air penaud et repousse ses lunettes.

— J'ai eu une crevaison.

— Il n'y a que toi pour changer un pneu et être encore tiré à quatre épingles, dit Julien.

Il a raison. Comme d'habitude, Olivier est très élégant. Il porte un pantalon, une chemise et un veston. Ses chaussures noires sont impeccables, tout comme ses cheveux.

— J'ai une combinaison dans le coffre de ma voiture, explique-t-il. Au cas où.

— Qu'est-ce que tu traînes d'autre dans ton coffre ? demande Julien.

— Il faudrait le demander à Sandra, dit Lou.

Olivier et Sandra sortent ensemble depuis quelques semaines.

— J'ai entendu, Lou, dit la jeune fille qui s'avance pour accueillir Olivier.

Sandra, une grande brune aux yeux verts, est la plus jolie fille de la bande, et elle le sait. Elle et Lou sont souvent à couteaux tirés.

— Mêle-toi de tes affaires, dit-elle en lançant un regard mauvais à Lou.

Celui-ci sait bien que Sandra ne l'aime pas et il s'en fiche. Ils ont eu une brève aventure l'an passé. Maintenant, ils s'évitent autant que possible, ce qui n'est pas très difficile puisque Lou ne va plus à l'école comme le reste d'entre eux. Il a décroché l'hiver dernier pour se consacrer entièrement à son groupe de musique rock. Le succès se fait attendre, ce qui n'empêche pas Lou de se montrer vaniteux et arrogant, selon Sandra.

— À ta place, je ferais attention, Lou, dit Julien.

— Pfff ! fait Lou avec un haussement d'épaules. Je me fous pas mal de ce que peut penser mademoiselle je-suis-la-plus-belle. On est dans un pays libre, non ?

Lorsque Julien et Lou se lèvent pour aller se chercher à boire, Zach et Samantha restent seuls.

— William et Marie sont en retard, dit la jeune fille. Je me demande ce qu'ils fabriquent.

— Ouais, dit Zach d'un air anormalement songeur.

— Tu crois qu'il a pu leur arriver quelque chose ?

— Ouais, répète Zach. Ils se sont peut-être changés en papillons avant de s'envoler au coucher du soleil. Ou peut-être qu'ils ont été capturés par des extraterrestres. À moins qu'ils aient décidé d'aller à la pêche. À bien y penser, pourtant, je dirais qu'ils sont simplement en retard.

— Moi aussi, dit Samantha.

Un silence embarrassé s'installe.

— Comment va Christian ? finit par demander Samantha.

Christian est le jumeau de Zach. Bien qu'identiques, ils ont des personnalités très différentes. Zach est un vrai bouffon. De nature insouciante, il est toujours le boute-en-train dans un *party*. De son côté, Christian est terriblement sérieux. Il ne sort jamais, préférant rester chez lui à étudier.

— Toujours pareil, répond Zach.

— Et toi ? demande Samantha. Ça va ?

— Bien sûr ! Mais j'ai hâte que les jeux commencent.

Il fronce les sourcils.

— Il va y avoir des jeux, hein ?

Samantha sourit.

— Tu parles !

* * *

Ce *party* est l'occasion de célébrer la fin d'une autre année scolaire. La maison appartient à un oncle de Julien récemment déménagé dans un foyer pour personnes âgées. C'est l'endroit parfait pour fêter : une vieille grande maison à la campagne, isolée, de sorte qu'ils pourront faire tout le bruit qu'ils veulent sans déranger qui que ce soit.

— Hé ! si on commençait les jeux ? propose Julien.

— Est-ce qu'on ne devrait pas attendre William et Marie ? dit Rachel d'une petite voix aiguë.

Quand elle parle comme ça en écarquillant ses yeux bleu vif, on a du mal à savoir si elle est sérieuse ou non.

— On pourrait attendre toute la nuit, dit Sandra. Commençons. Ils se joindront à nous plus tard.

— S'ils arrivent… dit Lou d'un ton mystérieux.

— Ils vont arriver, dit Zach avec gaieté.

— Alors ? On joue à la cachette ? demande Julien.

— À la cachette ! dit Lou avec dédain. On n'a plus huit ans !

— Ah non ? dit Zach.

— Moi, je vais d'abord à la salle de bains, annonce Sandra.

Lou ricane, car Sandra a la réputation de passer des heures devant le miroir.

— O.K., dit Julien. La première personne que l'on trouve se verra infliger une peine déterminée par le dernier à être découvert.

— Hé ! bonne idée, Julien ! dit Zach.

— C'est moi qui vais chercher. Ça va si je vous laisse dix minutes ?

— Je vais avertir Sandra en passant, dit Samantha.

Ils ont tôt fait de s'apercevoir que Julien n'a pas exagéré en leur disant que la maison de son oncle est le paradis des amateurs de cache-cache. À huit ans, ce devait être encore mieux. Mais malgré leur stature d'adolescent de dix-sept ans, les amis de Julien n'ont aucun mal à trouver des cachettes.

Rachel monte plus haut que les autres. Après avoir grimpé deux escaliers, elle se retrouve sur un palier. D'un côté il y a une petite porte. Rachel l'ouvre, s'attendant à voir un placard, mais elle découvre un escalier très étroit. Elle monte et pénètre dans un petit grenier. N'étant pas très grande, elle arrive à se tenir debout sans toucher le plafond. Elle soulève le loquet de l'unique fenêtre pratiquée dans le toit en pente. Une brise légère s'engouffre dans le grenier mal aéré. Rachel grimpe sur le large appui de la fenêtre et passe la tête à l'extérieur pour respirer l'air frais du soir. Elle ferme les yeux et respire à fond. Puis, elle se met à réfléchir.

Elle se sent souvent seule depuis quelque temps, même lorsqu'elle est avec ses amis. C'est comme ça depuis sa rupture avec William. Le salaud! Il sortait en cachette avec Marie. Ça fait presque un an qu'ils ont rompu, mais Rachel a toujours mal. Bien sûr, ça ne l'aide pas de les voir ensemble presque tous les jours. Mais c'est la réaction du reste de la bande qui l'a le plus blessée. Les autres ont haussé les épaules et ont accueilli Marie comme si de rien n'était. En fait, ils la trouvent tous merveilleuse : séduisante, amusante, fascinante… Rachel la déteste. Tout comme elle déteste William, qui s'en est tiré sans payer pour le mal qu'il lui a fait. Tant mieux s'ils ne sont pas là ce soir. Ils ne méritent pas de rire ni de s'amuser.

Perdue dans ses pensées, elle n'entend pas la porte du grenier s'ouvrir doucement derrière elle. Mais le plancher qui craque lui indique qu'il y a quelqu'un dans la pièce. Rachel est sur le point de se retourner, mais on se jette sur elle. La jeune fille perd l'équilibre et tombe par terre en poussant un cri de panique.

Deux bras la saisissent fermement.

— Rachel !

Celle-ci lève les yeux.

— Zach ! Tu m'as fait une de ces peurs !

— Excuse-moi. Je ne savais pas qu'il y avait quelqu'un ici. J'allais te dire de ne pas sauter.

— Je n'avais pas l'intention de sauter, idiot ! Je prenais l'air, c'est tout.

Zach la libère et elle s'assoit sur le rebord de la fenêtre. Le garçon s'installe à côté d'elle.

— Désolé d'être venu sans invitation, dit-il.

— Il y a de la place pour deux.

Rachel aime bien Zach. Pourtant, si elle avait eu le choix, elle aurait préféré se retrouver seule avec Lou. Étonnamment, c'est lui qui s'est montré le plus compatissant envers elle. Lou n'aime pas William non plus et, malgré ses commentaires parfois sexistes, c'est un garçon chaleureux et sensible. Rachel ne sait pas trop quoi penser de Zach. Il est gentil, en tout cas. Et libre.

— Peut-être qu'on ne nous retrouvera jamais, roucoule-t-elle en écarquillant les yeux.

— On nous retrouvera, tu verras. C'était la cachette favorite de Julien ici.

— C'est vrai ?

— Ouais. Christian était le meilleur ami de Julien quand on a commencé à aller à l'école. Il est venu ici à quelques reprises. Julien et lui montaient sur le toit.

Rachel frissonne. Ils sont très haut.

— Comment se fait-il qu'ils ne soient plus amis ? demande-t-elle.

Zach hausse les épaules.

— Julien a découvert la chimie et Christian, les livres.

Un grognement leur parvient d'en bas, suivi d'un ricanement diabolique.

— C'est Lou, dit Rachel. Julien doit l'avoir trouvé.

Elle soupire.

— Tu sais, ce n'est pas facile pour Lou depuis quelque temps. Son groupe va bien, mais la compagnie de disques menace de tout laisser tomber s'il fait encore des bêtises.

— Qu'est-ce qu'il a fait cette fois ? demande Zach.

— Tu connais Lou.

— Oui…

— Tout ça, c'est la faute de William, poursuit Rachel avec colère. C'est lui qui a poussé Lou à prendre de la drogue. Lou le déteste.

— William? s'écrie Zach. William prend de la drogue?

— Arrête ton petit jeu, Zach. Tu sais très bien que William et Marie sont des revendeurs. Ils…

La porte s'ouvre brusquement et la petite pièce est immédiatement envahie.

— Je vous ai trouvés! crie Julien.

— Hé! qu'est-ce que vous faisiez là? demande Lou.

— On était sur le point de faire l'amour comme des bêtes, répond Zach. Heureusement que vous êtes arrivés!

Rachel fait mine de le gifler.

— Est-ce qu'on est les derniers à être découverts? demande-t-elle d'un ton plein d'espoir.

Julien secoue la tête.

— On n'a pas encore trouvé Sandra.

— Pourtant, on a regardé partout, fait remarquer Samantha.

— Tu lui as bien dit ce que nous faisions, hein? demande Julien.

— Bien sûr que oui!

— C'est presque impossible qu'elle soit toujours dans la salle de bains, dit Olivier.

— Tu veux parier? dit Lou.

— O.K., tout le monde. On descend et on fouille

partout, dit Julien. Elle nous attend peut-être dans le salon. Peut-être que William et Marie sont arrivés et qu'elle bavarde avec eux…

Mais une fois en bas, ils constatent que le salon est vide.

— Allons voir dans la salle de bains, dit Samantha qui traverse le couloir vers l'arrière de la maison.

La porte de la salle de bains est verrouillée.

— Sandra ! crie Samantha. Viens. On a fini.

Elle frappe à la porte, mais n'obtient aucune réponse.

— Sandra !

— Allez, sors de là ! dit Rachel.

— Qu'est-ce qu'elle peut bien faire là-dedans ? demande Zach.

C'est une question qu'ils se sont souvent posée en riant. Mais cette fois, tout le monde est sérieux.

— Peut-être qu'elle dort, dit Olivier.

— Avec tout ce vacarme ? dit Julien.

— Elle est peut-être malade, dit Rachel avec inquiétude.

— Est-ce que ça va, Sandra ? demande Samantha.

Toujours pas de réponse.

— Qu'est-ce qu'on va faire ? demande Rachel.

— On pourrait enfoncer la porte, suggère Lou d'un ton espiègle.

— Ou forcer le verrou, dit Olivier. J'ai des outils dans le coffre de ma voiture.

Le silence de Sandra les rend tous un peu nerveux. Il se passe quelque chose de bizarre, c'est certain.

Après que Julien et Olivier ont réussi à ouvrir la porte à l'aide d'un démonte-pneu, ils restent tous bouche bée en voyant que la salle de bains est vide.

— Regardez, dit soudain Samantha. La fenêtre est ouverte.

Elle s'avance dans la pièce, mais elle reste figée en entendant une voix derrière elle.

— Merci pour le coup de main, les gars.

Tout le monde se retourne et s'écrie :

— Sandra !

Celle-ci se tient dans le couloir, les mains sur les hanches, les joues enflammées et les cheveux en bataille.

— Où étais-tu ? demande Rachel.

— J'étais enfermée là-dedans. J'ai frappé et j'ai crié pendant une éternité. J'ai fini par sortir par la fenêtre. Vous ne m'entendiez donc pas ?

— On était tous en haut, dit Julien.

— J'ai dû escalader un mur et revenir par l'arrière, explique Sandra. Et je me suis cassé un ongle ! gémit-elle.

Cette remarque détend l'atmosphère et déclenche une cascade de rires.

— Où est la clé ? demande Julien.

— Quelle clé ? dit Sandra.

Elle montre ses mains vides, qui sont étrangement grandes et charnues pour quelqu'un d'aussi délicat.

— Il n'y avait pas de clé.

— Alors comment as-tu fait pour t'enfermer? demande Lou sèchement.

— La clé est peut-être tombée dans une fente du plancher de bois, dit Olivier en regardant par terre.

— Peut-être que Sandra l'a mise dans son sac avec tout le reste, dit Rachel d'un ton railleur.

Sandra fait la grimace.

— Puisque je vous dis qu'il n'y avait pas de clé. Je n'ai pas verrouillé la porte.

C'est à ce moment-là que Lou aperçoit, dans le miroir, des lettres tracées à l'aide d'un rouge à lèvres rouge vif.

S comme sortie côté cour.

— C'est censé être une blague, Sandra? demande-t-il.

Celle-ci perd ses couleurs en lisant le message.

— Je… je… Je n'ai pas écrit ça.

Elle a un sourire hésitant.

— C'est une plaisanterie, hein?

Elle leur adresse un regard pénétrant.

— Qui est le farceur?

— Ne me regarde pas, dit Zach. Je ne mets pas de rouge à lèvres. Mais j'emploie un peu de mascara de temps en temps…

— Je n'ai pas de rouge à lèvres non plus, déclare Rachel.

— Ni moi, dit Samantha.

— C'est sûrement toi, Olivier, dit Rachel.

— Non, c'est Sandra, affirme Lou.

— Ce n'est pas moi ! proteste celle-ci.

— O.K., O.K., on oublie tout ça, dit Julien. Si on jouait à autre chose ?

— Le strip-poker, ça vous tente ? demande Zach pour plaisanter.

— J'ai trouvé le jeu parfait ! dit Rachel tout à coup.

Les autres la dévisagent. Elle écarquille les yeux.

— Soirée de meurtre ! annonce-t-elle d'un ton théâtral.

Les autres éclatent de rire.

* * *

La bande choisit la chambre principale comme lieu du crime. Rachel incarne la détective, puisque c'est elle qui a eu l'idée de jouer. Quant au meurtrier, il est choisi par un tirage au sort.

— Si Lou se fait tuer, c'est Sandra que je coince, chuchote Rachel à l'oreille de Samantha.

— Ou vice versa, dit celle-ci en ricanant.

— Eh ! ça suffit, vous deux ! leur dit Julien. Un meurtre est une affaire sérieuse.

Dès qu'il ferme les lourds rideaux de velours, la pièce devient sombre.

— Éteins la lumière, Rachel, dit Julien. Puis, sors et attends le cri.

Des gloussements et des cris étouffés se font entendre lorsque la chambre est plongée dans l'obscurité.

— Houuuu ! Houuuu ! fait une voix sinistre.

Les rires fusent de partout. Pendant quelques minutes, les six amis se déplacent sans parler en se heurtant ici et là.

Soudain, un cri strident perce le silence. Un cri à réveiller les morts.

On ouvre la porte, on pousse le commutateur… et la pièce reste plongée dans l'obscurité.

— Hé ! la lumière ne fonctionne pas ! annonce Rachel.

— Tu parles d'un hasard ! dit Lou.

Julien et Olivier ouvrent les rideaux. Malgré le crépuscule, un peu de lumière pénètre dans la pièce.

— Imaginez ! dit Rachel en secouant la tête. L'ampoule qui grille à l'instant même où nous jouons !

— Elle n'est pas grillée, observe Samantha. Regardez. Quelqu'un l'a dévissée.

— Le meurtrier est un pro, dit Lou.

— Qui est mort, au fait ? demande Rachel.

— C'est Sandra, répond Samantha.

Elle désigne le lit où Sandra est allongée, immobile, de façon à mettre en évidence ses jambes minces et bien galbées.

— Lou est le meurtrier, dit Rachel.

— J'aurais bien voulu… marmonne celui-ci juste assez fort pour que Sandra l'entende.

— Hé ! tu es censée nous poser des questions, dit Julien.

— À quoi bon ? rétorque Rachel.

Julien ouvre la bouche pour répondre, mais

s'arrête en entendant un gémissement étouffé.

Le bruit semble venir de l'une des penderies. Julien fronce les sourcils et va ouvrir la porte.

— Zach !

Celui-ci est accroupi, la tête penchée.

— On a déjà un cadavre, Zach, dit Samantha.

— C'est peut-être un tueur en série, plaisante Rachel.

Zach lève la tête.

— Aïe ! gémit-il.

— Arrête, Zach, dit Samantha. Tu voles la vedette à Sandra.

Zach tousse et se frotte le cou à deux mains, l'air ahuri.

— On a essayé de m'étrangler, dit-il d'une voix rauque.

Les autres maugréent.

— Zach ! Ça suffit ! s'écrie Julien.

— C'est vrai. Je vous le dis.

Tout le monde grogne de mécontentement, sauf Samantha. Celle-ci s'accroupit et touche l'épaule de Zach.

— Zach ? Est-ce que ça va ? Si c'est une blague, je te tue, ajoute-t-elle avec moins de compassion.

— C'est pas une blague, marmonne Zach.

Samantha est sur le point de parler, mais quelque chose attire son regard sur le mur de la penderie.

— Oh ! fait-elle doucement.

Les autres s'approchent pour voir ce qu'elle fixe.

De nouveau, le message a été écrit avec du rouge

à lèvres. Mais il est différent, cette fois. Menaçant, même.

M comme mort. Tu le seras bientôt.

* * *

— Sandra est vraiment furieuse contre toi, dit Samantha à Zach tandis qu'ils descendent tous le long escalier qui mène au salon.

— Je dis la vérité, affirme Zach.

— Ça prendrait quelqu'un avec des mains de gorille pour réussir à t'étrangler, dit Lou.

— Comme celles de Sandra, tu veux dire? demande Rachel.

Quelques marches plus bas, Sandra se retourne, le rouge aux joues.

— Ne sois pas stupide, Rachel! dit-elle.

— Je plaisantais. De toute façon, tu étais morte, n'est-ce pas?

— Laisse tomber, dit Zach. Si un gorille cinglé veut me tuer, qu'il le fasse. On est dans un pays libre, non?

Les autres se mettent à grogner.

— C'est ma tournée! annonce Julien lorsqu'ils entrent dans le salon.

Il se dirige vers la table où se trouve le bol de punch, mais il s'immobilise brusquement.

— Beurk! fait-il.

— Mais qu'est-ce qu'il y a? demande Rachel en s'approchant.

Elle se raidit et ses traits forment une moue dégoûtée.

224

— Pouah ! C'est dégueulasse !

Le reste de la bande s'avance et aperçoit un rat mort flottant à la surface du punch. Sandra a un haut-le-cœur et sort en trombe du salon. Les autres ne disent rien et regardent Rachel qui s'empare d'un bout de papier appuyé contre le bol. Elle le déplie et lit le message écrit à l'aide d'un bâton de rouge.

— *E comme ecstasy. Content, maintenant ?*

Sans un mot, Julien se retourne et saisit Zach par le devant de son t-shirt.

— Je vais te tuer, Zach ! siffle-t-il. Tu es en train de tout gâcher, imbécile !

Zach recule, stupéfait. Il lève les mains en signe de protestation.

— Eh ! je suis une victime, moi !

Samantha s'interpose et touche le bras de Julien.

— On va tous se calmer, d'accord ?

Julien finit par lâcher Zach.

— Je ne sais pas qui est l'auteur de cette plaisanterie, dit Samantha, mais elle a assez duré.

Tous restent silencieux.

— Si on allait faire une promenade ? propose-t-elle. L'air frais nous fera du bien.

— Bonne idée, approuve Rachel. Vous venez, les gars ?

— Je vais aller voir si Sandra va mieux, dit Olivier.

— Moi, j'ai le goût de jouer au billard, dit Lou en se tournant vers Julien. Tu ne m'avais pas dit qu'il y a une table ici ?

— Au bout du couloir, répond Julien.

— Tu viens jouer ?

Julien secoue la tête.

— Et toi, Zach ? demande Lou.

Zach hausse les épaules.

— O.K.

Julien dit qu'il va rester assis tranquillement pour essayer de se calmer. Quand Sandra revient, elle décide d'en faire autant pendant qu'Olivier va dehors avec les filles.

— Tu peux prendre mon blouson, si tu veux, dit-elle à Rachel qui ne porte qu'une robe courte en satin noir.

— Merci.

Puis, Rachel sort en compagnie de Samantha et d'Olivier.

* * *

L'air est frais dehors. Le ciel est sombre et chargé de nuages que la lune arrive difficilement à percer. Les trois amis décident de suivre la route. Ainsi, ils sont certains de ne pas se perdre. Ils sont peu bavards. Aucun d'entre eux n'aborde les événements de la soirée.

Tout à coup, une chauve-souris les fait bondir en piquant vers eux dans l'obscurité. Les filles hurlent, puis se mettent à rire. L'atmosphère se détend à mesure qu'ils approchent du bout de la route.

— On rebrousse chemin ? demande Samantha lorsqu'ils atteignent la route principale.

— O.K., répond Olivier.

Rachel franchit encore quelques mètres. Elle s'arrête subitement et pousse un cri.

— Qu'est-ce qu'il y a ? demande Samantha. Une autre chauve-souris ?

— Non, répond Rachel. Regardez !

D'un doigt tremblant, elle désigne un gros arbre en bordure de la route, à quelque cinquante mètres d'eux.

— Il y a quelque chose là. Je crois que c'est une voiture.

— Une voiture ? répète Samantha.

— Oui, dit Rachel d'une voix chevrotante. J'en suis sûre. C'est une voiture blanche.

Son inquiétude a tôt fait de gagner les deux autres. William conduit une auto blanche. Et William et Marie sont en retard.

Les trois amis marchent rapidement en direction de l'arbre.

Il s'agit bel et bien d'une voiture blanche. Pas de doute, c'est celle de William. L'avant du véhicule est complètement démoli et s'est enroulé autour de l'arbre sous la force de l'impact. Mais bien pire encore, il est évident que les deux personnes à l'intérieur de la voiture, William et Marie, sont mortes. Les larmes aux yeux, Samantha s'appuie contre Olivier, tandis que Rachel, dans l'espoir de sentir un pouls, se penche à l'intérieur de l'auto pour toucher le corps des deux victimes. William est presque méconnaissable sous le masque de sang séché qui lui couvre le visage.

Rachel jette un coup d'œil à l'arrière du véhicule et sursaute. Des mots ont été tracés sur la lunette à l'aide d'un rouge à lèvres. Cette fois, le message est clair : *V comme vengeance.*

— Oh ! mon Dieu ! s'exclame Samantha. C'est trop affreux !

Elle baisse les yeux et, à travers ses larmes, elle aperçoit une enveloppe en papier bulle à côté de la voiture. Hébétée, elle se penche pour la ramasser. Après l'avoir examinée, elle l'ouvre et trouve quelques comprimés blancs ainsi qu'un bout de papier à l'intérieur.

— Le message s'adresse à X, dit-elle en tendant la note à Rachel.

— *Cher X. Voici ta part. Amuse-toi bien !*, lit Rachel tout haut.

Elle fronce les sourcils.

— Qu'est-ce que ça veut dire ? Qui a écrit ça ?

— Je ne sais pas, dit Samantha. Mais je crois que ç'a quelque chose à voir avec la drogue.

— E comme ecstasy, murmure Olivier d'un ton songeur.

— Il vaut mieux rentrer et appeler la police, dit Samantha.

— Et avertir les autres, ajoute Rachel.

Ils courent dans la nuit ; Rachel et Olivier devant, Samantha derrière. Celle-ci réfléchit, angoissée. Il y a un assassin dans les parages et elle est presque certaine que c'est quelqu'un de la bande. Les messages sont trop personnels pour que ce soit un parfait étranger. Oui, c'est sûrement l'un d'eux. Mais qui ? Ça semble absurde de penser qu'un de ses amis est un meurtrier. Car ils sont tous amis, non ? Si c'est une histoire de drogue, Lou devient alors le principal suspect. Ça ne tourne pas rond pour lui ces temps-ci et ce n'est un secret pour personne qu'il prend de la drogue. Mais Lou, un meurtrier ?

Le regard de Samantha se pose sur les deux silhouettes devant elle. Olivier est arrivé le dernier au *party*, et avec pas mal de retard. Mais quel motif aurait-il pu avoir pour commettre un meurtre ? Et Rachel ? Il faut dire qu'elle déteste William et Marie, et que Samantha ne l'a pas encore vue verser une larme… De plus, elle imagine très bien Rachel en train de rédiger les messages. Quant au meurtre, ça, c'est une autre affaire…

Lorsqu'ils arrivent à la maison, ils sont tous les trois hors d'haleine. Ils restent un moment sur le seuil de la porte pour reprendre leur souffle.

— L'un de vous a un kleenex ? demande Samantha qui a le nez qui coule à force de pleurer.

Les deux autres fouillent dans leurs poches.

— Non, désolé, dit Olivier.

— Moi, j'en ai.

Lorsque Rachel sort des mouchoirs en papier de la poche du blouson de Sandra, quelque chose tombe sur le ciment. Rachel se penche pour ramasser l'objet. Elle se redresse lentement, les yeux rivés sur le bâton de rouge à lèvres dans sa main. Elle reconnaît la marque du tube bourgogne.

— C'est à Marie, dit-elle.

Doucement, elle retire le capuchon et fait sortir le bâton pour en voir la couleur. Il est rouge vif.

— Oh non ! dit Samantha.

— Sandra ? dit Olivier d'un ton incrédule.

« Sandra ! » pense Samantha. Et ce mystère qui n'a jamais été éclairci à propos de la clé de la salle de bains. Elle a été seule pendant de longues minutes. Et, bien sûr, elle a de grandes mains ! Zach n'a pas menti. Mais pourquoi Sandra a-t-elle essayé de l'étrangler ? Et pourquoi a-t-elle tué William et Marie ?

— Venez ! s'écrie Rachel. Il faut trouver Sandra ! Vite !

* * *

Sandra est toujours dans le salon, mais en compagnie de Lou.

Celui-ci remarque l'expression sérieuse de ses amis.

— Hé ! qu'est-ce qu'il y a ? demande-t-il.

Rachel montre à Sandra le tube de rouge dans sa main.

— C'est un bâton de rouge à lèvres, dit Sandra sans comprendre.

— C'est celui de Marie.

— Oui, dit Sandra. Et alors ?

— William et Marie sont morts, annonce Samantha d'une voix tremblante.

— Morts ? répète Lou.

— La voiture de William est là-bas, enroulée autour d'un arbre, explique Rachel.

— Avec un autre message, ajoute Samantha.

— Ils ont été tués, continue Rachel. Et on a trouvé le rouge à lèvres de Marie dans ta poche, Sandra. C'est le même qu'on a utilisé pour écrire tous ces messages dégoûtants.

Les yeux verts de Sandra s'agrandissent lorsqu'elle se rend compte que Rachel l'accuse.

— J'ignore comment ce bâton de rouge s'est retrouvé dans mon blouson. Vous ne pouvez pas croire que je ferais une chose pareille.

Elle se met à pleurer.

— On ferait mieux d'appeler la police, dit Rachel.

— Où est le téléphone ? demande Samantha.

— Il faudrait poser la question à Julien.

— Où est-il, au fait ? demande Samantha.

Lou hausse les épaules.

— Il est p-p-parti quelque part avec Z-Z-Zach, dit Sandra en bégayant.

— Ils sont probablement partis vendre l'ecstasy maison de Julien, dit Lou.

— Julien fabrique de l'ecstasy ? demande Samantha qui n'en revient pas.

— Mais oui, répond Lou. Qu'est-ce que tu penses qu'il fait avec tous ces produits chimiques ? Du sel ?

— E comme ecstasy, dit Samantha calmement.

Elle se tourne vers Rachel, qui semble avoir tiré

231

la même conclusion qu'elle. X, c'est Julien.

— Il faut trouver Julien, dit Rachel. Sandra, as-tu une idée de l'endroit où lui et Zach sont allés ?

Sandra secoue la tête.

— Mais il y a quelque chose que vous devriez savoir, dit-elle. Pendant que vous étiez dehors et que j'étais seule avec lui, Julien n'arrêtait pas de parler contre Zach et de répéter à quel point il le déteste. Il prétend que c'est la faute de Zach si Christian et lui ne sont plus amis.

— Lou, Olivier, venez ! dit Samantha.

— Je vais essayer de trouver le téléphone, dit Rachel.

Samantha et les garçons sont sur le point de sortir lorsque Rachel les arrête.

— Attendez ! Je crois que je sais où ils sont !

Tandis qu'ils grimpent l'escalier quatre à quatre, Samantha espère qu'ils se trompent et que Julien n'est pas l'assassin. Pourtant, tout joue contre lui. Il aurait eu amplement le temps d'écrire les messages. Et comme il est le seul à bien connaître la maison…

— Zach ! Julien ! s'écrie Lou en entrant dans le grenier.

— Ne t'approche pas, Lou, dit une voix glaciale.

Les autres s'avancent et observent la scène : Zach est accroupi au bord de la fenêtre tandis que Julien, dont on ne voit que la tête, s'agrippe à l'appui de fenêtre.

— Zach ! s'écrie Samantha.

— Il essaie de me tuer, dit Julien, terrorisé.

Lou fait un pas en avant.

— Reste où tu es ! rugit Zach. Sinon, je le fais tomber.

Lou obéit.

— Je t'en prie, Zach, dit-il. C'est une blague, hein ?

— La police va s'occuper de tout ça, Zach, dit Samantha. Allez, laisse-le remonter. S'il te plaît, Zach.

— Ce n'est pas Zach, parvient à dire Julien d'une voix rauque. C'est Christian !

Les autres mettent quelques secondes à réagir.

— Christian, dit Samantha doucement. Tu es Christian !

— Mais pourquoi veux-tu tuer Julien ? demande Lou.

— Parce que c'est lui qui fait les drogues qui sont en train de tuer mon frère.

— Zach est malade ? demande Olivier.

— Il est à l'hôpital, dans le coma. Il n'en sortira peut-être jamais. Et c'est la faute de Julien. William, Marie et lui trouvaient que ce n'était pas assez payant d'être revendeurs. Ils ont décidé de concocter leur propre drogue. L'ennui, c'est qu'ils se fichaient pas mal de ce qu'ils mettaient dedans : de l'aspirine, du poison à rats…

— Oh non ! dit Samantha.

— Oh oui ! dit Christian avec amertume.

— C'est pour cette raison que tu as tué William et Marie ? demande Samantha qui tente de gagner du temps.

233

Christian secoue la tête.

— Je ne les ai pas tués. Je l'aurais fait, mais ils étaient déjà morts. William était probablement « gelé ». Il a dû perdre la maîtrise de sa voiture.

Il sourit tristement.

— Il y a une sorte de justice immanente, je suppose. J'ai apprécié l'ironie du sort. C'est pour ça que j'ai écrit le message sur la lunette arrière avec le rouge de Marie. Il ne me restait plus qu'à trouver X. Mais quand Olivier est arrivé quelques minutes après moi, j'ai cru qu'il avait vu la voiture de William et que mon plan tombait à l'eau.

— Je suis passé par l'autre route, dit Olivier d'un ton triste.

— Oui, dit Christian. On peut dire que j'ai eu de la chance.

Il parle calmement, sans montrer aucun signe de fatigue malgré le fait qu'il maintient la fenêtre ouverte depuis plusieurs minutes. Julien, lui, a cessé de se débattre.

— C'est toi qui as enfermé Sandra dans la salle de bains ? demande Samantha.

— Oui, répond Christian. J'ai pris la clé en arrivant. Pendant que vous étiez tous en haut, j'en ai profité pour mettre le rat dans le punch. Ensuite, j'ai écrit les messages.

— Donc, personne n'a essayé de t'étrangler dans la penderie, conclut Samantha.

Julien paraît sur le point de s'évanouir. Si la police n'arrive pas bientôt, il va falloir faire quelque chose.

— Non, dit Christian. Je voulais seulement m'assurer que vous verriez le message.

— Brillant, dit Lou.

— Il fallait que ça se fasse, poursuit Christian comme si de rien n'était. Et ça aussi…

Il se redresse, lâche la fenêtre et s'apprête à pousser Julien.

— Non ! hurle Samantha.

Lou bondit, mais il ne serait jamais arrivé à temps si Christian ne s'était pas écarté, permettant ainsi à Lou de saisir les mains de Julien au moment où celui-ci lâche prise. Lou et Olivier hissent ensuite Julien à l'intérieur et l'allongent sur le plancher. Lorsqu'ils se tournent vers Christian, ce dernier sourit d'un air étrange.

Pendant un moment, on n'entend que la respiration haletante de Julien. Puis, le hurlement des sirènes se fait entendre. Des pas bruyants résonnent dans l'escalier. Rachel apparaît, les joues rouges et le souffle court.

— Ce n'est pas Zach ! C'est Christian ! dit-elle.

Constatant que personne ne réagit, elle fronce les sourcils et s'adresse à Christian.

— On a téléphoné, dit-elle. Zach est sorti du coma. Il va s'en tirer.

Le sourire de Christian s'élargit.

— Je sais, dit-il. Il me l'a déjà dit. Ici.

Il se tapote la tête.

— On est jumeaux, rappelez-vous.

Tous sont parcourus d'un frisson lorsqu'il ajoute

d'un ton badin un peu déplacé, mais tellement pareil à celui de Zach :

— T comme tout est bien qui finit bien. Non ?

À MOURIR DE RIRE!

AMBER VANE

— Maintenant que j'y pense, ma blonde n'a jamais été très bonne cuisinière. La dernière fois qu'on s'est régalés pour le souper, elle avait commandé une pizza!

Tandis que Geoffroy Rouleau présente son numéro, les autres membres de la troupe se tiennent dans les coulisses du petit théâtre et écoutent avec beaucoup d'attention. Phébée les observe tour à tour, fascinée de voir à quel point Geoffroy les captive.

Il y a d'abord sa meilleure amie, Amanda: blonde, jolie et débordante de confiance. Du moins, elle l'était avant de sortir avec Geoffroy. Phébée se dit que leur relation ne lui fait aucun bien. Amanda est tellement nerveuse depuis qu'elle cherche constamment à plaire à Geoffroy. Phébée trouve difficile de voir une fille aussi talentueuse douter d'elle.

Amanda et Phébée présentent un numéro en duo. Elles chantent des chansons de music-hall amusantes et ajoutent parfois des compositions de leur cru.

Ce soir, elles ont ouvert le spectacle avec beaucoup de succès, mais Amanda est déprimée parce que Geoffroy ne l'a pas félicitée.

Il y a aussi Diane, l'étrange et séduisante Diane Émond, qui a fréquenté Geoffroy pendant quelque temps l'an dernier. Pour son numéro de magie, elle porte un costume noir et un haut-de-forme scintillant. Elle a appliqué une couche de maquillage blanc sur son visage, comme les clowns, et a peint ses lèvres rouge écarlate. Le public a accueilli sa prestation avec enthousiasme, surtout lorsqu'elle a fait monter un spectateur sur la scène pour l'hypnotiser. Elle a fait exprès de choisir un homme costaud pour mieux démontrer son emprise sur lui. Elle lui a fait faire le beau et l'a fait marcher à quatre pattes comme un bébé. Quand il est finalement revenu à lui et qu'il s'est aperçu qu'il suçait son pouce, la salle est devenue complètement hystérique.

Mais maintenant, Diane fixe Geoffroy avec une telle concentration que Phébée se demande si elle n'en est pas toujours amoureuse.

Pourtant, le garçon que fréquente Diane depuis quelque temps est beaucoup plus gentil que Geoffroy. Robert Jacques est drôle et brillant. Il a déjà exécuté un numéro en duo avec Geoffroy, se rappelle Phébée. Mais aujourd'hui, les yeux rivés sur la scène, il ne rit pas. En fait, il a l'air pâle et renfermé, comme s'il était ailleurs.

Phébée se demande s'il se sent mal à l'aise à cause de Stella. Après tout, ce n'est un mystère pour personne que Stella a eu le cœur brisé quand il l'a laissée tomber pour Diane, au début de l'été.

Stella se tient à bonne distance de Diane, serrant contre elle la poupée qu'elle a utilisée pour faire son numéro. Stella Robineau est ventriloque. Mais pas une ventriloque ordinaire. Mordue des ordinateurs, elle se sert de la plus récente technologie pour faire parler son pantin.

À l'intérieur du fringant petit personnage, elle a installé une puce électronique à commande vocale qui réagit à certains mots. Le pantin, baptisé Arnold, incarne un homme sexiste qui cherche constamment à rabaisser les femmes.

— Que penses-tu du mouvement des femmes? lui demande Stella quand elle présente son numéro.

— Le seul mouvement qui m'intéresse, c'est celui au-dessous de la ceinture.

— Pourquoi les hommes sont-ils toujours en retard pour souper?

— Parce qu'ils doivent d'abord remettre les femmes à leur place.

— Et quelle est la place des femmes?

— Derrière l'homme, bien sûr, glousse Arnold.

Malgré l'originalité du numéro de Stella, c'est toujours Geoffroy qui passe le dernier. Son monologue est un peu rebattu, mais Phébée doit admettre que Geoffroy a vraiment le sens de la mise en scène. Sans lui, ils n'auraient probablement jamais pu se produire en spectacle.

Le jeune homme quitte la scène sous les applaudissements nourris du public. Dès qu'il entre dans les coulisses, Amanda lui saute au cou.

— Chéri, tu as été fantastique ! Ils t'ont adoré !

— Tu crois ? demande Geoffroy d'un air inquiet.

« Tête enflée », pense Phébée.

— Venez ! dit cette dernière. C'est le rappel.

Main dans la main, les cinq artistes retournent sur la scène comme s'ils étaient les meilleurs amis du monde. Ils sourient et saluent les spectateurs.

— Mesdames et messieurs, on applaudit bien fort les lauréats du Concours des jeunes humoristes, *Les Cinq As* !

Après avoir présenté le numéro suivant, l'organisateur du festival, Michel Héon, court derrière Phébée dans les coulisses.

— Phébée ! As-tu une minute ? demande-t-il, essoufflé.

La jeune fille se retourne, le cœur battant. Dès son arrivée au théâtre il y a une semaine, elle a remarqué le jeune directeur. On ne peut pas dire qu'il est très beau, mais ses yeux rieurs et sa tignasse brune indisciplinée lui donnent beaucoup de charme. Il doit avoir deux ou trois ans de plus qu'elle, juste assez pour être sérieux sans pour autant être ennuyeux. Même s'ils ont déjà bavardé ensemble à plusieurs reprises et s'il a paru attiré par elle, il ne l'a pas encore invitée à sortir. Du moins, jusqu'à maintenant…

— J'aimerais bien prendre un verre avec toi, dit Michel. Est-ce que tu es libre après le spectacle ?

— Bien sûr. Nous allons tous au bar, de toute façon, dit Phébée qui essaie de ne pas trop montrer sa joie.

— J'aurais préféré être seul avec toi, mais ça ira.

Phébée court rejoindre les autres au bar situé au sous-sol du théâtre. Elle aperçoit Amanda, qui lui a déjà commandé une bière, et lui saisit le bras.

— Devine quoi ! Michel Héon m'a invitée ! Tu sais, le directeur du festival ? Celui qui a de beaux cheveux ?

Amanda n'a aucune réaction. Les yeux plissés, elle regarde par-dessus l'épaule de Phébée.

— Amanda ? Tu ne m'écoutes pas !

Celle-ci se tourne vers Phébée, l'air accablée.

— Excuse-moi. C'est à cause de Geoffroy. Regarde.

Geoffroy est en pleine conversation avec une jolie Française vêtue d'un uniforme militaire. La jeune fille a présenté un numéro extraordinaire un peu plus tôt.

— Il est amoureux d'elle, hein ?

— Si tu veux mon avis, il n'est pas amoureux d'elle. C'est juste qu'il ne peut s'empêcher de draguer quand il voit une fille seule. À bien y penser, tu serais bien mieux sans lui.

— Je ne pourrais pas vivre sans Geoffroy ! proteste Amanda.

— Dans ce cas, il faudra que tu apprennes à supporter ses mauvaises habitudes. Viens. Allons voir Stella.

Seule à sa table, leur amie sirote une limonade. Tandis que Phébée et Amanda s'assoient, un homme moustachu aux cheveux clairsemés et à l'air un peu négligé s'approche.

— Bonsoir. Je m'appelle Denis Mordant. Je suis agent d'artistes.

Amanda sourit poliment. Phébée le dévisage. Le nom de l'homme ne lui est pas inconnu.

— Je peux me joindre à vous quelques minutes ? demande-t-il.

Sans attendre de réponse, il s'installe entre Phébée et Stella.

— Je veux vous féliciter pour votre excellent travail. Vous formez une troupe très originale. Votre numéro, ma chère, est magistral.

Il s'adresse à Stella, qui lui sourit d'un air rêveur.

— Vous pourriez aller très loin.

Il lui tend sa carte.

— Appelez-moi si vous avez besoin de conseils. Je serai heureux de vous aider. Au fait, votre ami, le jeune homme…

— Geoffroy Rouleau, s'empresse de dire Amanda.

— Oui. Il formait un duo avec un autre gars l'année dernière. L'autre jeune homme a beaucoup de talent.

Stella se redresse.

— Vous voulez parler de Robert ? Robert Jacques ?

L'agent hausse les épaules.

— Je ne me souviens plus de son nom. Mais je

me rappelle avoir dit à l'autre, Geoffroy, qu'il avait un partenaire extraordinaire. Je lui ai demandé de lui faire le message de me téléphoner, mais je n'ai jamais eu de ses nouvelles.

Il vide son verre et se lève.

— Au revoir et bonne chance, mesdemoiselles. J'attends votre coup de fil, Stella.

À cet instant, un large sourire éclaire le visage de Phébée. Elle fait signe à Michel qui se fraye un chemin dans le bar bondé.

Diane et Robert se joignent bientôt à eux. Diane a mis une éternité à enlever son maquillage et elle a l'air pâle et anxieuse. Stella, qui ne lui adresse jamais la parole, est forcée de s'asseoir à côté d'elle. Elle murmure quelque chose à l'oreille de Robert. Phébée se dit qu'elle doit lui raconter ce que l'agent a dit.

— C'est ma tournée ! annonce Michel qui, de toute évidence, ne sent pas la tension dans l'air.

Quand il revient avec les verres, Geoffroy les a rejoints.

— Excusez-moi, dit-il d'un air important. Je parlais affaires. Il semble que Marlène Dubeau pourrait me présenter à quelqu'un à Paris…

Amanda détourne la tête comme si elle était furieuse, mais Phébée voit bien qu'elle a du mal à retenir ses larmes.

— Je bois au succès des *Cinq As* ! dit Michel.

Il se tourne vers Phébée et ajoute tout bas :

— Et tout spécialement au tien. J'espère que nous allons mieux nous connaître.

Après le toast, Robert s'éclaircit la voix.

— Geoffroy, pourquoi tu ne m'as pas dit que Denis Mordant voulait que je communique avec lui ?

Geoffroy paraît dérouté pendant quelques secondes, mais il retrouve vite son assurance.

— Ah oui ! Ce gars-là ! Pour être franc, je ne croyais pas que c'était important. Le type a commencé à me dire comment on aurait dû faire notre numéro, et ça n'avait aucun bon sens. Crois-moi, tu n'as rien manqué.

Michel paraît étonné.

— As-tu dit Denis Mordant ? C'est l'agent le plus malin de toute la colonie artistique ! Il a du flair pour repérer les jeunes bourrés de talent. Il a lancé la carrière d'un nombre incroyable d'humoristes.

Il nomme plusieurs artistes devenus célèbres.

Robert a l'air crispé et furieux, tandis que Geoffroy est sur la défensive. Phébée observe ses amis l'un après l'autre : Amanda fixe Geoffroy, inquiète ; Diane tient la main de Robert d'un air protecteur. Et Stella a le regard dans le vague, comme si elle était très loin de là.

* * *

— Tes amis sont un peu… euh…

— Étranges ? suggère Phébée.

— C'est ce que j'allais dire, répond Michel. Mais je ne voulais pas te froisser.

Ils marchent lentement dans la rue, main dans la main. Il est très tard et Michel raccompagne Phébée chez elle.

— J'ai cru que je n'arriverais jamais à être seul avec toi. Vous êtes très unis, hein ?

— On peut dire ça, oui. On a fait toutes nos études ensemble. Geoffroy et Robert ont un an de plus que nous. Le fait de monter un spectacle nous a beaucoup rapprochés. Et comme on est tous de l'extérieur de Montréal, sauf Geoffroy, on habite ensemble.

— Vous en avez impressionné plusieurs en gagnant le Concours des jeunes humoristes. Quel est votre secret ?

— Je suppose que c'est Geoffroy, admet Phébée. C'est un bon rassembleur et un excellent créateur. Il tenait absolument à remporter le concours. C'est le seul parmi nous qui veut vraiment gagner sa vie en tant qu'humoriste.

— Et Robert ? demande Michel. Il a l'air sérieux.

— Je ne sais pas. Il a d'autres ambitions.

— Comment se fait-il qu'il soit là, s'il ne présente aucun numéro ?

— Il voulait probablement accompagner Diane. C'est un peu curieux, car Geoffroy et lui formaient un duo épatant.

— Pourquoi se sont-ils séparés ?

— À l'époque, je croyais que Robert voulait se concentrer sur ses examens. Mais ce soir, je me demande si c'est aussi simple que ça.

Ils s'arrêtent devant la porte d'une imposante demeure.

— Veux-tu entrer ?

— Comment êtes-vous atterris ici ? demande Michel, impressionné.

— Je ne te l'ai pas dit ? C'est ici qu'habite Geoffroy. Ses parents sont à l'étranger et ils nous ont permis de nous installer ici pendant leur absence.

Tout le monde est affalé dans le salon. Geoffroy est assis par terre aux pieds d'Amanda, la tête sur ses genoux. Diane et Robert sont blottis l'un contre l'autre sur le canapé. Quant à Stella, elle tape sur son ordinateur portatif. Michel engage tout de suite la conversation avec Robert. Pourtant, Phébée devine qu'il a envie de rester seul avec elle.

— Qu'est-ce qu'on fait demain ? finit-elle par demander.

— Moi, je passe la journée en haut dans mon studio, annonce Geoffroy. Et je ne veux pas être dérangé. Il faut que j'écoute l'enregistrement du spectacle de ce soir au cas où il y aurait des améliorations à apporter. Et, euh…, je ferai peut-être des copies de certains de mes numéros pour Marlène.

— Pourquoi vous ne venez pas tous souper chez moi ? propose Michel.

— Je ne sais pas, répond Amanda. D'habitude, on ne prend pas le temps de souper parce qu'on se prépare pour le spectacle.

— Ça me prend des heures pour faire mon maquillage, dit Diane. Je me demande pourquoi je me donne la peine de l'enlever !

— Vous pourriez toujours vous préparer avant, dit Michel. Le spectacle ne commence pas avant vingt et une heures demain. Si vous arrivez vers dix-neuf heures trente, ça nous donnera amplement le temps de souper.

Tout le monde accepte son invitation.

— Bon, je vais me coucher, annonce Geoffroy. Je veux être frais et dispos demain.

— Je monte aussi, s'empresse de dire Amanda.

— Attends, Geoffroy ! Je peux te parler une minute ?

La belle Diane déplie ses longues jambes et traverse la pièce avec grâce.

— C'est à propos de mon numéro. J'aimerais beaucoup avoir ton avis sur un point et comme tu seras occupé demain…

Geoffroy hausse un sourcil d'un air interrogateur et la considère de la tête aux pieds.

— Maintenant ? demande-t-il.

Diane hoche la tête.

— Je n'en ai pas pour longtemps. Promis.

Elle le suit hors de la pièce, laissant Amanda bouche bée et blessée.

— Je te rejoins dans une minute, crie Amanda à Geoffroy.

Quelques instants plus tard, Stella éteint son ordinateur et souhaite bonne nuit à tout le monde. Amanda et Robert l'imitent peu après.

— Enfin ! souffle Michel. Je commençais à désespérer.

Et lorsqu'il enlace Phébée pour l'embrasser, celle-ci se laisse fondre dans ses bras.

Le lendemain soir, Phébée s'affaire à couper des tomates pour la salade lorsque Michel la prend par la taille.

— Tu es superbe, murmure-t-il.

Ses lèvres effleurent les cheveux de Phébée.

— Retourne-toi que je te regarde.

Phébée porte une combinaison argent qui moule son corps mince et musclé, ainsi que des bottes noires à talons hauts ornées d'étoiles argent à la cheville. Ses longs cheveux noirs sont tressés avec du fil argenté. Michel a le souffle coupé lorsqu'elle se tourne vers lui.

— Phébée, tu es magnifique, dit-il en l'attirant vers lui.

À cet instant, on sonne à la porte avec insistance. Michel soupire.

— C'est toujours comme ça, hein? Je n'arrive pas à t'arracher à eux.

— C'est toi qui les as invités à souper, non?

— Mais il est seulement dix-huit heures trente!

Michel ouvre la porte. Amanda fait irruption dans la pièce, en larmes. Elle porte la même tenue que Phébée, mais la sienne est de couleur or.

— Amanda! Qu'est-ce qu'il y a? demande Phébée.

— C'est Geoffroy! L'espèce d'ordure! Je suis montée à son studio, où il était censé travailler seul toute la journée. Et devinez qui était là. Marlène Dubeau! Elle était assise tout près de lui.

— Geoffroy a dit qu'il voulait lui donner une cassette, dit Phébée pour réconforter son amie.

— Je me moque de ce qu'il voulait lui donner ! Je sais très bien ce que j'ai vu. Ils se touchaient presque.

— Qu'est-ce qu'il t'a dit ?

— Je ne lui ai pas laissé la chance de s'expliquer. Je suis partie en claquant la porte. J'en ai assez de lui, Phébée. Assez !

— Mais tu vas lui pardonner, comme d'habitude. Après tout, tu sais comment il est.

Mais Amanda paraît inflexible.

— Cette fois, c'est bel et bien terminé. Me faire ça quelques heures avant notre dernier spectacle ! Je pourrais le tuer !

Diane arrive peu après, très élégante dans son habit de magicienne.

— Est-ce que Robert est là ?

— Non. Vous n'êtes pas ensemble ? demande Phébée.

Diane secoue la tête.

— Il devait rencontrer quelqu'un avant de venir ici.

Robert les rejoint vers dix-neuf heures quarante-cinq. Diane l'accueille avec un long baiser langoureux. Phébée a presque pitié de Stella, dont la douleur est quasi palpable.

Puis, bien que Geoffroy ne soit pas encore là, tous se mettent à table : Robert à côté de Diane, Michel et Phébée à chaque bout, et Amanda à côté de Stella. Celle-ci installe Arnold, son pantin, sur la chaise vide à sa gauche.

— Tu fais peine à voir avec cette poupée ridicule, lance Diane d'un ton cruel. Tu ne crois pas qu'il serait temps que tu te trouves un *chum* ?

— Il faudrait d'abord que je prenne une assurance, riposte Stella. Au cas où on me le volerait, comme la dernière fois !

Tout le monde retient son souffle. Robert a l'air au supplice. Curieusement, c'est Amanda qui change de sujet.

— On ferait mieux de manger si on ne veut pas être en retard. Michel, est-ce que je pourrais téléphoner à Geoffroy ?

Elle jette un regard provocant à Phébée.

— On ferait mieux de vérifier qu'il est déjà parti.

Michel lui tend son téléphone portatif et Amanda compose le numéro. Elle attend plusieurs secondes avant de parler lentement d'une voix claire. De toute évidence, elle est en train de laisser un message sur le répondeur.

— Geoffroy ? C'est Amanda. J'espère que tu es déjà en route, car il est vingt heures et tu es en retard pour souper.

Lorsqu'elle pose l'appareil, il se produit une chose étonnante. Diane, qui s'est contentée jusqu'à maintenant de foudroyer Stella du regard, est prise d'un fou rire.

— Qu'est-ce qu'il y a ? demande Phébée, intriguée.

— Oh! pas grand-chose, répond Diane en pouffant de rire. Je pensais seulement à une des blagues de Geoffroy dans son numéro. Vous savez, lorsqu'il dit que sa petite amie se plaint toujours qu'il arrive en retard quand c'est elle qui fait la cuisine?

Et elle recommence à rire de plus belle.

* * *

Il est vingt et une heures dix et le spectacle va bon train. *Les Cinq As* monteront sur scène dans quinze minutes, mais Geoffroy n'est toujours pas là, au grand désarroi d'Amanda.

— Il lui est arrivé quelque chose, dit-elle.

— Calme-toi. Il allait très bien quand je l'ai quitté, affirme Marlène Dubeau dans les coulisses en attendant son tour. Mais bon sang que ce gars-là est vaniteux! Ça m'étonne que son miroir ne soit pas encore usé! Si vous voulez mon avis, il va finir par se casser la gueule.

— Eh bien! personne ne t'a demandé ton avis, dit Amanda avec colère.

Mais Marlène ne l'entend pas, car elle marche déjà vers la scène, vêtue de son uniforme militaire.

— Quel culot! marmonne Amanda.

Phébée l'entoure de son bras.

— Si c'est vraiment ce qu'elle pense de lui, tu n'as aucune raison d'être jalouse, hein?

— N'en sois pas si sûre. Mais pour l'instant, on a besoin de Geoffroy pour le spectacle.

— J'ai la solution à notre problème, déclare

Stella derrière elles. S'il ne se montre pas, laissons Robert prendre sa place.

— C'est une bonne idée, approuve Phébée. Mais où est-il ?

Robert est parti de chez Michel avant les autres, prétextant qu'il voulait prendre l'air. Mais il y a maintenant plus d'une heure de ça.

— Le voilà, dit une voix douce.

C'est Diane, impeccable comme toujours. Robert apparaît derrière elle, encore plus pâle que d'habitude. La panique se lit dans ses yeux.

— Tu peux remplacer Geoffroy, n'est-ce pas ? demande Stella d'un ton suppliant.

Robert hésite.

— Bien sûr qu'il peut le faire, déclare Diane.

Mais le temps presse, car Marlène a terminé son numéro. Michel présente *Les Cinq As* et Amanda et Phébée sautent sur la scène.

Diane exécute ensuite son numéro, suivie de Stella et de son Arnold bien-aimé.

Puis, c'est le grand moment pour Robert. Celui-ci se tient dans les coulisses, le teint terreux. Au moment où Michel prononce son nom, il craque.

— Je suis désolé. Je ne peux pas le faire. Pas maintenant.

Et il se sauve.

* * *

Tout le monde court après lui.

— Ce n'est pas grave, mon chéri, dit Diane pour

252

le réconforter. Ne le fais pas si tu ne t'en sens pas capable. Ce n'est pas grave.

— Mais oui, c'est grave ! proteste Stella d'un ton acerbe. Robert vient de rater la chance de sa vie. Tu n'as donc pas vu Denis Mordant dans la première rangée ?

— Je… je m'en fiche. Ça n'a plus d'importance maintenant, dit Robert d'une voix éteinte.

— Je crois qu'on ferait mieux de rentrer, dit Amanda, toute pâle. Il faut que je voie Geoffroy. Je ne peux pas supporter de ne pas savoir où il est… et avec qui il est.

Michel vient vers eux, l'air soucieux.

— T'en fais pas, Robert.

Il se tourne vers Phébée.

— Prends ma voiture et ramène tout le monde à la maison. J'irai vous rejoindre après le spectacle.

Phébée lui adresse un sourire reconnaissant. C'est bien lui, ça : il s'inquiète au lieu de se fâcher.

Ils arrivent chez Geoffroy à vingt-deux heures quinze. Amanda monte tout de suite au premier. Phébée entend son amie claquer la porte de la chambre de Geoffroy, puis se diriger vers le studio au dernier étage. Dans la maison résonne alors un cri, puis un autre qui leur glacent le sang.

Phébée est la première à réagir. Elle grimpe l'escalier quatre à quatre et entre dans la pièce comme un ouragan. Le tableau qui l'attend lui coupe le souffle. Le matériel haute-fidélité de Geoffroy est aligné contre le mur. Sur l'énorme bureau noir placé à angle droit avec le mur, se trouvent un téléphone, un répondeur, deux verres, dont l'un est encore rempli de vin, ainsi qu'une cassette. Un fauteuil est appuyé en biais contre le bureau. Un personnage grotesque y gît.

Phébée s'approche du corps de Geoffroy. Elle manque de vomir en voyant ce qui lui est arrivé. Un ruban magnétique relié à l'un des magnétophones a été enroulé plusieurs fois autour de son cou. Geoffroy, lui, est attaché au fauteuil avec un autre ruban. De toute évidence, il a été étranglé.

Les autres les ont rejointes et contemplent la scène, horrifiés.

Amanda sanglote et tremble comme une feuille. Phébée prend une grande inspiration et parvient à retrouver son sang-froid.

— Voilà ce qu'on va faire, dit-elle d'une voix chevrotante qu'on a du mal à reconnaître. Stella, descends avec Amanda et prépare-lui du café. Robert, appelle la police. Tout de suite. On ferait mieux de ne toucher à rien, mais je vais rester ici jusqu'à l'arrivée des policiers. Il faut que quelqu'un…

Sa voix se brise.

— Il faut que quelqu'un reste avec lui.

Dès qu'elle est seule, Phébée inspecte le studio en s'efforçant de mémoriser le moindre détail. Elle s'approche du cadavre et le touche doucement. Il est encore chaud. Geoffroy ne doit pas être mort depuis longtemps. Elle remarque une tache blanche sur sa chemise en jean. « C'est curieux, pense-t-elle. Geoffroy est toujours si impeccable. Ou plutôt, était.»

Même s'il est ligoté solidement au fauteuil, un de ses bras repose sur le bureau. Sa montre s'est brisée et indique exactement vingt heures. Phébée se dit qu'il doit s'agir de l'heure de sa mort. Elle frémit.

Elle n'a jamais beaucoup aimé Geoffroy, mais il ne méritait sûrement pas une mort aussi atroce. Qui donc a pu commettre un tel crime?

«Il s'agit sûrement de quelqu'un d'assez fort», se dit-elle. Geoffroy était robuste et se gardait en forme. La personne qui l'a ligoté au fauteuil était probablement un homme. Mais on ne sait jamais…

Le regard de Phébée est attiré par la lumière verte du répondeur qui clignote avec insistance. Sans trop réfléchir, elle rembobine la cassette et écoute les deux messages. Elle reconnaît tout de suite la première voix.

— Geoffroy? C'est Amanda. J'espère que tu es déjà en route, car il est vingt heures et tu es en retard pour souper.

«En retard pour souper?» se dit Phébée, perplexe. Pourquoi ces mots lui paraissent-ils si familiers? Mais la seconde voix la tire de ses pensées.

— Geoffroy? dit Robert. Tu es là? Au cas où tu ne serais pas encore parti au théâtre, je passe te voir. J'ai quelque chose à te demander.

Phébée est parcourue d'un frisson de frayeur. Ainsi, Robert est venu ici ce soir. Lui qui a toutes les raisons de garder rancune à Geoffroy et qui n'aurait eu aucun mal à le maîtriser…

Phébée s'aperçoit qu'elle a eu tort de toucher au répondeur. La clé du mystère se trouve peut-être dans l'appareil. Les policiers seront furieux. Mais tant pis.

En rembobinant la cassette, Phébée aperçoit un petit objet brillant sous le répondeur. C'est un minuscule tournevis vert, du type qu'on utilise pour réparer les téléviseurs. Ou les ordinateurs.

Mais Phébée n'a plus le temps de réfléchir. Les policiers sont arrivés et travaillent avec une efficacité déconcertante. Immédiatement, ils délimitent le lieu du crime et prennent des photos. Phébée les observe pendant quelques minutes, fascinée, jusqu'au moment où l'on remarque sa présence.

— Phébée Vincent ? demande un homme à l'air aimable. Je suis le détective Germain Anctil. Je vous félicite d'avoir monté la garde. Maintenant, allez boire une bonne tasse de café. Je descends dans une minute pour prendre vos dépositions.

Phébée obéit. L'heure qui suit s'écoule au ralenti, comme un cauchemar. Le détective Anctil les rencontre un à un, y compris Michel arrivé au milieu du chaos. Il les rejoint ensuite au salon et se laisse tomber lourdement dans un fauteuil.

— Je sais que vous êtes tous bouleversés, dit-il doucement. Mais vous devez comprendre que nous menons une enquête pour meurtre et que j'aurai besoin de votre entière coopération. Je veux que vous passiez tous la nuit ici. Je vous laisse avec l'agent Fournier qui gardera les lieux du crime jusqu'à mon retour demain matin.

— Voulez-vous dire que nous sommes tous suspects ? demande Phébée.

Le détective soupire et baisse les yeux.

— Disons que… vous collaborez à l'enquête policière.

* * *

Phébée considère ses amis tour à tour d'un œil vigilant. Robert tambourine sur le bras du fauteuil en jouant aux échecs avec Michel. L'air tendue mais sereine, Stella bricole son ordinateur. Diane, elle, est allongée sur le canapé et feuillette un magazine, tandis qu'Amanda est pelotonnée à côté d'elle, le teint pâle et les yeux cernés.

— Pauvre Geoffroy ! s'exclame Diane. On a du mal à croire qu'il est mort, hein ?

— Qu'est-ce que ça peut bien te faire ? demande Amanda d'un ton amer. Ne viens pas me dire que tu espérais qu'il te reviendrait un jour !

— Non, pas vraiment, répond Diane doucement. Mais je trouve ça triste qu'il soit mort. Il n'était pas si détestable que ça, après tout.

— Ce n'est pas ce que tu disais quand tu l'as plaqué, fait remarquer Robert. La première fois qu'on est sortis ensemble, tu l'as traité de salaud prétentieux, vaniteux et insensible !

— Je t'en prie, Robert ! proteste Diane. On ne parle pas en mal d'un mort.

— Tu veux dire que… c'est toi qui l'as laissé tomber ? demande Phébée à Diane.

Celle-ci hésite un instant.

— Il ne voulait pas que ça se sache et je lui ai dit que je n'en parlerais pas.

Une série d'images défilent dans la tête de Phébée : Diane demandant l'aide de Geoffroy d'un air provocant, la veille ; Diane et Robert s'embrassant passionnément chez Michel ; et Diane riant comme une hystérique après le coup de téléphone d'Amanda.

Une idée commence à prendre forme dans son esprit. Mais Phébée doit éclaircir un point avant d'aller plus loin dans son raisonnement.

— Il y a une chose que je ne comprends pas, dit-elle prudemment. Selon le détective Anctil, le meurtre a été commis entre vingt heures et vingt-deux heures quinze.

— C'est exact, dit Amanda en pleurant. Je le sais. C'est moi qui ai trouvé Geoffroy.

— Arrête de t'en vanter ! lance Diane sèchement. Tu devrais savoir que celui qui découvre le cadavre est généralement considéré comme l'assassin.

Phébée jette un regard vers elle, étonnée par sa méchanceté. Elle se souvient subitement de la tache blanche sur la chemise de Geoffroy. Bien sûr ! Le maquillage de Diane ! Malgré tout, son hypothèse demeure insensée.

— Revenons à l'heure du crime, dit-elle. C'est étrange, car on était tous chez Michel à vingt heures. Ensuite, on s'est rendus au théâtre et on est revenus ici. Nous étions tous là, sauf…

Son regard se pose sur Robert.

— Allez, parle ! Je suppose que tu as déjà dit aux policiers que tu étais venu ici hier soir. Sinon, ils finiront par l'apprendre. Comme moi.

Robert a l'air d'une bête traquée. Il hausse les épaules.

— O.K., O.K., c'est vrai que je suis venu ici hier soir en sortant de chez Michel. J'ai d'abord téléphoné à Geoffroy pour lui dire que je voulais lui parler. Mais à mon arrivée, il était…

Sa voix se brise et il enfouit son visage dans ses mains.

— Il était déjà mort. J'ai paniqué. J'avais peur qu'on m'accuse. Alors je me suis rendu au théâtre en espérant que ça ne se saurait pas. J'avais oublié le message sur le répondeur.

— Qu'est-ce que tu lui voulais ? demande Phébée.

— Hier après-midi, j'ai rencontré Denis Mordant. Il m'a dit qu'il pourrait peut-être m'engager pour un spectacle à Québec s'il me voyait sur scène. J'espérais convaincre Geoffroy de présenter notre numéro une dernière fois. Mais il était trop tard. Bien entendu, quand vous m'avez proposé de le remplacer, c'était l'occasion rêvée. Mais je n'ai pas pu. Je revoyais Geoffroy, ligoté…

— Encore une fois, Geoffroy a réussi à tout gâcher, dit Stella qui a du mal à cacher son amertume.

Elle scrute l'intérieur de son ordinateur.

— Est-ce que quelqu'un a un tournevis ? demande-t-elle. Je ne trouve plus le mien.

C'est comme si un éclair avait traversé Phébée. Elle se rappelle le petit tournevis vert tout près du répondeur de Geoffroy. Puis, elle songe au message laissé par Amanda. Et tout à coup, elle sait. Elle sait qui a tué Geoffroy. Et pourquoi. Et comment… du moins, presque.

— Ainsi, Robert n'a pas d'alibi. Mais disons que nous le croyons sur parole. Qu'est-ce qu'on faisait tous vers vingt heures ?

Tandis que tous se mettent à parler en même temps en évoquant le souper chez Michel, le coup de téléphone d'Amanda et l'absence de Geoffroy, Phébée se rappelle le virulent échange entre Stella et Diane. Comment l'oublier ? « Peut-être que c'est ça, se dit-elle. Peut-être qu'il fallait que tout le monde se souvienne de ce que faisaient Stella et Diane, les ennemies jurées, à vingt heures. »

— Stella, dit-elle soudain. Puisque cette discussion ne nous mène nulle part, qu'est-ce que tu dirais de dérider un peu l'agent Fournier ? Je crois qu'il aimerait bien entendre ton numéro.

Stella hausse les épaules pour montrer que ça lui est égal. Phébée va chercher le policier qui, intrigué, s'assoit à côté de Michel.

Stella entame son dialogue avec Arnold.

— Pourquoi les hommes sont-ils toujours en retard pour souper ? demande Stella au bout de quelques minutes.

Activé par ces derniers mots, Arnold répond, comme d'habitude.

C'est à cet instant que Phébée sait, hors de tout doute, qu'elle a vu juste.

— Arrête, dit-elle à Stella calmement. Agent Fournier, vous avez devant vous non pas un, mais deux assassins. Et peut-être même trois. Car même si Geoffroy est bel et bien mort à vingt heures, ses meurtriers n'étaient pas dans la maison à cette heure-là. Nous avons affaire à un meurtre télécommandé.

Phébée désigne d'abord Diane, qui conserve un sang-froid remarquable, puis Stella, penchée sur son ordinateur.

— Voici les deux meurtrières, annonce-t-elle.

Un silence de mort plane.

— Vous nous avez bien eus en jouant les ennemies jurées alors que vous complotiez ensemble, poursuit Phébée. Vous avez tué par amour, hein ? Vous avez surmonté votre haine par amour pour Robert. Parce que vous aviez besoin l'une de l'autre pour commettre le meurtre presque parfait.

Encore une fois, un lourd silence accueille ses paroles. Puis, un rire sonore résonne dans la pièce. C'est celui de Diane.

— En tout cas, il a eu ce qu'il méritait, après tout ce qu'il a fait à Robert, déclare Diane d'une voix un peu étrange. Tu as raison, Phébée. Hier soir, on a convenu, Geoffroy et moi, de se rejoindre dans sa chambre cet après-midi. Ça n'a pas été difficile. Il n'a jamais digéré que je l'aie laissé tomber. Alors, ça l'arrangeait bien de croire que j'avais des remords.

Quand je suis entrée, j'ai plongé mon regard dans ses magnifiques yeux…

— Et tu l'as hypnotisé, termine Phébée.

Diane éclate de rire.

— En tout cas, il est parti heureux. Le con !

— Tu étais déjà maquillée, ajoute Phébée. Il y avait une tache de blanc sur la chemise de Geoffroy. C'est à ce moment-là que tu l'as ligoté ?

Diane hoche la tête en riant de façon inquiétante.

— Qui d'autre qu'une magicienne peut faire des nœuds comme ça ? Mais je ne l'ai pas tué, vous savez. Je l'ai seulement ligoté et j'ai passé le ruban du magnétophone autour de son cou.

— Ç'a été mon plus grand numéro en tant que ventriloque, dit une petite voix.

Stella fixe Arnold, comme si elle s'adressait à lui.

— Si j'arrive à programmer un pantin pour qu'il réagisse à certains mots, je me suis dit que je pouvais certainement faire la même chose avec le matériel informatisé de Geoffroy.

— Je savais que le répondeur était la clé de l'affaire, dit Phébée. En retard pour souper.

Une voix nasillarde répond presque tout de suite :

— Parce qu'ils doivent d'abord remettre les femmes à leur place.

C'est Arnold, le pantin, qui repose sur le bras du fauteuil dans lequel est assise Stella.

— Vous voyez, il réagit à ces quelques mots, explique Phébée. Stella a simplement installé une puce électronique dans le magnétophone relié au répondeur de sorte qu'il se mette en marche de la même façon. Pas étonnant que Diane ait éclaté de rire en entendant Amanda prononcer les mots fatidiques. Elle vous a épargné du travail, hein, les filles ?

— Tu veux dire… que c'est moi qui ai activé le magnétophone en appelant Geoffroy ? demande Amanda, horrifiée. Alors, je l'ai tué !

Elle s'évanouit.

Puis, tout se passe très vite. Après avoir informé son supérieur de la situation, l'agent Fournier arrête Diane et Stella et les conduit au poste de police. Robert, l'air anéanti, insiste pour les accompagner, tandis que Phébée aide Amanda à se mettre au lit.

C'est presque le matin lorsque Phébée et Michel se retrouvent seuls, assis sur le canapé. Après tant d'émotions, Phébée tremble d'épuisement. Pourtant, elle jubile.

— Je te trouvais merveilleuse avant tous ces événements, murmure Michel. Maintenant, je sais que tu es supermerveilleuse. Je veux qu'on sorte ensemble, mais à une condition.

Phébée le regarde d'un air interrogateur.

— Qu'il n'y ait pas d'autre meurtre ?

— Non. Je veux seulement que tu me promettes de ne pas remettre les pieds dans ma cuisine. Ta salade était dégueulasse !

Ils rient aux larmes avant de tomber dans les bras l'un de l'autre. Puis, leur long baiser passionné met un terme à cette nuit d'horreur.

UN TERRIBLE GÂCHIS

Jill Bennett

— Des campeurs dans le champ du père Bernier !

— C'est nouveau, ça. Le vieux bonhomme doit être mort.

— Ils ne lui ont probablement pas demandé la permission avant de s'installer.

Xavier se contente de grogner. Il conduit en essayant d'éviter les nids-de-poule et il ne peut pas tourner la tête pour voir ce que sa sœur Sabrina montre du doigt. Un grand nombre de camionnettes cabossées, de vieux poids lourds et de roulottes miteuses sont stationnés n'importe comment sur le gazon brûlé par le soleil.

La petite Neon est remplie à capacité avec ses cinq passagers, leurs bagages et des provisions pour deux semaines.

Assise du côté du passager, Sabrina a des sacs sur les genoux et à ses pieds. Geneviève, leur sœur adoptive, prend place à l'arrière avec Tanya, la meilleure amie de Sabrina. Michel, le plus petit des cinq, est coincé entre elles. Les genoux et les coudes serrés, il presse son précieux ordinateur portatif contre sa poitrine.

Quelques minutes plus tard, la voiture s'immobilise à l'ombre d'une maison de ferme.

— Bienvenue en pleine cambrousse ! dit Xavier en éteignant le moteur.

Les portières s'ouvrent toutes en même temps.

— Je croyais que c'était la ferme Massé, ici.

Tanya s'étire et secoue sa tignasse rousse. Elle se tourne vers le silo abandonné. Aucun nom n'y est inscrit.

— Ça l'est, dit Sabrina qui transporte les sacs jusqu'à la porte d'entrée. Mais depuis le temps qu'on passe nos vacances ici, on devrait l'appeler la ferme Sylvestre.

— Chère, chère ferme Massé ! dit Geneviève d'un ton rêveur.

Elle fait quelques pas en direction des arbres et contemple les champs qui s'étendent à perte de vue.

— Il y a une roulotte là-bas, fait-elle remarquer. Est-ce que quelqu'un savait qu'on aurait de la compagnie ?

Personne ne répond. La lourde porte est ouverte et les autres s'affairent à décharger la voiture. Geneviève les rejoint. Tanya est ravie de voir enfin la vieille maison où les Sylvestre viennent tous les étés. À chaque fenêtre, elle se pâme d'admiration devant la vue.

Xavier monte le petit escalier de bois et va porter les valises dans les chambres. Michel le suit.

— Où est-ce que je peux mettre ça ? demande-t-il en serrant son ordinateur contre lui.

Geneviève le regarde d'un air de doute. C'est elle qui a invité Michel, qui ne jure que par elle. Ce n'est pas son petit ami, mais elle aime bien les garçons sérieux comme lui. De plus, il lui fait un peu pitié. Ses parents se sont séparés récemment et ont vendu leur maison. Il y a de nombreuses années, Geneviève aussi a vu son univers s'écrouler autour d'elle.

Xavier et Sabrina sont faciles à vivre et ont accepté que Michel les accompagne. Il faut dire qu'ils ont l'habitude de voir Geneviève aider les gens malheureux. Mais Michel n'est pas comme les autres. Il semble obsédé par son ordinateur. On ne connaît pas vraiment une personne avant d'avoir habité avec elle.

Geneviève soupire et se tourne vers la cuisine où Sabrina emplit de grands verres de limonade.

Ils s'assoient tous autour de la table et profitent de la fraîcheur des murs de pierre en cet après-midi torride.

Xavier, le plus âgé des cinq, se sent bien. Grand et séduisant, il a du charme et il le sait. La petite Neon lui a été offerte par ses parents pour son dix-huitième anniversaire de naissance. Xavier l'adore. Sans elle, ils ne seraient pas ici maintenant. Il a l'intention de parcourir le continent au volant de sa voiture. Les campeurs, des marginaux, installés non loin de la ferme le fascinent. Il leur paiera sûrement une petite visite. Leur rythme de vie doit être bien différent de sa propre routine de tous les jours.

Au cours de la dernière année, il a évoqué avec moins d'enthousiasme le souvenir des vacances passées avec ses sœurs à escalader les buttes rocheuses au bord de l'eau ou à marcher dans le ruisseau pour trouver des écrevisses.

Il bâille bruyamment.

Sabrina a seize ans. Mince et blonde comme son frère, elle déborde d'énergie. Elle se réjouit à l'idée de faire des promenades dans le bois avec Tanya et de lui montrer les plus beaux endroits pour pique-niquer. Ça lui fera du bien de passer deux semaines avec sa meilleure amie, maintenant que Xavier est si… distant.

Geneviève pose les coudes sur la table et appuie son menton sur ses mains. Ses boucles brunes tombent devant son visage. Elle adore ça ici. Elle aime chaque pierre de cette maison. Cet été, ils passeront leurs plus belles vacances. Elle, sa famille, son Xavier. Depuis le jour où, à l'âge de neuf ans, elle a été mise en famille d'accueil chez les Sylvestre, elle a toujours aimé Xavier. Plus tard, quand monsieur et madame Sylvestre l'ont adoptée, elle a donné à sa nouvelle famille tout l'amour qui dormait en elle.

Mais les étés à la ferme ont toujours été le moment le plus attendu de l'année. Des journées entières à se cacher dans la fougère avec Xavier jusqu'à ce que Sabrina les trouve et les poursuive en riant ! Et quand ils allaient pêcher, ça ne les ennuyait pas vraiment de revenir sans prise. Ils se contentaient de lire et d'écouter de la musique, heureux d'être ensemble.

Cette année, Geneviève a vu Xavier devenir un beau jeune homme. Elle est extrêmement fière de lui, mais elle refuse d'admettre qu'il est peut-être en train de s'éloigner d'elle. Comme chaque été, la magie de la campagne va opérer et tout redeviendra exactement comme avant.

Tout à l'heure, elle ira laver la nouvelle voiture de Xavier. Elle la fera briller pour lui…

Tanya n'est pas jolie. Elle a un nez retroussé, une bouche trop grande pour son petit menton, et des taches de rousseur. Seule sa chevelure flamboyante la distingue dans une foule. Tanya est une fille joyeuse qui aime rire. Elle et Sabrina forment toute une paire quand elles s'y mettent. Cette année, ses parents lui ont enfin permis d'accompagner les Sylvestre à la ferme Massé.

C'est encore mieux que ce que Tanya avait imaginé. La maison a un petit côté romantique et vieillot. Ce sera pour elle l'occasion rêvée de se rapprocher de Xavier, qu'elle ne voit pas aussi souvent qu'elle le voudrait à l'école.

Quant à Michel, c'est lui qui nourrit les pensées les plus sombres. Maintenant qu'ils sont arrivés, il se sent de trop. Geneviève a été très gentille de l'inviter, mais elle aura tôt fait de découvrir à quel point il est ennuyeux. Il aurait dû partir avec sa mère au chalet. Il sait qu'il l'a laissée tomber.

Sabrina allume la radiocassette.

— As-tu ta cassette des *Colocs,* Geneviève ? Le

beurre est en train de fondre. Tu as le coude dedans, Michel.

Tandis que Geneviève fouille dans son fourre-tout, l'annonceur parle d'une voix traînante. C'est le bulletin de nouvelles de dix-huit heures.

— ... qui s'est évadé du pénitencier de Val-Saint-Luc. Le détenu, Alain Crevier, mesure un mètre quatre-vingt-trois. Il a les cheveux bruns et porte une moustache. Il est considéré comme extrêmement dangereux. À Moscou, le président...

Geneviève appuie sur le bouton de lecture et la cassette se met à jouer.

— Est-ce que la prison est bien loin d'ici? demande Tanya.

— Pas très loin, non. Mais deux kilomètres dans la forêt, ça équivaut en fait à dix kilomètres.

Xavier essaie d'être rassurant.

« Bravo! se dit Michel. Un dangereux criminel en liberté! J'avais bien besoin de ça. »

— Écoutez! dit Geneviève en levant un doigt.

Le vrombissement d'un moteur leur parvient. Des hélicoptères! Les cinq amis courent vers la porte de derrière et lèvent les yeux. Deux hélicoptères décrivent des cercles au nord des collines éparpillées qui se découpent sur le ciel clair.

— Ce type n'ira pas bien loin, dit Xavier.

Il caresse les cheveux de Tanya d'un geste fraternel.

— Fauve, tu es en sécurité avec nous!

Tanya lui sourit.

— Bon, dit Xavier. Je vais faire un tour.

Il tourne les talons et sort ses clés de la poche de ses jeans.

— Maintenant ? s'étonne Sabrina.

Elle ne veut pas qu'ils se dispersent déjà. Elle a imaginé toute la bande autour de la table en train de manger de la pizza et de faire des projets pour les vacances, comme chaque année.

— Est-ce que je peux y aller aussi ? demande Tanya en s'avançant.

— Comme tu veux.

Xavier hausse les épaules. Il n'a pas l'air enthousiaste.

— Tu viens, Sabrina ? demande Tanya.

Sabrina voit bien que son amie la supplie du regard.

— Bon, d'accord. Mais on vient juste d'arriver et...

Elle jette un regard impuissant en direction de Geneviève.

Celle-ci est un peu contrariée. Si Xavier part avec la voiture, elle ne pourra pas la laver pour lui faire une surprise. Elle se tourne vers lui. Leurs regards se croisent et Xavier lui fait un clin d'œil complice. Geneviève lui sourit. Tout va bien. Elle lavera la Neon plus tard.

— Allez-y, dit-elle. Moi, je vais ranger. On mangera à votre retour. Mais ne revenez pas trop tard !

Michel et Geneviève regardent la voiture s'éloigner dans un nuage de poussière. Puis, la jeune fille marche jusqu'au jardin derrière la maison, laissant Michel se débrouiller seul.

Elle a planté des herbes vivaces l'été dernier (du romarin, du thym et de la sauge) et elle veut vérifier qu'elles ont résisté à l'hiver. Les plantes sont toujours là et Geneviève en cueille quelques brins. Après Xavier, jardiner est ce qu'elle aime le plus au monde.

* * *

— Vous voulez quelque chose ? Vous n'êtes pas au zoo, vous savez.

Une femme aux cheveux ébouriffés regarde les trois adolescents appuyés sur la clôture. Elle est pieds nus et porte un long t-shirt et des jeans délavés.

Sabrina rougit jusqu'aux oreilles. Tanya détourne les yeux, embarrassée.

— Est-ce qu'on peut jeter un coup d'œil ? demande Xavier.

Un enfant vient se placer à côté de sa mère.

— Comme vous voulez, répond la femme.

Xavier contourne la clôture et avance d'un air un peu fanfaron. Après un moment d'hésitation, les filles le suivent.

La femme tourne les talons. Elle et son petit garçon rejoignent un groupe de campeurs qui cessent leurs activités pour fixer les intrus.

Les trois amis déambulent dans le campement. Il y a des rideaux aux fenêtres des camionnettes et on a étendu le linge dehors. Des odeurs de cuisson flottent dans l'air. Les gens bavardent, debout ou assis en train de manger, tandis que plusieurs chiens bâtards se promènent tranquillement. De la musique résonne au loin.

Personne ne leur adresse la parole. Xavier commence à penser qu'ils feraient mieux de s'en aller. L'accueil n'a pas été comme il l'espérait. Il s'était imaginé qu'on leur offrirait à boire ou qu'on viendrait leur parler. Il rebrousse chemin et se dirige vers la clôture.

Un jeune homme quitte un petit groupe et marche vers eux. Il s'écrie :

— Hé ! c'est toi, Xavier ?

Celui-ci s'arrête en entendant son nom. Il fronce les sourcils.

— Pat ?

— Ouais. Pat. Patrick Bazinet.

Il s'appuie sur la clôture et regarde Xavier comme s'ils s'étaient vus la veille. Pourtant, il y a deux ans que Pat a décroché.

— Qu'est-ce que tu deviens ? lui demande Xavier. J'ai entendu dire que…

— Tu ne crois pas tous ces commérages, hein ? dit Pat en souriant. Je n'en pouvais plus de me faire bourrer le crâne. C'était l'école ou moi. C'est ma camionnette.

Il fait un grand geste de la main.

— C'est la liberté, mon vieux. La liberté !

— Ah ! fait Xavier prudemment.

Sabrina et Tanya échangent un regard.

* * *

Geneviève s'affaire à mettre la table et Michel lit un magazine d'informatique lorsqu'on frappe bruyamment à la porte de la cuisine.

— J'y vais, dit Michel.

Une femme trapue aux cheveux bruns coupés au carré se tient dans la porte. C'est difficile de deviner son âge. Elle sourit à Michel et lui montre un pichet.

— Vous avez un peu de lait ?

Geneviève rejoint Michel, intriguée. Personne ne vient jamais à la ferme Massé. Elle est beaucoup trop isolée.

— On a oublié d'acheter du lait et le laitier ne se rend pas jusqu'ici. C'est nous, ma sœur et moi, qui habitons dans la roulotte. Je m'appelle Margot.

— Bonjour.

Geneviève s'efforce d'être polie, mais elle n'est pas très heureuse de voir un visage inconnu à la ferme.

— On ne savait pas que vous seriez là, ajoute-t-elle.

— Nous non plus ! On s'est perdues et la voiture est tombée en panne juste devant la ferme. On a réussi à la pousser dans le champ, mais je crois qu'on est ici encore pour quelque temps. C'est pas les vacances idéales, je vous le dis ! Vous avez le téléphone ? demande Margot en jetant un coup d'œil derrière eux. Au cas où l'on voudrait appeler un garage…

— Oui, répond Michel.

Geneviève lui donne un coup de coude dans les côtes et il fait la grimace.

— On est plusieurs ici, dit Geneviève sèchement. On n'a pas trop de lait. Mais donnez-moi votre pichet et je vais voir ce que je peux faire.

Michel reste seul avec la femme.

— Euh… avez-vous entendu les hélicoptères tout à l'heure? dit-il pour faire la conversation. On recherche un prisonnier.

Margot plisse les yeux.

— Quelqu'un s'est évadé?

— Vous n'avez pas écouté la radio? Il y a un dangereux criminel au large.

— On n'a pas la radio. Elle ne fonctionne pas. Pauline l'a laissée tomber dans l'eau en faisant la vaisselle.

Margot ricane.

Geneviève revient avec le pichet à demi rempli.

— Vous n'êtes pas très bien organisées, hein?

Margot lui lance un regard de côté.

— On ne peut pas toutes être reines du foyer. En tout cas, merci, ajoute-t-elle en s'éloignant.

Michel regarde Geneviève d'un air interrogateur.

— Je ne l'aime pas, dit celle-ci sur la défensive. Elle a l'air louche.

* * *

La femme ne remet pas les pieds à la ferme. Mais Pat, lui, devient un visiteur assidu.

— L'autre est blonde, rapporte-t-il à Xavier et aux autres. Leur roulotte est vieille et presque vide. Y a rien à voler là.

Sabrina le dévisage.

— C'est une blague, s'empresse de dire Pat. J'ai regardé par la fenêtre. Je peux vous dire que les bonnes femmes prennent un coup! Y a des bouteilles partout.

— Elles auraient pu t'entendre, dit Xavier.

— Non, dit Pat. La radio jouait à tue-tête.

— Ah? fait Geneviève.

Elle et Michel échangent un regard étonné.

— Je parie que les bulles sortaient des haut-parleurs! dit Michel.

Ils s'esclaffent tous les deux.

* * *

Quatre jours plus tard, la chaleur est devenue étouffante. Elle semble envelopper la ferme Massé et ses habitants, telle une épaisse couverture. Tout le monde est assis dans la cuisine après le déjeuner, complètement amorphe.

Pat entre par la porte de derrière. Il a renoncé à frapper avant d'entrer. Ça ennuie Geneviève de voir qu'il se croit tout permis: il fait comme chez lui, accapare Xavier…

— Salut à tous, dit-il en levant mollement la main avant de s'effondrer sur une chaise.

Il saisit une tasse sur le comptoir et la remplit de café.

Michel ne peut pas le sentir. Il déteste ses tresses, ses jeans déchirés, son débardeur d'une propreté douteuse et ses souliers de course sales et sans lacets. Il se lève et monte dans sa chambre.

Tout en buvant son café, Geneviève observe Pat du coin de l'œil. Pour une fois, elle se sent complètement dépassée par les événements. Raison de plus pour ne pas aimer Pat. Elle serre les dents et pose ses yeux gris sur le jeune homme. Elle creuse une fosse dans sa tête et l'y enterre.

Geneviève a horreur d'entendre Pat dire qu'il ne fait qu'un avec la nature. Étant elle-même très attirée par tout ce qui touche la nature, elle aime préparer des tisanes et utiliser des huiles essentielles pour parfumer sa chambre ou l'eau de son bain. Elle a aussi développé un goût particulier pour la culture orientale et suit des cours de yoga et de méditation.

Cela lui vaut d'ailleurs les taquineries des membres de sa famille, qui reconnaissent toutefois que, de la même façon qu'elle est brune alors qu'ils sont blonds, Geneviève est différente d'eux.

Xavier, lui, apprécie la présence de Pat. Bien sûr, son ami a décroché et prend de la drogue, mais il est libre. Aux yeux de Xavier, qui vient d'une famille de professionnels des plus respectables, le style de vie de Pat a quelque chose d'idyllique.

Sabrina repousse une mèche de cheveux humides de son visage.

— Allons au bord de l'eau. J'ai besoin d'air. Tu

n'y es pas encore allée, Tanya. Tu vas adorer ça, tu verras.

Tanya lève les yeux vers Xavier. Elle ira s'il y va aussi. Elle est follement amoureuse de lui.

Xavier consulte Pat du regard. Le jeune homme hausse les épaules.

— J'aimerais tant y aller, Xavier, insiste Tanya.

Elle fixe ses grands yeux bleus sur lui dans l'espoir qu'il se retourne. Et il le fait.

— Tu ressembles à un petit chaton errant quand tu me regardes comme ça, Fauve.

Tanya sourit d'un petit air satisfait et rejette ses cheveux en arrière.

Sabrina fulmine. « Qu'est-ce que j'ai bien pu lui trouver ? » se demande-t-elle soudain, étonnée par la violence de ses sentiments. « Elle est censée être mon amie. »

Elle se lève et s'arrête derrière la chaise de Pat, d'où elle lance à Tanya un regard qui en dit long.

— Emmène-moi au campement, Pat. Montre-moi ton monde. Qui sait ? Ça pourrait peut-être me plaire.

« Je peux jouer à ce petit jeu, moi aussi », se dit Sabrina.

Geneviève remarque l'indifférence totale de Pat. « Il ne veut que ce qui appartient à Xavier, pense-t-elle. Ça élimine Sabrina. »

Elle a vu le regard avide qu'il a posé sur la maison, sur la voiture de Xavier, sur ses chemises haute couture et sur son appareil photo dernier cri. « Mais il ne sait rien à propos de Xavier et de moi, se dit-elle. C'est notre secret. » Elle sourit intérieurement en se rappelant les codes secrets qu'ils utilisaient quand ils étaient enfants. Ils étaient, ou plutôt ils sont, inséparables.

— Bon, je vais y aller seule, alors, dit Sabrina devant le silence de Pat. Je connais le chemin jusqu'au bord de l'eau.

— On y va avec toi, déclare Geneviève d'un ton déterminé. Viens, Xavier. On va prendre ta voiture. Il fait beaucoup trop chaud pour marcher.

Elle se lève et commence à remplir un sac de provisions.

— Ne comptez pas sur moi, dit Pat. Je vais rester ici et garder la maison.

Xavier se sent déchiré. Il a envie de rester avec Pat, mais il sait bien que les autres ont besoin de la voiture. Tanya s'approche de lui.

— Tu es vraiment super, tu sais.

Xavier a pris sa décision.

— Allons-y! L'air pur nous attend!

Il lance ses clés dans les airs et les rattrape.

Sur le seuil de la porte, Geneviève se retourne pour regarder Pat. Ça l'ennuie un peu de le laisser seul à la ferme.

Pat semble lire dans ses pensées.

— Amusez-vous bien, dit-il pour la narguer.

Personne ne songe à prévenir Michel.

* * *

L'orage débute après le dîner. Geneviève se sent

oppressée. Les orages lui font toujours cet effet-là. De plus, elle a mal à la tête.

Sabrina barbote dans le ruisseau avec ses pieds, inconsolable et furieuse. Elle lance des cailloux sur les rochers en pestant contre Tanya, qui a disparu avec Xavier.

Geneviève grimpe sur un talus pour voir si elle peut les apercevoir. Ils sont au bas de la pente pas très loin d'elle. Tanya a cueilli des marguerites et tente de les faire tenir à la boutonnière de Xavier. Elle se tient sur la pointe des pieds et a du mal à garder l'équilibre. Ils rient tous les deux.

— Il va pleuvoir, leur crie Geneviève. Il faut rentrer !

Au même moment, la pluie se met à tomber à grosses gouttes. Ils montent tous dans la Neon et roulent vers la ferme.

À leur retour, Michel est seul dans la cuisine. Il a l'air nerveux.

— Il y a longtemps que Pat est parti ? demande Geneviève.

— Je suis descendu chercher quelque chose et je l'ai vu... Il fouillait partout et il mettait des trucs dans un sac...

— Des trucs ? demande Xavier qui vient d'entrer.

— Je ne sais pas trop. De la nourriture, des choses qui faisaient du bruit.

— Est-ce qu'il t'a vu ?

— Oh oui ! Je suis entré dans la cuisine sans prévenir et il a ri. J'ai ouvert la bouche pour dire quelque chose et… il a saisi l'un des couteaux sur le comptoir et…

— Il t'a menacé?

Geneviève plisse les yeux.

— Pas exactement. Il l'a tripoté tout en me regardant. Il n'a pas prononcé un mot.

— Ça donne la chair de poule, souffle Tanya.

— Je ne te crois pas.

La voix de Xavier est dure.

— Tu mens à propos du couteau. Je lui ai dit qu'il pouvait prendre des fruits et du pain n'importe quand.

— Il a pris plus que ça et je n'ai rien inventé, proteste Michel en haussant le ton. Quand il a été parti, j'ai remarqué que les cassettes et ton appareil photo n'étaient plus là.

— Mon appareil photo est dans l'auto! Et Pat n'est pas un gars comme ça! rugit Xavier. Il n'est pas matérialiste comme toi. D'ailleurs, ça ne m'étonnerait pas que tu aies profité de notre absence pour faire disparaître des choses.

Un coup de tonnerre assourdissant rompt le silence qui suit les accusations de Xavier.

— Xavier! s'exclame Geneviève. Tu n'as pas le droit de dire ça! Fais-lui des excuses.

— Tu n'as pas besoin de prendre ma défense, Geneviève, dit Michel calmement.

Il tourne les talons d'un air digne et monte à sa chambre. Voilà. C'est terminé. Il va plier bagage et Xavier n'aura pas d'autre choix que de le conduire à la station d'autobus la plus proche.

Tout le monde se tourne vers Xavier.

— Écoutez, Pat est mon ami et Michel n'a pas le droit de…

— Va le rejoindre. Il est déjà assez démoralisé comme ça. On va te suivre.

Geneviève lui donne une petite poussée et ils se dirigent tous vers l'escalier.

Tanya est sur le point de monter aussi, mais elle se dit que cette histoire concerne les Sylvestre. Elle décide de ne pas s'en mêler. La cuisine est sombre et sinistre. Tanya a le souffle coupé en allumant la lumière. Quelqu'un se tient là.

C'est Pat !

— Salut, Fauve, dit-il.

Tanya reste figée.

— Tout un orage, hein ? ajoute-t-il sur le ton de la conversation.

Elle constate avec soulagement que le couteau a été remis à sa place sur le comptoir.

— Tu es trempé, fait-elle remarquer.

Pat fait un pas vers elle.

— La petite Fauve de Xavier…

Il continue d'avancer et Tanya recule.

— Tu es haute comme trois pommes, Fauve, dit Pat. Xavier les aime petites, et moi aussi.

Appuyée contre l'armoire, Tanya commence à paniquer.

— Laisse-moi tranquille, dit-elle d'une voix aiguë.

Pat rit et la prend par le cou.

— Tu pues ! lance Tanya.

Lorsqu'il attire son visage vers lui, elle se met à crier. Pat la lâche et recule.

— Pat ! Mais qu'est-ce qui te prend ?

Xavier, Geneviève et Sabrina sont dans l'embrasure de la porte.

Pat écarquille les yeux d'un air innocent, mais Tanya se jette dans les bras de Xavier en pleurant.

— Sors d'ici ! ordonne ce dernier. Va rejoindre tes amis crasseux dans leurs camionnettes crasseuses ! Tu n'as aucun savoir-vivre !

L'expression de Pat se durcit. Il se retourne et s'en va.

Un éclair aveuglant les fait tous cligner des yeux. Le coup de tonnerre qui suit fait trembler la vaisselle dans l'armoire. La lumière s'éteint.

— Ah non ! grogne Geneviève. Une panne de courant ! Je parie que le téléphone ne fonctionne pas non plus. C'est toujours comme ça quand on manque d'électricité.

— Je vais chercher la lanterne, dit Sabrina.

Geneviève se dirige vers la petite table du téléphone près de la porte de derrière et décroche le combiné.

— On n'entend rien.

Elle se penche pour vérifier la prise. Lorsqu'elle se redresse, elle est toute pâle.

— Xavier. Le cordon a été coupé. Regarde.

Elle agite le combiné devant lui.

Tanya pousse un petit cri et enfouit son visage dans le t-shirt de Xavier.

Geneviève ne sait pas trop ce qui l'alarme le plus : la ligne coupée ou la vue de Tanya pendue au cou de Xavier.

— Je vais faire du thé au citron, annonce-t-elle. Ça nous fera du bien.

Elle a besoin d'air frais pour mieux réfléchir.

Geneviève marche jusqu'au jardin détrempé. La pluie a cessé. Seul le grondement du tonnerre résonne encore au loin, dans la vallée.

Elle cueille quelques tiges de citronnelle près de la maison. Tout à coup, elle aperçoit par terre le rosier grimpant qui, d'aussi loin qu'elle s'en souvienne, montait le long de la maison. « C'est probablement l'orage », pense-t-elle. Mais à mesure qu'elle s'approche, elle constate que les tiges ont été sauvagement coupées. Geneviève gémit.

Secouée, elle promène son regard sur le jardin. La plupart des plantes qui poussent le long du mur de la maison ont été déracinées et reposent dans l'allée du jardin. On dirait qu'une tornade est passée.

Xavier la rejoint.

— C'est l'œuvre de ton ami Pat, lance Geneviève. Celui qui prétend être amoureux de la nature !

Elle n'a jamais parlé à Xavier sur ce ton.

— Tu n'as pas de preuve, dit celui-ci, désespéré.

— Oh oui ! j'en ai. Et tu peux être certain qu'il ne s'arrêtera pas là ! Viens. On va peut-être le prendre sur le fait.

Elle entraîne Xavier jusque dans la cour.

— Tu vois ! dit-elle d'un ton presque triomphant en désignant la voiture de Xavier.

Du capot jusqu'au coffre s'étend une longue éraflure sur la peinture grise.

— Il te déteste vraiment, tu sais, dit Geneviève plus doucement. Il est jaloux depuis le premier jour.

Elle songe à ses plantes.

— Et je crois qu'il ne m'aime pas non plus.

Tanya sort de la maison et enlace Xavier. Sabrina est là aussi, incrédule et silencieuse.

Geneviève tourne les talons, la rage au cœur.

* * *

Michel s'en va. Ses affaires sont prêtes. Il s'est réconcilié avec Xavier la veille et ils ont tous joué aux cartes (à la chandelle) comme si de rien n'était. Malgré tout, Michel sait qu'il doit partir.

De peur de rater l'autobus, il prend de l'avance et va porter son sac et son ordinateur dans l'auto.

Une surprise l'attend. Les quatre pneus de la Neon sont à plat ! Ils ont été tailladés. Mais il y a autre chose d'étrange… Il soulève la poignée de la portière du côté du passager. Celle-ci s'ouvre facilement, car quelque chose semble exercer une poussée de l'intérieur. La buée qui recouvre les vitres l'empêche de voir ce que c'est.

Il n'a pas le temps de réfléchir. Un corps s'effondre en glissant à moitié hors de la voiture. Une main tombe mollement sur le sol.

— Tanya ? dit Michel en apercevant une masse de cheveux roux.

Xavier sort de la maison en trombe.

— Vite, Michel. On est en retard…

Il s'arrête et fixe la scène, horrifié.

— Mon Dieu ! dit-il enfin en se penchant vers Tanya.

— Ne la touche pas !

— Mais elle est peut-être en vie ! Aide-moi, Michel.

— Elle est morte. Regarde.

Il désigne une blessure entre les omoplates de Tanya. Son t-shirt est imbibé de sang.

— Va chercher les autres ! s'écrie Xavier. Et appelle la police.

Il soulève le corps inerte de Tanya. Le visage froid de la jeune fille effleure son bras nu. Xavier parvient à l'asseoir sur le siège, mais la tête de Tanya pend mollement sur sa poitrine. Il referme la portière, anéanti.

Sabrina, Geneviève et Michel sont debout dans la porte de derrière.

— On ne peut pas utiliser le téléphone, dit Michel.

— Demande aux campeuses. Leur voiture est peut-être réparée.

Geneviève court jusqu'au champ.

— Elles sont parties.

— Qu'est-ce qu'on va faire ? demande Sabrina en sanglotant. Qu'est-ce qu'on va dire à ses parents ? Elle était ma meilleure amie. Qui a bien pu faire ça ?

Geneviève l'entoure de son bras. Elle est blanche comme un drap.

— Quelqu'un doit aller au village.

Elle regarde Xavier.

— Tout de suite. Il n'y a pas de temps à perdre.

— Tu as raison. Reste avec les filles, Michel, dit Xavier qui s'éloigne déjà en courant.

Michel aussi a envie de quitter la ferme au plus tôt. Il regrette de ne pas l'avoir fait la veille. Ces vacances tournent au cauchemar et il espère qu'il va se réveiller bientôt. Il hésite.

— Vas-y, Michel, dit Geneviève. Xavier aura peut-être besoin de toi. Il n'avait pas bonne mine et il devra marcher plusieurs kilomètres avant d'arriver au village. Sabrina et moi, on va se débrouiller.

Reconnaissant, Michel quitte la ferme en courant.

* * *

— Beuh ! fait Pat dans la porte de la cuisine.

Assises à la table, Sabrina et Geneviève le fixent d'un air sombre.

— Tu nous portes malheur, Pat je sais pas qui ! s'écrie Geneviève avec colère après lui avoir appris la nouvelle. Reste donc jusqu'à l'arrivée des policiers. Ils auront plusieurs questions à te poser. Qui a détruit notre jardin ? Qui a éraflé l'auto de Xavier ? Où étais-tu quand la ligne téléphonique a été coupée ? Et le couteau avec lequel tu jouais quand Michel t'a surpris ? Tu l'as utilisé pour taillader les pneus… et pour tuer Tanya ?

Sabrina se bouche les oreilles.

Pat, lui, reste calme.

— Tu sais très bien qui a coupé la ligne, Geneviève. Ce n'était pas des femmes qui restaient dans la roulotte. J'ai trouvé une perruque blonde dans la haie. Tu ne t'imagines pas qu'un évadé aurait couru le risque de vous voir appeler les flics ? Quant à Tanya, je n'aurais pas lever le doigt sur elle.

Pat ouvre l'armoire et en sort une bouteille de whisky. Il savait où la trouver.

— Xavier l'aimait, et tout ce qu'il aime ou possède, tu le veux aussi. Mais comme elle n'a pas voulu de toi…

— Oh ! arrête !

Pat se verse un verre de whisky et l'avale d'un trait. Il sourit.

Geneviève se lève et se dirige vers l'escalier.

Sabrina la regarde s'éloigner, affolée. Elle ne veut pas rester seule avec Pat. Elle le trouve repoussant et terrifiant.

Pat a vidé la bouteille. L'alcool commence à faire effet.

— Vous êtes tous une bande de ratés qui se donnent de grands airs ! marmonne-t-il.

Il ricane. Sabrina l'observe et ne dit rien. Pat se tient devant le comptoir et, sans la quitter des yeux, caresse le manche des couteaux l'un après l'autre.

« Mon Dieu ! se dit-elle. Il l'a tuée ! »

Elle sursaute lorsque Pat lance la bouteille vide, l'air dégoûté. Celle-ci se fracasse sur le plancher.

— Je sais où tu peux trouver d'autre whisky, Pat.

— Ah oui ?

— Dans le cellier. Mon père le garde au frais. Viens, je vais te montrer.

Sans attendre de réponse, elle avance prudemment vers la porte de la cave en évitant les éclats de verre qui jonchent le sol.

— J'y vais ! Ôte-toi de là !

Pat la saisit par le bras et l'écarte de son chemin. Il soulève le loquet et Sabrina allume la lumière du cellier.

— C'est en bas, à droite, dit-elle.

Pat descend lentement d'un pas chancelant. Sabrina attend qu'il soit rendu en bas pour éteindre la lumière et refermer la porte.

Puis, elle court rejoindre Geneviève. Celle-ci est assise en tailleur sur le plancher de sa chambre et médite.

— Je l'ai enfermé dans le cellier ! s'écrie Sabrina. J'ai eu si peur !

Les grands yeux gris de Geneviève s'ouvrent lentement.

— Tant mieux.

Elle se lève. Sabrina aperçoit sur le plancher une bougie allumée ainsi qu'une photo d'elle et de Tanya, bras dessus, bras dessous dans le jardin des Sylvestre. À son grand étonnement, elle remarque que le visage de Tanya a été barbouillé au stylo.

Geneviève lui sourit.

— Si tu savais, Sabrina ! J'étais tellement jalouse d'elle !

— Jalouse de Tanya ?

Sabrina n'en croit pas ses oreilles.

— C'est le dernier été que Xavier passe ici avec nous. Je voulais que tout soit parfait. Mais Tanya s'est mise à flirter avec lui et elle lui plaisait...

— Et... tu l'as tuée ? demande Sabrina lentement.

« C'est un cauchemar, pense-t-elle. Je vais me réveiller. »

— Non ! proteste Geneviève. Qu'est-ce que tu racontes, Sabrina ?

— Mais...

Sabrina désigne le visage barbouillé de Tanya.

— Non ! Je voulais seulement qu'elle sorte de nos vies. Je ne voulais pas qu'elle meure.

— Comment puis-je te croire ? s'écrie Sabrina d'un ton désespéré.

Geneviève enfouit son visage dans ses mains.

— Je ne sais pas. Tout ce que je peux te dire, c'est que je n'aurais jamais pu abîmer la voiture de Xavier, ni poignarder Tanya et la laisser mourir dans l'auto.

— La laisser mourir ? Qu'est-ce que tu veux dire ? Comment peux-tu être certaine qu'elle n'est pas morte sur le coup ?

— À cause de la buée sur les vitres. Elle a sûrement respiré pendant quelques...

Le cri perçant de Sabrina l'interrompt.

— C'est trop horrible !

Elle se laisse tomber par terre et pleure à chaudes larmes.

— Viens, dit Geneviève en l'aidant à se relever. La police finira par trouver qui a fait ça. Écoute… Pat essaie d'enfoncer la porte. On ferait mieux de descendre. Il est tellement ivre qu'on arrivera à le maîtriser.

Elle caresse les cheveux de Sabrina.

— Les autres seront bientôt là. Je vais faire du thé…

— … à la citronnelle, termine Sabrina avec un faible sourire.

* * *

Le cellier est complètement silencieux.

— Il a enfin trouver à boire, dit Sabrina. Est-ce qu'on le laisse tout vider ?

— Papa ne serait pas content d'apprendre que Pat a bu ses meilleures bouteilles, fait remarquer Geneviève.

Sabrina redresse les épaules.

— Advienne que pourra ! dit-elle à Geneviève par-dessus son épaule.

Elle ouvre la porte.

À cet instant, une très forte poussée dans le creux des reins la fait débouler l'escalier du cellier. Elle voit trente-six chandelles lorsque sa tête heurte le plancher en ciment. La porte claque en se refermant et plonge le cellier dans l'obscurité totale.

— Bienvenue à tous ! balbutie Pat, ivre mort.

— Seigneur! murmure Sabrina. Allez, Pat! Il faut sortir d'ici.

Mais sa cheville lui fait mal et elle est incapable de se tenir debout.

Soudain, la panique s'empare d'elle. Quelqu'un déchire du papier et glisse des feuilles sous la porte. Ça ne peut vouloir dire qu'une chose.

Elle entend également une voix qui couvre le bruit du papier. Un murmure presque inhumain…

— Tout est gâché, répète Geneviève encore et encore. Gâché! La ferme, le jardin, la voiture…

— Geneviève! crie Sabrina. Rien n'est gâché! On peut tout réparer. Laisse-moi sortir!

— Gâché. Plus de famille, plus de Sabrina.

Un ricanement terrifiant se fait entendre.

— Plus de Tanya. C'est si facile, si rapide! Un, et deux et on continue!

Sabrina frémit.

— Geneviève! Nous sommes encore là! Nous t'aimons!

— Non. Tout est gâché.

Le murmure se change en hurlement.

— L'amour est gâché! Plus de Xavier! Plus de Geneviève et de Xavier! Xavier! Xavier!

Puis leur parvient l'inévitable bruit des allumettes que l'on gratte. Une, deux, trois… Les flammes commencent à danser devant la porte du cellier.

— Pat!

Sabrina le secoue, mais il s'affaisse, complètement soûl.

Elle entend Geneviève qui rit en nourrissant le feu de tout ce qui lui tombe sous la main : livres de recettes, linges de vaisselle…

La fumée envahit le cellier tandis que la porte est la proie des flammes.

Sabrina se met à crier. Elle hurle toujours lorsque deux mains puissantes étouffent le feu et la tirent de là.

En sentant l'air frais autour d'elle, elle ouvre les yeux et constate qu'elle est dans la cour. La ferme Massé est toujours debout et un visage familier est penché sur elle.

— Xavier ! Dieu merci !

— Marcel nous a conduits au village. On ne serait jamais revenus à temps sans lui.

— Marcel ?

— Un des campeurs. Ils ne sont pas tous comme Pat, tu sais, ajoute Xavier.

— Geneviève ! se rappelle Sabrina. Oh ! Xavier ! Geneviève et Pat sont toujours dans la maison…

— Pat cuve son vin près de la haie. La police voudra sûrement l'interroger. Sa camionnette est remplie de trucs volés.

— Mais Geneviève ? Est-ce qu'elle…

Sabrina sanglote doucement dans les bras de son frère.

Les yeux de Xavier s'emplissent de larmes. Il n'arrive pas encore à comprendre… Un jour, peut-être.

— Chut ! Plus tard, Sabrina. Geneviève est entre

bonnes mains. L'ambulance sera là d'une minute à l'autre et le médecin est avec elle. Tu dois te reposer. Papa et maman sont en route.

Sabrina ferme les yeux. Elle a mal partout et sa cheville élance terriblement. Geneviève a raison. Tout est gâché. Jamais elle ne remettra les pieds à la ferme Massé.

Elle n'entend pas le médecin murmurer quelques mots avant que l'aiguille s'enfonce dans son bras. Mais Xavier lui caresse les cheveux et elle s'endort.

MORT À L'ARRIVÉE

Stan Nicholls

Il est presque dix heures et ils n'ont toujours pas été attaqués.

Paul consulte sa montre encore une fois, se demandant si leur agresseur finira par se manifester et de quoi il aura l'air.

Lyne lui lance un regard perplexe, intriguée par son obsession de l'heure. Cependant, elle ne dit rien. René Hudon, qui marche à sa gauche en bordure de la rue, est également silencieux. Seuls les talons aiguilles de Lyne claquent sur le trottoir mouillé.

Comme d'habitude, la rue Saint-Mathieu est presque déserte. C'est l'endroit et le moment idéals. Tout ce qui manque, c'est l'agresseur.

Paul se sent étourdi. Il ne peut pas croire qu'il s'est embarqué dans une affaire comme celle-là.

Un couple d'un certain âge sort d'une maison de l'autre côté de la rue. La femme a un parapluie à la main, mais la pluie est trop fine pour qu'elle songe à l'ouvrir. Les deux personnes s'éloignent d'un pas pressé en continuant leur conversation.

De nouveau, Paul jette un coup d'œil sur sa montre.

René Hudon tient maintenant sa serviette de la main gauche. Lyne remonte la bandoulière de son sac en adressant un bref sourire à Paul. Celui-ci lui rend son sourire avant de détourner les yeux rapidement, de peur qu'elle ne devine ses pensées.

Un homme surgit au coin de la rue. Bien qu'il porte un ensemble molletonné d'entraînement, il ne se donne pas la peine de courir. Il avance dans leur direction tout en tripotant un petit sac.

C'est peut-être lui.

L'inconnu passe à côté d'eux d'un pas nonchalant en ouvrant un sac de croustilles.

Paul est soulagé. En ce lundi matin plutôt morne, cette histoire prend l'allure d'une bonne blague.

Il espère que c'en est une.

Quelqu'un d'autre apparaît. C'est un jeune homme dans la vingtaine, efflanqué, l'air débraillé dans un blouson de cuir taché, des jeans effilochés et des chaussures de sport sales. Ses cheveux noirs et raides lui descendent aux épaules et, à mesure qu'il approche, il est évident qu'il ne s'est pas rasé. Il marche la tête baissée, enfouit la main dans sa poche et hâte le pas.

C'est sûrement lui.

Paul sait qu'il ne peut plus reculer. Tout ira bien s'il reste calme et s'il suit le plan. Il jette un regard furtif à René et à Lyne. Ni l'un ni l'autre ne semblent soupçonneux.

Le jeune homme s'arrête et leur bloque le chemin. Il tente de sortir quelque chose de sa poche, mais l'objet reste coincé dans la doublure. Enfin, il parvient à le dégager.

Même s'il savait à quoi s'attendre, Paul reste hébété en voyant de quoi il s'agit.

C'est un revolver.

Un gros morceau de métal bleu foncé au canon aussi long qu'un tunnel. Une arme trop lourde et trop grosse pour sa main pâle et tremblante.

À la vue du revolver, ils restent figés. Lyne porte la main à la bouche. René Hudon cache son porte-documents derrière lui, comme pour le protéger. Paul songe à ce qui va se passer ensuite et se prépare à intervenir.

Le voleur s'humecte les lèvres.

— On t'a averti, Hudon.

«Averti?» Paul ne comprend pas. L'homme était censé demander qu'on lui remette la serviette.

Tenant le revolver à deux mains, l'individu le braque sur le thorax de René. D'une voix plus assurée, il ajoute:

— Souviens-toi que tu ne t'en tireras pas aussi facilement la prochaine fois.

«La prochaine fois?» L'agresseur ne suit pas le scénario. Paul ne sait plus très bien quoi faire. Doit-il s'interposer ou pas? Les idées se bousculent dans sa tête tandis qu'il pèse le pour et le contre.

René Hudon s'avance. Sa haute stature et sa carrure contrastent vivement avec le corps frêle de l'assaillant. Quand il adopte l'expression dure et déterminée qu'il a maintenant, il peut être très intimidant.

Il tend sa main libre.

— Donne-moi ça, mon gars.

Surpris, l'agresseur recule d'un pas en serrant l'arme contre lui, comme un enfant qui tient son jouet préféré.

— Il y a deux façons de procéder : une facile et une difficile, dit René en s'approchant. Quant à moi, ça m'est bien égal.

— Reste où tu es, dit le jeune homme faiblement.

L'aplomb de René l'a ébranlé. Il braque le revolver encore une fois, comme s'il cherchait ainsi à compenser le manque d'assurance de sa voix.

— Espèce d'idiot ! ricane René. Est-ce que tu vas finir par me donner ce truc ou s'il faudra que je le prenne moi-même ?

Paul a l'estomac à l'envers. Tout ça est complètement insensé. Il ne maîtrise pas du tout la situation et ce n'est pas ce qui était prévu. Mais il est peut-être encore temps d'intervenir et de…

— Recule ! hurle l'inconnu.

Lyne serre le bras de Paul. Ses doigts s'enfoncent dans sa chair, mais il ne le remarque pas, hypnotisé par la scène.

Puis, le coup de feu éclate.

Le bruit est si fort que leurs oreilles bourdonnent. Le jeune homme a un soubresaut au moment du recul. Une odeur de poudre flotte dans l'air.

René a le souffle coupé, comme si on lui avait donné un coup de poing dans le ventre. Il titube et laisse tomber son porte-documents. Une tache rouge imbibe sa chemise blanche empesée.

Lyne pousse un cri.

René s'effondre.

Le bandit est à peine moins secoué qu'eux. Son visage perd toute couleur. La peur se lit dans ses yeux hagards.

L'idée vient à Paul que Lyne et lui subiront peut-être le même sort que René. Mais l'homme se retourne et s'enfuit.

Ce n'est pas ce qui avait été convenu. Tout a horriblement mal tourné !

Lyne s'agenouille près du corps inanimé de René. Paul la regarde, bouche bée. Une mare cramoisie s'étend sur le pavé mouillé.

— Pour l'amour du ciel, appelle une ambulance ! dit Lyne.

Paul se secoue enfin. Il se souvient qu'il y a une cabine téléphonique à deux pâtés de maisons de là.

Tandis qu'il court dans la rue, il se remémore les événements de l'avant-veille.

* * *

Paul a du mal à s'entendre penser.

Il est tôt, mais le bar *Le Zodiaque* est toujours bondé le samedi soir, surtout quand un groupe aussi populaire que *Vaudou* s'y produit.

Paméla, la nouvelle serveuse, élève le billet de

vingt dollars de Paul à la lumière avant de l'insérer dans la caisse et de lui remettre sa monnaie. Elle sourit et lui verse sa bière.

— Merci, marmonne Paul avant de se tourner vers l'orchestre.

Charmaine Frégeau, la chanteuse du groupe, fait danser le public avec une chanson au rythme endiablé. Ses longs cheveux auburn se balancent tandis qu'elle se démène sur la scène minuscule.

Mais Paul a la tête ailleurs.

— T'as le cafard, mon vieux ? lui crie quelqu'un à l'oreille.

— Vito ? Salut ! Ça fait longtemps qu'on s'est vus !

Bien qu'il porte des vêtements de meilleure qualité et qu'il ait les cheveux plus courts, Vito Danis n'a pas beaucoup changé depuis l'école.

— Presque un an, dit Vito. Comment ça va ?

— Ça va.

Ils s'assoient sur des tabourets.

— Qu'est-ce que tu fais ces temps-ci ? demande Paul.

— En fait, je travaille ici.

Il bombe le torse d'un air suffisant.

— Je suis stagiaire de direction.

Paul hoche la tête en espérant qu'il a l'air assez impressionné.

— Et toi ? demande Vito.

— Moi aussi, je suis au stade de l'apprentissage. À l'imprimerie *Saphir*.

Le sourire de Vito s'efface.

— La compagnie de René Hudon?

— Oui. Tu le connais?

— Vaguement.

Songeur, Vito avale une gorgée de bière.

— Alors? Quoi de neuf? reprend-il. Tu avais l'air pas mal déprimé quand je t'ai aperçu.

— C'est vrai?

— On aurait dit que tu portais le monde entier sur tes épaules. Et s'il y a une chose à laquelle j'excelle, c'est bien à deviner l'état d'esprit des gens.

Il lève son verre encore une fois, mais continue de fixer Paul.

— Si tu as envie de parler, mon vieux, je suis là.

— Bien…

Paul hésite, puis se dit qu'il n'y a aucun mal à bavarder.

— Pour être franc, ça ne va pas très bien au travail. L'emploi est parfait, mais certains de mes collègues sont sur mon dos.

— On te fait la vie dure?

— Ouais. Ils n'arrêtent pas de me reprocher ma timidité et de me traiter de poule mouillée.

Vito sourit.

— C'est mon premier emploi, continue Paul, et je ne sais pas trop comment réagir. On ne peut pas dire que ça m'aide à avoir confiance en moi. Tu sais, je crois que certains d'entre eux sont jaloux à cause de Lyne.

— Qui est-ce?

— Une employée du service de la comptabilité.

On sort ensemble depuis quelque temps. Pour l'instant, elle ne semble pas se préoccuper de ce que les autres disent de moi. Mais ça viendra peut-être.

— Et René?

— Je n'ose pas lui parler de tout ça. Il pourrait croire que je suis vraiment une poule mouillée et que je ne sais pas me défendre.

— T'as raison, marmonne Vito.

Il pose son verre vide sur le comptoir.

— Eh bien! Paul, je pourrais peut-être t'aider. Mais il faut d'abord que je parle à quelqu'un. Ne bouge pas. Je reviens.

— Attends, Vito. Je ne...

Perplexe, Paul le regarde se frayer un chemin dans la foule. Il commence à regretter d'en avoir dit autant. Après tout, il n'est pas très proche de Vito.

Il hausse les épaules et se concentre sur l'orchestre.

* * *

Silencieux, Paul et Lyne sont assis sur des chaises en plastique rouge peu confortables.

Le service des urgences est bondé et les gens parlent à voix basse. De temps à autre, une infirmière ou un préposé passe rapidement. L'interphone de l'hôpital résonne indistinctement au loin.

Paul est à la fois ahuri et rongé par le remords.

Lyne lui touche la main.

— Ça va? murmure-t-elle.

— Je crois. Penses-tu qu'il va s'en tirer?

— Je ne sais pas. Il avait l'air mal en point.

Le silence s'installe de nouveau.

Paul regarde Lyne et songe à quel point ils sont différents. Elle a quelques années de plus que lui et elle est plutôt extravertie, alors qu'il est renfermé et immature, selon certains. Mais Lyne ne s'attarde pas à ça, comme elle le lui a dit maintes fois, et elle fait souvent référence à ses aptitudes très prometteuses. Paul se sent valorisé.

Ils ont les yeux d'un bleu identique et les cheveux blond roux et courts. Les traits de Lyne sont fins et son visage rappelle un peu celui d'un lutin. Elle est mignonne et toute menue dans son tailleur-pantalon noir.

Dommage que l'effet soit gâché par les taches de sang.

Paul doit lui dire la vérité. Mais à peine a-t-il pris sa décision qu'un médecin en sarrau blanc apparaît.

— Vous êtes bien…

Il consulte sa planchette à pince.

— Paul Grandmont et Lyne Claing?

Ils acquiescent d'un signe de tête.

— Et vous êtes venus avec monsieur René Hudon, votre employeur.

— Oui, répond Lyne d'un ton calme. Comment va-t-il?

— Je suis terriblement navré, mademoiselle Claing, mais monsieur Hudon était déjà mort à l'arrivée. Nous avons fait tout ce que nous pouvions, mais la balle a traversé plusieurs organes vitaux. Je suis désolé.

« Oh ! mon Dieu ! » se dit Paul.

Lyne renifle et lui serre la main.

— Les policiers sont arrivés, continue le médecin. Vous sentez-vous prêts à les rencontrer ?

— Oui, parvient à répondre Paul. Bien sûr.

On les conduit dans une salle d'examen. Une policière en civil qui doit approcher de la quarantaine les y attend. Elle est grande et arbore une expression sévère. Un policier costaud en uniforme se tient près d'elle.

— Je suis la détective Rose Gariépy, annonce la femme. C'est moi qui suis chargée de l'enquête. Voici l'agent Hamel.

On fait signe à Paul et à Lyne de s'asseoir. La détective et le policier restent debout.

— Je sais que vous êtes bouleversés par ce qui vient de se passer, dit la femme, mais il nous faut agir rapidement dans un cas comme celui-ci.

L'agent Hamel ouvre un calepin.

— Vous reveniez de la banque quand l'incident s'est produit, déclare la détective Gariépy. Votre patron avait-il l'habitude de transporter de grosses sommes d'argent ?

— Il payait les salaires en argent comptant, répond Lyne d'une voix hésitante. Il était un peu vieux jeu sur ce point. Il se faisait toujours accompagner par au moins l'un d'entre nous quand il allait à la banque. Je suppose qu'il croyait que cette mesure de sécurité était suffisante.

— Pourtant, l'argent n'a pas été volé.

Ce n'est pas une question ; la détective pense tout haut. Mais elle les dévisage durement quand elle reprend :

— Dites-moi, est-ce que l'un de vous avait déjà vu le suspect auparavant ?

Paul et Lyne secouent la tête.

Sur ce point, au moins, Paul dit la vérité.

* * *

Vito revient et dit à Paul qu'il veut lui présenter quelqu'un.

Tandis qu'ils se rendent au bureau, Charmaine Frégeau entonne un slow. Sa combinaison de cuir d'un blanc pur devient moins éclatante à mesure que les lumières baissent.

De la fumée de cigare flotte dans la pièce du fond. Vito présente à Paul les deux hommes assis à une table de jeu.

— Voici le propriétaire du *Zodiaque*, Léon Rodier. Et voici Sam Fontaine, le gérant.

Ils sont habillés de vêtements sport griffés à la dernière mode. Léon, le plus âgé des deux, commence à grisonner et porte plusieurs bijoux en or. Le style de Sam Fontaine est plus sobre, mais ses bijoux paraissent tout aussi coûteux. Paul se dit qu'ils ont l'air de deux vendeurs de voitures usagées pour qui les affaires vont bien. Les deux hommes l'accueillent amicalement et l'invitent à s'asseoir.

Après quelques formules de politesse, Léon va droit au but.

— Vito m'a expliqué ton problème, Paul.

— On ne peut pas vraiment appeler ça un problème, monsieur Rodier. Seulement…

— Tu n'as pas à te sentir mal à l'aise. On est entre amis ici. Et je ne suis pas vieux au point de ne pas pouvoir me rappeler ce que c'est que d'être un jeune homme qui manque de confiance en lui.

Sam et Vito rient poliment. Paul parvient à esquisser un sourire nerveux.

— J'étais dans la même situation que toi à ton âge, poursuit Léon. Je n'étais pas sûr de moi et je me laissais intimider. Puis, un jour, j'ai tenu tête à deux brutes. Ce petit acte de bravoure m'a valu le respect des autres.

Il s'empare d'une boîte de cigares.

— Ça m'est revenu à l'esprit quand Vito m'a dit que tu pourrais avoir besoin d'un coup de main.

— En fait, je ne suis pas certain d'avoir besoin d'aide. Et, sans vouloir vous froisser, monsieur Rodier, pourquoi souhaitez-vous m'aider?

— Parce que tu es un ami de Vito et parce que je trouve ça stimulant de donner un coup de pouce aux jeunes. Regarde *Vaudou*, par exemple. Je suis leur gérant.

Paul l'ignorait.

— Qu'est-ce que vous avez en tête?

— Je connais René Hudon depuis de nombreuses années. Dans le milieu des affaires, on se connaît tous. Et si je ne me trompe pas, il serait le genre d'homme à se laisser impressionner par un employé qui poserait un geste héroïque. N'est-ce pas?

— Oui, je crois.

— O.K. Tout ce que j'ai besoin de savoir, c'est le moment précis où vous vous trouverez tous les deux dans un lieu donné. Il faut que ce soit ailleurs qu'à l'imprimerie, mais dans un endroit pas trop passant.

— Je dois l'accompagner à la banque lundi matin. Mais je ne vois pas le rapport avec…

— Je vais être franc avec toi, mon garçon. Je connais ton patron. Il existe une rivalité amicale entre nous. Il y a quelque temps, René s'est un peu payé ma tête. Il m'a joué un tour, disons.

— Il n'a pourtant pas l'air du genre farceur.

— Il l'est, crois-moi. Et avec ta collaboration, je pourrais lui remettre la monnaie de sa pièce. Tu n'as aucune raison de t'en faire! Ce que j'ai en tête ne pourra qu'aider ta cause.

Il tire une bouffée de son cigare.

— Je suppose que vous prendrez la rue Saint-Mathieu lundi matin, c'est bien ça?

— Euh… oui. Entre neuf heures trente et dix heures.

— Bien. Lundi, vous serez victimes d'une attaque à main armée.

Paul reste bouche bée.

Les autres éclatent de rire.

— Ne t'inquiète pas, dit Léon en souriant. Le bandit sera en fait un acteur au chômage qui m'en doit une. Le revolver sera tout ce qu'il y a de plus vrai, mais il ne sera pas chargé.

— Mais…

— Tout ce que tu auras à faire, c'est de désarmer le prétendu voleur et de le laisser s'enfuir. Sans l'argent, naturellement. Tu deviendras un héros aux yeux de ton patron et de ta blonde, et ça clouera le bec à tes collègues.

— Je…

— Les policiers sont tellement débordés qu'ils seront contents de conclure à une tentative de vol avortée. L'acteur, lui, part chercher du travail en Europe la semaine prochaine. Ça ne causera donc aucun problème. Quant à René, je vais laisser passer quelques jours avant de lui téléphoner. Je lui expliquerai que l'agression était un coup monté, mais sans lui dire que tu étais au courant. Comme ça, tu seras toujours un héros.

De nouveau, il tire une bouffée de son cigare et sourit d'un air triomphant.

— Qu'est-ce que tu en dis?

À en croire Léon, c'est une occasion en or.

— Hum… D'accord, dit Paul. Pourquoi pas?

— Excellent! Maintenant, j'apprécierais que tu me rendes un petit service en retour.

* * *

Bien entendu, Paul ne dit rien de tout ça à la police. Bien malgré lui, le voilà devenu complice d'un meurtre. Et il n'a toujours pas trouvé le courage de tout raconter à Lyne.

Lundi, la détective Gariépy les a interrogés pendant une bonne partie de la journée. Paul n'a donc pas pu se rendre au *Zodiaque* pour voir ce qui n'a pas fonctionné.

Mardi matin, l'imprimerie *Saphir* est un endroit lugubre. Presque toutes les employées ont la larme à l'œil tandis que les hommes ont le teint cendreux. Personne ne travaille. Puisque René Hudon était veuf et qu'il n'avait pas de famille, les spéculations vont bon train quant à sa succession à la tête de la compagnie.

Paul et Lyne se retrouvent assis dans l'un des bureaux avec plusieurs collègues, incluant Yvonne, l'une des graphistes. Celle-ci réagit particulièrement mal.

— C'est scandaleux, sanglote-t-elle. Pauvre monsieur Hudon ! Comme si ce n'était pas assez qu'il ait perdu sa femme et ait dû donner leur enfant en adoption il y a de nombreuses années.

Elle se mouche bruyamment.

— Il était comme un père pour nous.

Certains s'approchent pour la réconforter.

Les paroles d'Yvonne rappellent à Paul que Lyne est orpheline. D'ailleurs, elle lui a laissé entendre qu'elle avait connu une enfance assez malheureuse. Paul est probablement la seule personne à qui elle peut en parler. La seule, parmi tant d'autres. Quel sacré tour du destin !

La porte s'ouvre. Une secrétaire fait entrer la détective Gariépy et l'agent Hamel. Paul retient son souffle.

— Nous sommes venus vous interroger, annonce la détective sèchement. Et je veux m'entretenir de nouveau avec monsieur Grandmont et mademoiselle Claing. Monsieur Grandmont, d'abord. Pouvez-vous nous laisser, s'il vous plaît ?

Lorsque les autres sont sortis, elle considère Paul d'un air dur.

— Recommençons depuis le début, si vous le voulez bien.

Paul ne sait pas s'il pourra tenir le coup encore longtemps.

* * *

Ça ne semble pas grand-chose en échange de ce que Léon Rodier fait pour lui.

Paul n'a qu'à aller porter un colis à l'autre bout de la ville. Il doit le remettre à un certain Karl au studio d'enregistrement *Alliance*.

Le paquet contient le démo d'un nouveau groupe que Léon songe à lancer. Il a besoin de quelqu'un de fiable pour cette course, compte tenu de la valeur du démo, et personne d'autre n'est disponible.

Paul est flatté. Et c'est une façon comme une autre de passer le temps en ce dimanche matin.

Mais une surprise de taille l'attend à sa sortie du studio. Charmaine Frégeau et le guitariste de *Vaudou*, Max Éthier, s'apprêtent à entrer.

Et Charmaine adresse la parole à Paul !

— Salut, dit-elle en souriant. Est-ce que tu n'étais pas au *Zodiaque* hier soir ?

Paul est stupéfait.

— Euh… oui. Et votre groupe était super.

— Merci.

Max reste silencieux. Il a l'air impatient et un peu bourru, comme sur scène, d'ailleurs.

Charmaine frappe à la porte du studio.

— Tu es dans le métier ?

— Moi ? Non.

Il se souvient de l'avertissement de Léon de ne pas dire ce qui l'amène au studio.

— Je suis venu visiter. En fait, je travaille pour l'imprimerie *Saphir*.

— Dans ce cas, tu connais probablement Vito Danis, dit Charmaine.

— Oui.

Paul est troublé.

— Mais ça n'a rien à voir avec le travail. On est allés à l'école ensemble.

Max parle pour la première fois.

— Le monde est petit, alors. Vito travaillait à l'imprimerie *Saphir* l'an dernier.

— Avant que je sois engagé, marmonne Paul.

— Ton patron, René Hudon… continue Max. Vito le déteste.

— Pourquoi ?

— Il l'a mis à la porte devant tout le monde en l'accusant d'avoir volé. Vito lui en veut toujours.

Paul se demande pourquoi Vito ne lui en a pas parlé. Du même coup, il devient soupçonneux.

— Comment tu t'appelles ? demande Charmaine.

— Euh… Paul Grandmont.

— Tiens, Paul.

Elle lui remet un petit carton.

— À bientôt !

Les deux artistes entrent dans le studio.

Le carton est en fait une invitation à un *party* qui aura lieu chez Charmaine la fin de semaine prochaine.

Et dès demain, il sera un héros.

Paul jubile.

* * *

Il sort de l'interrogatoire avec l'impression d'avoir été pressé comme un citron. Quant à savoir si la détective Gariépy se doute de quelque chose, Paul est incapable de le dire. Lorsqu'il croise Lyne dans le couloir, il lui annonce qu'il doit aller quelque part et qu'il lui téléphonera plus tard.

C'est la fin de l'après-midi quand il arrive au *Zodiaque*. Le bar vient juste d'ouvrir ses portes et il n'y a pas encore de clients. Vito se tient près du bar, loin d'être content de voir arriver son vieux camarade d'école.

— Mais veux-tu me dire ce qui n'a pas marché ? demande Paul.

— De quoi tu parles ?

— D'hier, bien sûr ! De quoi d'autre veux-tu que je parle ?

— Il s'est passé quelque chose de spécial hier ?

— Ne fais pas l'innocent, Vito. Tu dois bien

avoir entendu la nouvelle. René Hudon est mort.
Qu'est-ce qui s'est passé ?

— C'est à toi de me le dire.

Vito fait comme si de rien n'était, mais il n'arrive
pas à cacher sa nervosité.

— Tu n'es pas dans ton assiette ? demande-t-il.

Paul s'emporte.

— Je veux voir ton patron. Tout de suite !

— Comme tu veux.

Moins d'une minute plus tard, Vito revient
accompagné de Léon. Sam Fontaine traîne derrière
lui. Ils ont tous l'air à cran.

— Vous m'avez vraiment mis dans de beaux
draps ! rugit Paul.

— Et toi, tu as du culot de venir me parler sur ce
ton chez moi ! riposte Léon.

— Un instant ! Samedi soir, vous avez dit que…

— Peut-être que tu étais là samedi soir. Et peut-
être que non. D'une façon ou d'une autre, on ne s'est
pas parlé. Compris ?

— Mais…

— Je veux être certain d'avoir été clair, mon gars.

Sa voix est menaçante.

— C'est honteux que René ait été tué. Mais ça
n'a rien à voir avec nous. Tu as essayé de m'entraî-
ner dans cette histoire, mais je nierai tout. Je dirai
que c'est toi qui es venu ici raconter à tout le monde
à quel point tu haïssais ton patron et comment tu
souhaitais te débarrasser de lui. Mes employés
témoigneront s'il le faut. N'est-ce pas, les gars ?

Sam et Vito font un signe affirmatif.

— Heureusement qu'on était entre amis, dit Paul avec amertume.

— C'est la vie, mon jeune, dit Sam. Maintenant, fiche le camp.

À cet instant, Paméla Williams, la serveuse, entre dans le bar.

— Tu veux bien appeler la sécurité, Pam? demande Sam.

Paméla fait venir le videur. Celui-ci est tout en muscles; c'est le genre de crétin au crâne rasé qui remue les lèvres en lisant les bandes dessinées.

— Jean, escorte ce jeune homme hors d'ici, ordonne Léon. Et toi, ajoute-t-il en désignant Paul, boucle-la.

Tandis qu'on le conduit vers la sortie, Paméla lui souffle à l'oreille:

— Tu ferais mieux de te mêler de tes affaires la prochaine fois, mon chou.

Et Paul se retrouve dans la rue.

* * *

Après cela, il erre sans but tout en réfléchissant. Il sait que ce n'est qu'une question de temps avant que la détective Gariépy le soupçonne d'être impliqué dans cette affaire de meurtre. Si elle ne l'a pas déjà fait...

Il fait noir lorsque Paul rentre chez lui; en chemin, il arrive dans la rue tranquille où est située l'imprimerie *Saphir*.

314

Une camionnette est garée dans le stationnement.

Deux hommes s'affairent à y transporter des boîtes qui viennent de l'édifice.

Paul reconnaît deux employés du service de livraison, mais il ignore leurs noms.

Il y a quelque chose de louche dans leur attitude, tellement que Paul reste dans l'ombre jusqu'à ce qu'ils soient partis.

Cela lui donne matière à réflexion.

* * *

Il revoit les deux hommes à l'imprimerie le lendemain matin, mais il ne leur adresse pas la parole. C'est à ce moment-là que la police s'amène de nouveau. En force.

La détective Gariépy annonce que les locaux de la compagnie vont être fouillés. Personne n'est autorisé à quitter les lieux.

Paul, Lyne et Yvonne, qui est toujours en pleurs, s'installent dans la salle des employés.

— Comme la vie est étrange ! déclare Yvonne. Tu parles d'un moment pour décrocher un tel contrat !

— Un contrat ? répète Paul.

— La compagnie a obtenu un important contrat, explique Lyne. De quoi nous tenir occupés pendant au moins un an. Il y a une grosse somme d'argent en jeu.

— Et monsieur Hudon qui n'est pas là pour s'en réjouir ! gémit Yvonne. Après tout le mal qu'il s'est donné pour cette affaire !

— J'ai trimé dur aussi pour préparer cette sou-mission, lance Lyne. On n'apprécie jamais ce que je fais ici !

Yvonne fond en larmes.

— Je suis vraiment désolée, dit-elle en reniflant.

Elle sort en toute hâte, le visage enfoui dans un mouchoir en papier.

— Merde, marmonne Lyne. Je l'ai blessée. Mais tout le monde semble croire que monsieur Hudon travaillait tout seul.

Paul l'entoure de son bras.

— Ne t'inquiète pas pour Yvonne. Tu auras l'occasion de t'excuser. Et je sais que tu ne ménages pas tes efforts pour bien faire ton travail.

— Merci.

Elle sourit. Il dépose un baiser sur son petit nez retroussé.

— On est tous à bout de nerfs après ce qui s'est passé, dit Paul.

« Tu parles ! » pense-t-il.

— C'est vrai, approuve Lyne. On pourrait peut-être aller au cinéma ce soir ?

Il n'en a pas envie le moins du monde. Pourtant, il accepte d'un signe de tête.

— Très bien. On se rejoint devant le cinéma à dix-neuf heures.

À plusieurs reprises, Paul est sur le point de lâcher le morceau. Mais le courage lui manque. Puis, peu après, la détective Gariépy convoque Lyne dans le bureau.

* * *

Il ne revoit Lyne qu'une seule fois ce jour-là, après que la détective Gariépy a fini de l'interroger. Elle paraît mal à l'aise.

La police laisse partir tout le monde dans l'après-midi. Lyne a une course à faire et prend un taxi. Paul, lui, opte pour un moyen de transport plus modeste.

Il fait la queue à l'arrêt d'autobus lorsqu'il l'aperçoit.

Il n'y a aucune erreur possible. Le jeune homme porte exactement les mêmes vêtements que l'avant-veille. De toute façon, Paul n'aurait jamais pu oublier son visage.

C'est l'homme qui a tiré sur René Hudon.

Sur le trottoir de l'autre côté de la rue, le meurtrier avance rapidement entre les piétons, les épaules voûtées, le col remonté et les mains enfouies dans ses poches.

Paul le suit.

Il ne sait pas trop ce qu'il a en tête. De toute manière, il ne pourra pas dire à la police où l'homme est allé. Car si celui-ci est arrêté, on aura tôt fait de découvrir l'implication de Paul dans cette affaire.

Pourtant, il le suit jusqu'au parc. À cette heure, il n'y a personne d'autre aux alentours. L'homme court jusqu'à un abri et y entre. Paul s'approche prudemment et zigzague d'un arbre à un autre.

L'abri ressemble à une maison miniature. Il

compte deux entrées sans portes, l'une derrière et l'autre devant. Elles sont pratiquées dans des murs de brique d'environ un mètre et demi de haut qui cèdent ensuite la place à des panneaux de verre dépoli.

Paul hésite pendant un instant. Une bourrasque de vent fait voler un morceau de papier hors de l'abri. Paul tente de le saisir au vol, mais sans succès.

En s'approchant de l'entrée à pas de loup, il voit d'autres bouts de papier sur le plancher en ciment. Ce sont des billets de vingt dollars. Stupéfait, Paul pénètre dans l'abri.

Une traînée de billets mène à une masse près d'un banc en bois.

C'est l'homme. Il est étendu sur le dos, un couteau planté dans la poitrine.

De toute évidence, il est mort.

Effrayé, Paul regarde autour de lui. Personne. Celui ou celle qui a fait le coup a l'embarras du choix pour se cacher. Le parc est plein d'arbres, de buissons et de sentiers, dont l'un mène à un quartier résidentiel.

Qu'est-ce qu'il va faire maintenant? S'il appelle les policiers et que ceux-ci font le lien entre la mort de l'homme et celle de René Hudon, il deviendra probablement le suspect numéro un dans deux affaires d'homicide. Tremblant, il reste debout et regarde le cadavre.

Tout à coup, une femme vêtue d'un uniforme

entre dans l'abri. La gardienne du parc pousse un cri strident.

Paul se rue vers l'autre entrée et prend la fuite à toutes jambes.

Mais pas avant que la gardienne n'ait eu le temps de bien voir son visage.

* * *

La police recherchera un homme correspondant à sa description. Paul n'ose pas aller chez lui. Ni chez Lyne, ni nulle part ailleurs.

Puis, il se souvient du carton dans sa poche.

* * *

Il regarde autour de lui d'un air anxieux et appuie sur la sonnette.

Charmaine Frégeau ouvre la porte et lui adresse un sourire hésitant.

— Salut, Paul ! Le *party* n'a pas lieu ce soir, tu sais.

— Je sais, mais… euh…

— Hé ! tu es tout pâle.

Elle s'écarte pour le laisser passer.

— Tu ferais mieux d'entrer.

Ils s'installent sur des coussins dans le salon en désordre. La radio joue quelque part dans l'appartement.

— Alors, qu'est-ce qui ne va pas ? demande Charmaine.

— J'ai couru un risque en venant ici. J'ai des ennuis.

Il s'arrête. Après tout, il la connaît à peine.

— Relaxe-toi, dit la chanteuse. Raconte-moi tout.

Encore secoué, Paul cherche les bons mots. Puis, il entend un bulletin de nouvelles bref à la radio.

— … retrouvé mort après avoir été poignardé dans le parc des Chênes a été identifié. Il s'agit de Robert Aubry. La police ignore quel est le motif du meurtre et recherche un suspect âgé de dix-huit ou dix-neuf ans, aux cheveux blonds, rasé de près, vêtu d'un…

— Aubry, murmure Charmaine. Ce nom ne m'est pas inconnu…

Elle dévisage Paul.

— Tu as l'air encore plus mal en point qu'à ton arrivée. Qu'est-ce qu'il y a ?

— Je…

On sonne à la porte.

Charmaine soupire et va ouvrir. Elle revient un instant plus tard en compagnie de Max Éthier. Ce dernier paraît ennuyé et essoufflé, comme s'il avait couru. Il ne semble pas particulièrement heureux de voir Paul.

— On voulait commencer à écrire de nouvelles chansons, explique Charmaine en fermant la radio. Mais comme tu as un problème, on t'écoute.

Paul hésite à parler devant Max et Charmaine s'en aperçoit.

— Tu peux faire confiance à Max, le rassure-t-elle.

«Qu'est-ce que j'ai à perdre?» se dit Paul.

* * *

— *Wow*! fait Charmaine quand il a terminé son récit. Tu parles d'une histoire!

— Mais tu me crois?

Elle le fixe attentivement.

— Oui, je te crois. Je fais confiance à mon intuition.

— Tu dois admettre que c'est un peu tiré par les cheveux, observe Max. Remarque bien qu'il n'y a pas grand-chose qui me surprend venant de Léon.

— Je pense que tu devrais tout dire à la police, dit Charmaine.

— Ouais, approuve Max. Je ne suis pas un fervent admirateur des flics, mais c'est la meilleure chose à faire.

— On ne me croira jamais. Je me vois déjà condamné pour deux meurtres.

Charmaine et Max échangent un regard que Paul n'arrive pas à déchiffrer. Il est un peu embarrassé de les voir le presser de se rendre.

— Alors? Qu'est-ce que tu vas faire? demande Charmaine.

— Si seulement je pouvais confronter Léon. Mais je doute qu'il accepte de me rencontrer. À moins que... vous veniez avec moi.

Max fronce les sourcils.

— Cette histoire va mal tourner.

Mais Charmaine est plus optimiste.

— Je crois qu'on devrait essayer. Ce serait le

bon moment ce soir. *Le Zodiaque* est fermé. Mais une fois qu'on sera entrés, tu te débrouilles seul, Paul. Qu'en dis-tu, Max ?

— C'est de la folie, répond celui-ci. Vas-y si tu veux. Moi, je reste ici.

— Très bien. Viens, Paul. On va prendre ma voiture.

Max les regarde partir, l'air maussade.

* * *

Il est dix-neuf heures trente et Paul n'est pas encore là. Lyne fait les cent pas devant le cinéma. Paul est tellement nerveux depuis la mort de René Hudon. La police l'a sûrement remarqué aussi.

Lyne songe à l'entretien qu'elle a eu avec la détective Gariépy au cours de l'après-midi. Celle-ci a insinué que René Hudon avait peut-être été victime d'un complot tramé par quelqu'un de la maison.

Et voilà qu'on annonce qu'il y a eu un autre meurtre dans le parc.

Les événements prennent une tournure qui ne plaît pas du tout à Lyne.

Elle lève les yeux au moment où une Miata rouge passe dans la rue. Paul est assis du côté du passager. Lyne a cru apercevoir une femme au volant. Pourtant, ils ne s'arrêtent pas. Il se passe sûrement quelque chose de grave pour que Paul ne soit pas au rendez-vous.

Lyne jure intérieurement et hèle un taxi.

— Suivez cette voiture !

— Ça fait des années que j'attends qu'on me dise ça ! déclare le chauffeur avec un sourire rayonnant.

Cinq minutes plus tard, la Miata rouge s'immobilise devant *Le Zodiaque*. Lyne demande au chauffeur du taxi de s'arrêter à quelques maisons de là et regarde Paul et la fille entrer dans le bar. Elle paye ensuite le chauffeur et se dirige vers une cabine téléphonique.

Les yeux rivés sur l'entrée du *Zodiaque,* elle compose le numéro qu'on lui a donné.

— J'aimerais parler à la détective Gariépy, s'il vous plaît, dit-elle lorsqu'on décroche.

* * *

Charmaine appuie sur la sonnette. Paméla Williams ouvre la porte et jette un regard désapprobateur en direction de Paul.

— Il m'accompagne, annonce Charmaine.

— Monsieur Rodier ne sera pas content, dit Paméla.

— Pas content de quoi ? demande Léon en sortant de son bureau.

Il aperçoit Paul et prend un air furieux.

— Je croyais t'avoir dit que…

— Vous êtes sûrement au courant que Robert Aubry est mort, l'interrompt Paul. Je veux des explications, Léon. Vous me devez bien ça.

— Je ne te dois rien du tout !

Léon se tourne vers Charmaine.

— Qu'est-ce qui t'a pris de l'emmener ici ?

Sam Fontaine entre à son tour, attiré par le ton qui monte.

— Jetez-moi cet emmerdeur dehors, ordonne Léon.

— C'est le jour de congé du videur, lui rappelle Sam.

— Vous ne vous débarrasserez pas de moi aussi facilement cette fois, dit Paul en lançant un regard furieux au gérant. Ne vous imaginez pas que je vais sortir tranquillement.

— Alors on va s'en charger nous-mêmes ! dit Léon d'un ton menaçant. Vito ! aboie-t-il. Où est encore passé cet idiot ?

L'ancien camarade de classe de Paul apparaît dans la porte à l'autre bout de la pièce. Il marche lentement vers eux, les mains derrière le dos.

— Grouille-toi, Vito ! dit Léon sèchement. Et aide-nous à sortir ce gars-là d'ici !

On frappe à la porte. Paméla va ouvrir et quelqu'un se rue dans le bar.

— Lyne ! s'écrie Paul.

Elle court vers lui.

Léon Rodier est furieux.

— Mais qu'est-ce que c'est ici ? Un zoo ? Je veux que vous partiez tous immédiatement !

— On parle de deux meurtres maintenant, dit Paul. Vous ne vous en tirerez pas aussi facilement.

— Je crois que je ferais mieux d'appeler la police, dit Paméla qui se dirige vers le bar.

— Non ! hurle Léon.

— Il a raison, dit Vito. Ne touche pas à ce téléphone. Je n'ai pas envie d'écoper pour deux meurtres que je n'ai pas commis !

Et Vito Danis braque le fusil de chasse qu'il
cachait derrière son dos.

* * *

Paul se demande si le cauchemar va bientôt prendre fin.

— Pas un geste ! crie Vito. Sinon, je tire !

— Qu'est-ce que c'est que ce cirque ? demande
Léon. Et comment as-tu eu ce fusil ? Il était dans…

Paul l'agrippe par la manche.

— Ça n'a plus d'importance maintenant. Ne le
contrariez pas.

— Ouais, dit Vito. Ne me poussez pas à bout. Vous
ne saviez pas que je vous avais entendus, hein ?

Il pointe son arme vers Sam.

— Sam et toi, vous disiez que vous alliez monter un coup pour faire porter les accusations de
meurtre contre moi ! J'ai commis quelques erreurs
dans le passé et ça m'a valu un casier judiciaire. Ça
fait de moi le suspect parfait !

Paul se dit que Vito va tirer.

Mais celui-ci s'éloigne.

— Je ne vais pas attendre qu'on vienne m'arrêter. Et que personne ne me suive !

Il pique un sprint jusqu'à la porte et l'ouvre d'un
geste brutal.

Deux policiers marchent en direction du bar.

En apercevant le fusil de Vito, ils courent se mettre à l'abri derrière leur voiture. Vito referme la porte.

— Tu es coincé, dit Léon.

— Ferme-la. J'ai besoin de réfléchir. Assoyez-vous tous !

Tandis que les otages s'exécutent, la sonnerie du téléphone retentit.

Encore une fois, Vito braque le fusil sur Sam.

— Occupe-toi de ça, ordonne-t-il.

Sam décroche.

— Oui ?

— Je n'ai pas dit de répondre ! proteste Vito.

— C'est la police.

Sam écoute pendant quelques secondes.

— Je vais le lui dire.

Il raccroche.

— C'est la détective Gariépy, explique-t-il. Nous sommes cernés. Elle dit que tu ferais mieux de te rendre.

— Pour me faire accuser de meurtre ? Pas question ! Assieds-toi avec les autres.

Paul se dit que, s'il ne parle pas maintenant, il n'aura peut-être plus jamais l'occasion de le faire.

— Il existe peut-être une façon de régler ça.

Vito le dévisage sans comprendre.

— Quoi ?

— Toi et moi, on est dans la même situation. On risque de se faire accuser d'un meurtre qu'on n'a pas commis. Mais si on trouve qui est le véritable meurtrier…

— Ta gueule ! dit Léon d'un ton méprisant.

Mais Paul ne lui prête pas attention.

— Ça ne pourra que nous aider de découvrir la vérité, hein, Vito ?

— Comme si on avait besoin d'un gars qui se prend pour Sherlock Holmes ! dit Sam pour le ridiculiser.

— Tais-toi ! rugit Vito. On va écouter ce qu'il a à dire.

— Merci, dit Paul. Euh… je serais mieux debout.

Vito hoche la tête.

Une sirène de police hurle au loin.

— Tout d'abord, commence Paul, il est logique de croire que le meurtrier de René Hudon et de Robert Aubry est dans cette pièce.

Un murmure de surprise parcourt le bar.

— Ce que je veux dire, poursuit Paul, c'est qu'Aubry a été engagé pour tuer René Hudon.

Il examine les visages attentifs tournés vers lui.

— Léon, quand vous m'avez persuadé de faire en sorte que mon patron soit à un endroit précis à un moment précis, vous me tendiez un piège. Vous n'avez jamais voulu jouer un tour à René Hudon, pas plus que vous n'aviez l'intention de m'aider. En fait, je crois que vous et mon ancien patron trempiez dans des affaires criminelles.

— Il raconte n'importe quoi !

— Accouche, Rodier ! lâche Sam en désignant

327

le fusil de Vito. Tu vas lui faire perdre patience.

— D'accord, soupire Léon. René Hudon et moi, on était en affaires ensemble. Sam et Vito avaient aussi leur rôle à jouer là-dedans. C'est tout ce que j'ai à dire.

— Je crois que je sais de quoi il s'agit, dit Paul. René Hudon était imprimeur, et il y avait des billets de vingt dollars à côté du corps de Robert Aubry. Vous fabriquiez de faux billets, hein ?

Après un moment de silence, Léon finit par répondre.

— Ouais, admet-il.

— Et les deux employés de l'imprimerie que j'ai vus en train de sortir des boîtes l'autre soir étaient sûrement dans le coup aussi. Ils faisaient disparaître les preuves avant que les enquêteurs deviennent trop curieux. Et ce paquet que vous m'avez demandé d'aller porter ?

— Il s'agissait des plaques imprimantes. Un des gars du studio les cachait pour nous.

— Comme ça, vous m'avez trahi. Est-ce que René Hudon vous avait doublé aussi ? C'est pour ça que vous l'avez fait assassiner ?

— Je n'ai pas dit à Aubry de le tuer ! C'est vrai que Hudon nous causait des problèmes. Il refusait d'imprimer si on n'augmentait pas sa part. Mais je n'ai jamais voulu qu'il meure, je le jure !

— Mais pourquoi avoir fait ce complot si ce n'était pas pour l'éliminer ? demande Paul.

— Pour lui donner un avertissement. Quand tu

es entré en scène, c'était l'occasion rêvée. Aubry devait tirer sur René pour lui faire une bonne peur. Je l'aurais appelé plus tard pour lui dire que s'il ne coopérait pas, il s'agirait de vraies balles la prochaine fois.

— En sachant très bien qu'il ne pouvait pas porter plainte à la police. Tout comme moi, d'ailleurs, dit Paul.

— Exactement. Mais pour je ne sais quelle raison, Aubry a tout gâché en utilisant de véritables munitions.

— D'après l'expression sur son visage, il était en état de choc, comme nous. Il n'était au courant de rien.

— En tout cas, je n'ai rien à voir avec sa mort, dit Léon.

— Pourquoi aviez-vous l'intention de me faire accuser des deux meurtres ? demande Vito.

— Quand la police aurait découvert qu'on magouillait ensemble, René et moi, je serais tout de suite devenu suspect. Il fallait que je sacrifie quelqu'un, mon gars.

— Pourquoi ?

Vito lève son fusil.

— Une minute, dit Paul. Léon n'est pas le seul suspect.

Il ose affronter Vito et s'efforce de ne pas se laisser intimider par son arme.

— Tu as travaillé pour René Hudon, commence-t-il, et il t'a humilié devant tout le personnel. C'est peut-être toi qui as chargé le revolver de Robert Aubry.

— Non ! Hudon m'a congédié, c'est vrai. Il a dit que j'étais malhonnête. Il ne pouvait pas me sentir, le salaud ! Mais je n'ai rien à voir avec sa mort. Je le jure !

Paul hoche la tête et se retourne.

— Et toi, Paméla ? On ne sait pas grand-chose à ton sujet. Je me demande si tu aurais pu tirer profit de la mort de René Hudon.

— Pas de sa mort, non, répond-elle. Mais c'est vrai que je souhaitais qu'il disparaisse de la circulation.

Elle retire une carte d'identité plastifiée de sa poche et la montre à Paul.

— Tu es policière ?

— Agent secret. Ça fait un bout de temps qu'on soupçonne les patrons du *Zodiaque* d'être impliqués dans la contrefaçon de billets.

— Un flic ! rugit Léon. Et dire qu'on te faisait confiance !

— C'était le but de l'opération, dit Paméla calmement.

Elle se tourne vers Vito.

— Tu retiens un officier de police en otage et c'est un délit encore plus grave. Ç'a assez duré. Laisse tomber.

— Tu parles si je vais laisser tomber ! grogne Vito. Si les flics savent qu'une de leurs collègues est ici, je pense qu'ils auront le doigt moins lourd sur la détente. On reste ici jusqu'à ce que cette affaire soit tirée au clair.

Sa main se resserre autour du fusil.

— D'une façon ou d'une autre !

* * *

— Léon Rodier est l'homme qui se cache derrière tout ça, affirme Charmaine.

Elle lance un regard furieux au propriétaire du bar.

— À la façon dont vous gérez les finances de notre groupe, on voit bien que vous êtes un escroc.

— Et toi, tu n'as rien à te reprocher, peut-être ? Tu avais une bonne raison de te débarrasser de Hudon, toi aussi !

— Comment ça ? demande Paul.

— René était copropriétaire du groupe *Vaudou* avec moi, explique Léon. Mais il n'en avait pas payé les membres depuis un bon bout de temps. Ç'aurait fait ton affaire de le voir mort et de me savoir en prison, hein, Charmaine ?

— Ne soyez pas ridicule ! dit-elle.

— Ça t'aurait libérée d'un contrat que tu ne peux pas rompre autrement, continue Léon. Et tu aurais pu signer ensuite avec une plus grosse agence.

— Les membres du groupe connaissaient Robert Aubry, intervient Sam. Je les ai vus parler ensemble après le spectacle.

— C'est vrai, Charmaine ? demande Paul qui se souvient de la réaction de la chanteuse lorsqu'elle a entendu le nom à la radio.

— Oui, c'est vrai, avoue Charmaine. Mais on ne le connaissait que vaguement. C'était un de nos admirateurs. Je ne me rappelais même plus son nom tout à l'heure.

— Peut-être que tu mens et que tu le connaissais assez bien pour avoir mis les balles dans son revolver.

Tandis qu'elle secoue la tête, Paul se souvient d'un autre détail.

— Quand Max est arrivé à ton appartement, il avait l'air d'avoir couru. D'où venait-il ? Avait-il rendez-vous avec Aubry dans le parc, par hasard ?

— Bien sûr que non ! Max était seulement en retard. Comme d'habitude.

— Pourtant, c'était le plan parfait : Max commet le meurtre et tu lui fournis un alibi.

— Ne sois pas stupide, Paul ! On est des musiciens, pas des assassins.

Elle foudroie Sam du regard.

— Toi aussi, tu avais tes raisons pour vouloir éliminer René Hudon.

— Continue, dit Paul.

— Sam est ambitieux et il est un des actionnaires du *Zodiaque*. En fouillant dans le bureau pour trouver un papier prouvant qu'on nous devait de l'argent, je suis tombée sur une copie de la convention des actionnaires. Une clause stipule que c'est Sam qui dirigera *Le Zodiaque* si Léon est dans l'incapacité de remplir ses fonctions. Sam aurait eu

332

le champ libre si Léon s'était retrouvé en prison.

— Elle raconte n'importe quoi ! proteste Sam.

Léon lui jette un regard mauvais.

— J'espère que ce n'est pas vrai, Sam. Je t'ai traité comme mon propre fils !

Ce commentaire fait germer une idée dans l'esprit de Paul, qui lève une main.

— Un peu de calme ! Il semble que tout le monde avait un motif pour éliminer René Hudon, puis Robert Aubry. Toutefois, je crois savoir qui est vraiment coupable.

Le silence s'installe.

— Pour comprendre mon hypothèse, il faut retourner très loin en arrière. L'autre jour, au travail, une employée nommée Yvonne m'a rappelé que l'épouse de René Hudon était morte en donnant naissance à leur enfant. Le bébé a ensuite été donné en adoption. Je crois que René blâmait l'enfant pour la mort de sa femme.

— Un innocent petit bébé ?

— Ça paraît insensé, je sais, mais René était comme ça. Supposons que l'enfant, maintenant adulte, soit au courant que son père l'a rejeté et qu'il cherche à se venger. Cette personne a pu découvrir l'identité de son père, le retrouver et même l'aborder avec la seule intention de le tuer. Mais René est à la tête d'une compagnie florissante. C'était donc l'occasion rêvée pour cette personne de se venger et de faire beaucoup d'argent du même coup.

— Attends une seconde, l'interrompt Paméla.

Quand la police aurait appris que Hudon avait un seul héritier, celui-ci serait tout de suite devenu le suspect numéro un dans l'affaire.

— C'est pourquoi c'était si important que René paraisse avoir été l'innocente victime d'un vol à main armée, poursuit Paul. Et une fois le voleur éliminé, la police ne peut plus rien prouver. Tout ce que cette personne a à faire, c'est d'attendre quelques mois, un an peut-être, et de réclamer l'héritage. Ç'aurait l'air d'une curieuse coïncidence, je l'admets, mais ce serait légal.

— Mais il faut donc que cette personne ait été au courant de ton complot avec Léon.

— Non. Elle n'avait qu'à connaître Robert Aubry, qui a pu lui parler de l'affaire. La personne n'a eu qu'à changer les cartouches à blanc pour de vraies balles et laisser Aubry faire le travail. Comme je vous l'ai dit, Aubry n'était au courant de rien.

— Puis, il a été tué.

— Oui. C'est possible qu'il ait tenté de faire chanter la personne qui lui avait tendu un piège. Son corps était entouré de billets de banque quand je l'ai retrouvé, et je parie qu'ils étaient faux. Il a dû se rendre au parc en croyant qu'on allait le payer, mais le meurtrier a utilisé de faux billets qui se sont dispersés pendant la bagarre. Et comme je suis arrivé, le coupable n'a pas eu le temps de les ramasser.

— Ce portrait du suspect pourrait correspondre à plusieurs d'entre nous, observe Paméla.

— Pas à moi! proteste Léon. René et moi, on était presque du même âge.

— La personne que je crois coupable était très proche de René Hudon, dit Paul.

Il se retourne et dévisage celle qu'il croyait connaître.

— N'est-ce pas, Lyne?

— Quoi? dit-elle, le souffle coupé. Voyons, Paul! Ne dis pas de bêtises!

— Tu es une bonne comédienne, Lyne, mais ne joue pas les innocentes.

— Tu as perdu la raison!

— Pas moi, murmure-t-il.

Vito s'avance, l'arme baissée.

— Tu en es certain? Elle n'a pourtant pas l'air d'une criminelle.

Vito a commis une grave erreur en relâchant sa vigilance. Avant que quiconque ne puisse réagir, Lyne s'empare du fusil. Elle le pointe vers le groupe, les traits déformés par la rage.

— Oui, j'ai comploté de tuer René Hudon, et j'en suis fière! Il l'a bien cherché.

Paul reste interdit devant son brusque changement de personnalité.

— Mais ton propre père…

— Il n'a jamais été un père pour moi! Et les gens qui m'ont adoptée ont fait de ma vie un enfer! J'avais juré de me venger. Quand j'ai découvert qui il était, j'ai passé deux ans à gagner sa confiance en tant qu'employée.

— J'avais raison. Tu connaissais Robert Aubry ?

— C'était un de mes anciens *chums*. Un idiot. Un perdant, comme toi. Mais on a continué à se voir et il s'est vanté d'avoir été payé par Léon Rodier pour menacer mon très cher père. Je n'ai eu aucun mal à changer les balles. En fait, ça n'aurait pas pu mieux tomber. On était sur le point de décrocher un important contrat et j'avais déjà décidé que le temps était venu de me débarrasser de «papa».

— Aubry a essayé de te faire chanter ?

— Oui, tu as bien deviné.

— Tu es malade, dit Paméla. Pose ce fusil.

— Non ! Je vais sortir d'ici et deux d'entre vous, dont toi, me serviront d'otages. Les flics seront moins tentés de tirer sur l'un des leurs.

— Tu n'as aucune chance de t'en sortir, dit Paul. Ils vont te réduire en pièces dehors !

Elle braque l'arme sur la tête de Paul.

— Tu ne seras pas là pour le voir. Je misais beaucoup sur toi, Paul. Je te croyais brillant. On aurait pu devenir riches avec cette compagnie. Mais aujourd'hui, je me rends compte que tu n'es qu'une pauvre mauviette. Et tu as tout gâché ! C'est moi qui ai appelé la police en espérant que tu serais arrêté et accusé des meurtres. Ça n'a pas marché, mais tu vas me le payer !

Vito s'interpose entre eux.

— Non, tu ne feras rien.

— Ôte-toi de là, idiot !

Vito s'avance vers elle.

— Lyne, ne tire pas ! crie Paul.

Elle appuie sur la gâchette.

Le fusil émet un bruit creux.

Il cliquette encore et encore.

Vito s'approche et saisit l'arme.

— Il n'était pas chargé, dit-il. Je suis idiot, mais pas à ce point-là.

* * *

Le cœur gros, Paul regarde Lyne monter dans la voiture de police.

Une foule de curieux commence à se former. Léon et Sam se chamaillent toujours, menottes aux poignets, et sont conduits vers un fourgon cellulaire. Deux agents passent les menottes à Vito.

Paméla Williams désigne Paul.

— Et qu'est-ce qu'on fait de lui ? demande-t-elle.

La détective Gariépy le considère d'un air sévère.

— Je n'ai pas besoin de vous dire à quel point vous avez été imprudent, Paul. Je devrais vous embarquer pour complot et entrave au travail des policiers.

Puis, au grand étonnement de Paul, elle sourit vaguement.

— Mais comme vous avez contribué à l'arrestation d'une meurtrière et au démantèlement d'un réseau de faussaires, je doute qu'on porte des accusations contre vous.

— Merci.

Paul lance un regard en direction de Vito que les

policiers escortent jusqu'au fourgon.

— Vous savez, Vito a toujours été un peu tricheur. Mais au fond, il est inoffensif.

— Le fusil n'était pas chargé, dit Paméla, et personne n'a été blessé. Ça devrait jouer en sa faveur.

Paul fixe la voiture de police qui emmène Lyne.

— Qu'est-ce qui va lui arriver ? demande-t-il d'une voix brisée par l'émotion.

— Ça dépend du juge, répond la détective Gariépy. Mais je crois que, dans son cas, on préférera un traitement psychiatrique à une sentence sévère.

Elle s'arrête et adresse à Paul un regard compatissant.

— C'est sûrement difficile pour vous de découvrir que votre petite amie est… déséquilibrée.

— Oui, répond-il tout bas. Mais je m'en remettrai. En fait, je crois que toute cette histoire m'a rendu plus fort.

— Je le pense aussi, dit la détective doucement avant de se détourner.

Une pluie fine se met à tomber. Paul rejette la tête en arrière et laisse les gouttes fraîches couler sur son visage.

Il se sent bien.

CHUTE LIBRE

Lisa Tuttle

Dès le début, j'ai eu un mauvais pressentiment à propos de cette expédition. Les régions sauvages et moi, on ne fait pas très bon ménage. Normalement, je n'aurais jamais été tentée de participer à cette aventure censée nous faire découvrir, à nous, pauvres citadins, les joies de la nature. Mais Chloé, ma meilleure amie (on se connaît depuis qu'on a deux ans), m'a suppliée de l'accompagner. J'ai eu l'intuition qu'elle pourrait avoir besoin de moi, et je ne me suis pas trompée.

C'est drôle. À chaque fois qu'une copine rompt avec son petit ami, non seulement elle nous permet de le traiter de tous les noms, mais elle s'attend à ce qu'on le fasse. Pourtant, jusqu'à ce que la rupture soit officielle, gare à celle qui oserait insinuer que le petit ami en question n'est pas monsieur Perfection.

Chloé aimait David. Celui-ci était le moniteur chargé de l'expédition. C'est vrai qu'il était séduisant, intelligent, plein d'esprit, fort et charmant…

un peu trop, même. Peut-être parce que je ne flirte pas moi-même, je ne fais pas confiance à ceux qui le font trop facilement. De plus, ça ne me plaisait pas du tout que David ait déjà une blonde.

— Il ne l'aime plus, m'avait assuré mon amie. Mais comme il ne veut pas la blesser, il va la laisser rompre.

— Et si elle ne rompt pas ?

Chloé avait soupiré devant mon innocence.

— Elle le fera. Probablement dans deux semaines, quand les examens seront terminés. Elle ne l'aime pas. Si c'était le cas, elle ne serait pas partie étudier à l'université, hein ?

J'étais convaincue que plein de gens partent étudier à l'université en laissant derrière eux des êtres qu'ils aiment, mais je n'ai rien dit. Je n'essayais pas de la culpabiliser de voler le petit ami d'une autre fille. Je voulais simplement lui faire comprendre qu'elle pouvait trouver mieux que David.

— Mais si elle ne l'aime plus, pourquoi devez-vous vous cacher et faire semblant qu'il ne se passe rien entre vous deux ?

— On ne se cache pas à cause de Jennifer ! David m'a dit qu'il pouvait être congédié si l'on découvrait qu'il sort avec un membre de l'expédition. De toute façon, on pourra faire ce qu'on veut une fois la fin de semaine terminée. C'est pour ça que je veux que tu viennes : pour m'aider à être sage.

— J'ai une meilleure idée. On restera toutes les

deux chez nous. Comme ça, tu ne seras même pas tentée.

— Jamais de la vie. Je ne fais pas confiance à Laura Faubert...

Je l'avais dévisagée. Elle avait paru tout à fait calme en parlant de la blonde de David. Pourquoi cette poussée subite de jalousie à propos d'une autre fille ?

— David est humain, avait-elle dit, sur la défensive. Et elle, elle sait ce qu'elle veut. Je sais qu'elle va se jeter sur lui si je ne suis pas là.

— Franchement, Chloé, si tu ne peux pas lui faire confiance...

— Ce n'est pas une question de confiance ! Mais ça vient tout juste de commencer entre nous... et Laura est une vraie tigresse... Ce serait stupide de courir un tel risque, de le laisser seul avec elle.

J'étais furieuse de l'entendre parler comme ça. Si David se laissait détourner de Chloé par une fille dont le tour de poitrine était supérieur à son Q.I., c'est qu'elle devait le planter là. Le problème quand on chipe le petit ami d'une autre fille, c'est qu'une fois qu'on sait comme c'est facile à faire, on doit toujours craindre qu'une autre nous le vole à son tour. Mais Chloé n'était pas idiote. Elle devait s'être dit que l'amour de David valait bien un peu d'insécurité. Et qui étais-je pour lui dire le contraire ? Je n'avais même pas de petit ami. Alors je l'ai bouclée.

* * *

Douze d'entre nous grimpons dans la montagne par une journée chaude de juin. Le ciel est nuageux et il y a quelque chose de menaçant dans l'air.

En plus de Chloé, David et moi, il y a Laura Faubert et trois autres filles que je connais vaguement pour les avoir rencontrées à la réunion de planification : Catherine Alary est la brunette énergique aux lunettes rouges ; Myriam Mousseau, la blonde élancée ; et Fabienne Jolicœur, la fille athlétique aux cheveux roux et frisés. Les cinq garçons m'impressionnent encore moins que les filles et je mets un moment à les différencier : Jean et Richard, deux gars plutôt effacés, ont tous les deux les cheveux et les yeux bruns. Au début, je ne les distingue qu'en me rappelant que Richard est le frère de Catherine. Le grand garçon terriblement timide qui rougit et tressaille dès qu'une fille le regarde d'un peu trop près s'appelle Grégory. Yves, le rouquin et le plus grand des six, connaît un nombre impressionnant de blagues et de chansons entraînantes. C'est aussi le petit ami de Catherine. Quant à Martial, un garçon trapu aux cheveux noirs et au visage rond et le plus souvent impassible, je ne crois pas qu'il soit officiellement l'amoureux de Myriam. Pourtant, il la surveille sans arrêt et, sous des dehors flegmatiques, il éprouve des sentiments étonnamment puissants, comme nous l'apprendrons plus tard.

Tous les participants sont beaucoup plus en forme que moi ; même Laura, malgré son penchant pour jouer les filles sans défense. Lorsqu'on entame notre montée, je me retrouve vite derrière. Chloé prétend que j'exagère d'appeler ça de l'alpinisme. D'après elle, on fait de la randonnée en basse montagne. Il y a un sentier, parfois suffisamment large pour que deux personnes puissent marcher côte à côte, et ce n'est que très rarement qu'on doit utiliser nos deux mains pour gravir un passage particulièrement abrupt. Il n'est pas du tout question d'escalade non plus, même si le sentier rase parfois des parois rocheuses dont la hauteur me fait frémir. Selon David, c'est la route la plus facile ; celle qui ne requiert aucune habileté. Son trajet préféré, sur l'autre versant, est beaucoup plus à pic.

Au départ, tandis que j'avance avec peine, Chloé se laisse distancer pour m'attendre. Je devine à quel point elle doit être frustrée et je lui dis de continuer.

David revient à ce moment-là, comme le bon berger à la recherche de ses brebis égarées. Lui et Chloé échangent quelques paroles banales. Dans l'air étouffant, je peux presque voir les étincelles crépiter entre eux lorsque leurs regards se croisent. Pendant un instant, ils me font envie. Peut-être que l'amour vaut vraiment tous les sacrifices qu'il faut faire pour l'obtenir.

Puis, Chloé annonce qu'elle a besoin de se dégourdir les jambes et part en flèche. Je suppose que c'est le seul moyen qu'elle a trouvé pour ne pas céder à l'envie de se jeter au cou de David. Mais en attendant, me voilà prise avec lui. David doit trouver que je ne lui facilite pas la tâche. Il fait appel à tout son charme et me fait des flatteries tandis que je reste muette comme une carpe derrière lui. Je suis trop embarrassée pour me détendre. Et s'il commençait à me plaire ? S'il commençait à me plaire un peu trop ? Ou si Chloé, en me voyant rire d'une des plaisanteries de David ou rougir à la suite d'un de ses compliments, s'imaginait qu'il me plaît ? Je ne peux pas courir de risque. David finit par abandonner et me laisse me débrouiller.

— Prends tout le temps dont tu as besoin, dit-il. Tu n'auras pas d'ennuis pour autant que tu suis le sentier.

En jurant qu'on ne me reprendra plus jamais à faire l'ascension d'une montagne, je finis par atteindre le petit chalet qui nous sert de camp de base et je me mets à la recherche de Chloé.

Elle n'est pas avec les garçons, qui ont allumé un feu de camp, ni dans le chalet avec Fabienne et Myriam qui s'affairent à gonfler les matelas pneumatiques. David est appuyé contre un mur à l'extérieur, en grande conversation avec Laura Faubert. Je me dirige vers eux.

— Où est Chloé ?

David hausse les épaules.

— Quelque part dans le coin. Martial est parti cueillir des mûres. Elle l'a peut-être accompagné.

J'ai des picotements dans la nuque. Je ne sais pas pourquoi, mais je sens que quelque chose ne va pas.

— L'as-tu vue partir ? L'as-tu vue depuis que tu es arrivé ici ?

— Chloé est une grande fille, dit Laura. Elle peut prendre soin d'elle toute seule.

C'est à moi qu'elle parle, mais elle regarde David en souriant et en plissant son petit nez.

C'est à ce moment-là que je l'entends, tout comme les autres.

— Au secours ! Au secours !

Quelques secondes plus tard, elle arrive en courant à toutes jambes.

David marche vers elle et l'arrête.

— Qu'est-ce qu'il y a ? Est-ce que ça va ?

Chloé le fixe, le regard fou. Ses traits sont déformés par la colère ou la peur.

— Tu n'aurais pas dû l'inviter ici. Comment as-tu osé ? Je ne voulais pas lui faire de mal. Si elle est morte, c'est ta faute.

— Chloé ! Calme-toi. De quoi parles-tu ?

— Jennifer, lance-t-elle. Ta blonde !

David la lâche.

— Qu'est-ce qu'elle vient faire dans cette histoire ?

Tout le monde s'est rassemblé autour d'eux, mais ils ne semblent pas s'en apercevoir.

— Elle était ici quand je suis arrivée, dit Chloé. Elle t'attendait.

— Tu ne l'as jamais rencontrée. Qu'est-ce qui te fait croire que…

— Elle m'a dit qu'elle s'appelle Jennifer ! Je lui ai demandé si elle était seule et elle m'a répondu : «Pas pour longtemps. » Elle m'a dit qu'elle attendait son *chum* qui guide un groupe de jeunes dans la montagne.

— Tu racontes n'importe quoi, dit David froidement. Je n'ai invité personne ici.

— Peut-être qu'elle n'a pas attendu d'invitation. Elle voulait peut-être te surveiller.

— Ce n'est pas possible.

— Ah non ? Tu crois que tu la connais au point de pouvoir prédire ses moindres faits et gestes ? Elle tient peut-être à toi plus que tu ne le prétends. Peut-être qu'elle est rongée par la jalousie et qu'elle a décidé de te rendre une petite visite.

— En pleine montagne ? Jennifer ne peut même pas traverser un stationnement toute seule. Ma blonde est en fauteuil roulant. Je ne sais pas ce que tu veux prouver, Chloé, mais tu me déçois.

David lui tourne le dos et s'éloigne. Laura se lance à sa poursuite.

— Qu'est-ce qui s'est passé ? Pourquoi appelais-tu à l'aide ?

C'est l'un des garçons qui a parlé. Je ne me retourne pas pour voir lequel, mais je crois que c'est Richard. Pendant un instant, en voyant l'air interdit de Chloé, je me dis qu'elle sera incapable de répondre.

— Cette fille… finit-elle par dire d'une voix paniquée. Jennifer ou qui qu'elle soit… Je crois qu'elle est blessée. Je… je l'ai vue glisser et tomber et… Elle a dû s'assommer. Elle ne bougeait plus.

— Peux-tu nous amener jusqu'à elle ?

Chloé fait signe que oui.

— Je vais apporter la trousse de premiers soins, dit Catherine.

— J'y vais aussi, dis-je.

Je meurs d'impatience de parler à Chloé. Ce qu'elle raconte n'a aucun sens. Il y a quelque chose qui cloche dans son histoire.

Mais elle se contente de hausser les épaules lorsque je la questionne chemin faisant.

— C'est ici, annonce-t-elle au bout de cinq minutes de marche.

Nous sommes dans une région boisée qui fait contraste avec les pentes à découvert de l'autre flanc.

— C'est à peu près ici qu'on… qu'elle a glissé. Regardez, là où la fougère est écrasée. C'est à cet endroit qu'elle a atterri.

Nous regardons tous vers lc bas.

— Où est-elle ?

— Peut-être qu'elle ne s'est pas vraiment assommée. Elle faisait peut-être semblant d'être sans connaissance quand je l'ai appelée.

— Pourquoi aurait-elle fait ça ?

— Je… je n'en sais rien. Mais elle ne doit pas être blessée, puisqu'elle est partie.

Impossible de ne pas percevoir le soulagement dans sa voix.

— Es-tu certaine que c'est ici ? demande Catherine.

— Oui !

— Si elle s'est frappé la tête, elle souffre peut-être d'une commotion cérébrale. Une personne peut s'évanouir, revenir à elle pour quelques minutes, puis perdre connaissance de nouveau. C'est très dangereux. Il va falloir qu'on essaie de la retrouver.

— Appelons-la, suggère Grégory. Quel est son nom déjà ?

Chloé tressaille.

— Jennifer.

Mais les appels répétés de Grégory restent sans autre réponse que celle de l'écho. Attirés par la chaleur de nos corps, les moustiques et les maringouins commencent leur festin. Je montre des signes d'impatience ; les autres aussi.

— Si elle est seule et gravement blessée à la tête, il faut continuer à la chercher jusqu'à ce qu'on la trouve, dit Catherine. On peut bien supporter quelques piqûres d'insectes pour sauver la vie de quelqu'un, non ?

— Je ferais mieux d'aller chercher David, vous ne pensez pas ? propose Grégory. Il saura ce qu'il faut faire.

— Je crois qu'il le sait déjà, dit Catherine. Tout comme nous. Hein, Chloé ?

— Qu'est-ce que tu veux dire ? demande Grégory.

Catherine regarde mon amie d'un air moqueur.

— Chloé ? Veux-tu changer ta version des faits ?

Chloé rougit jusqu'aux yeux.

— Ou peut-être que nous ferions mieux d'oublier cette histoire, tout simplement, continue Catherine, et faire comme s'il ne s'était rien passé.

— Tu me traites de menteuse ?

— J'ai bien pesé mes mots.

— Pourquoi aurais-je menti ?

— L'amour fait faire bien des bêtises.

— Où veux-tu en venir ?

— Oh ! arrête ! dit Catherine. Ça saute aux yeux. Je crois qu'il n'y a que ta copine Olivia et moi qui ne sommes pas amoureuses du moniteur.

— Je t'en prie ! s'indigne Grégory.

— Écoute, dit Chloé. C'est vrai qu'il y a quelque chose entre David et moi, mais c'est du sérieux. On a parlé de Jennifer. Je sais tout d'elle et…

— Sauf qu'elle est en fauteuil roulant.

— S'il ne mentait pas.

— Ta confiance en lui est touchante.

— Retournons au chalet, dis-je, embarrassée.

Mais Catherine et Chloé font comme si elles n'avaient rien entendu.

— S'il ne nous a pas menti à tous, alors il m'a menti, dit Chloé. Il ne m'a jamais mentionné que Jennifer est en fauteuil roulant.

— Ne pas mentionner quelque chose ne veut pas forcément dire mentir. De toute façon, je me fiche de vos problèmes, à toi et à David, et des mensonges que vous vous racontez. Mais aurais-tu la gentillesse de ne pas nous faire perdre notre temps ? Allons rejoindre les autres.

Chloé reste clouée sur place même après le départ des autres. Je la tire doucement.

— Viens. Les moustiques me mangent tout rond.

Elle finit par me regarder.

— Tu me crois, hein ?

— Bien sûr. Mais il y a quelques détails qui m'échappent. Pourquoi as-tu quitté le chalet pour suivre Jennifer ? Et comment est-elle tombée ?

Elle ouvre la bouche pour me répondre lorsqu'on entend un bruit de pas derrière nous sur le sentier.

— Jennifer, murmure Chloé en m'agrippant le bras.

Mais c'est Martial qui monte la pente avec peine.

— D'où viens-tu ?

— Je suis allé jeter un coup d'œil sur l'autre trajet.

— As-tu rencontré quelqu'un ? demande Chloé.

Martial secoue la tête.

— Personne. Rien que moi et la nature. C'est super, hein ? On est seuls sur cette montagne.

* * *

J'ignore si Chloé et David s'évitent à cause de l'incident de l'après-midi, ou s'ils respectent simplement leur entente de ne pas se montrer ensemble, mais le résultat est le même. Voyant là une occasion en or de se rapprocher de David, Laura Faubert ne le lâche pas d'une semelle pendant la soirée. Je comprends que David trouve difficile de décourager une admiratrice aussi enthousiaste, mais de là à l'embrasser…

Ça se passe alors que nous sommes à l'intérieur

du chalet, tous bien au chaud dans nos sacs de couchage. Tous, sauf David, qui s'assure que le feu est parfaitement éteint, et Laura, qui s'est portée volontaire pour l'aider. Il doit être tout près de minuit lorsque j'aperçois, par la porte du chalet laissée ouverte pour faire entrer un peu d'air, les silhouettes de David et de Laura enlacées.

Je jette un coup d'œil furtif à ma gauche en espérant que Chloé est endormie. Mais le blanc de ses yeux brille doucement dans l'obscurité. Je sais qu'elle a vu la même chose que moi.

Le lendemain matin, Laura n'est plus là.

À mon réveil, son sac de couchage est vide, mais deux autres le sont aussi, dont celui de Chloé. C'est l'heure où tous se lèvent pour satisfaire leurs besoins naturels.

Mais lorsque tout le monde a ramassé ses affaires et que celles de Laura jonchent toujours le sol, nous nous rendons compte que personne ne l'a vue ou ne lui a parlé ce matin.

David devient dès lors très efficace. Il nous divise en quatre groupes et nous donne ses instructions.

— Si elle est blessée, ne la bougez pas. Sifflez et envoyez quelqu'un au chalet.

Laura est retrouvée juste avant que le temps ne se gâte. Son corps repose sur les rochers au fond d'une profonde crevasse, hors de portée. Mais il est évident, à voir ses bras et ses jambes tordus ainsi que ses cheveux blonds maculés de sang, qu'il n'y a plus rien à faire pour elle.

Tout le monde est rentré au chalet, encore en état de choc, lorsque la grêle se met à tomber.

Une fois l'orage passé, la pluie continue à tomber abondamment. Nous savons qu'il est inutile de songer à descendre, car on n'irait pas loin par un tel temps.

— Je pourrais descendre seul et appeler du secours, dit David.

Mais Myriam fond en larmes et se jette sur lui.

— Ne me laisse pas ! S'il te plaît, ne me laisse pas !

À mes côtés, je sens Chloé qui se raidit. Je remarque aussi que Martial foudroie David du regard tandis que celui-ci caresse doucement les cheveux de Myriam en lui murmurant des mots de réconfort à l'oreille. Myriam finit par s'asseoir, mais sans lâcher David, qui ne fait rien pour échapper à son étreinte.

— Je ne vous laisserai pas si vous n'êtes pas d'accord. Je voulais seulement que vous sachiez que c'était une possibilité. Si on avait besoin de secours, je pourrais descendre sans trop de problèmes. Mais il n'y a pas d'urgence, hein ? Cette pluie ne durera pas toujours. Quelques heures ou même quelques jours de plus ne feront aucune différence pour la pauvre Laura.

Quelque temps après le dîner, Chloé se dirige vers la porte lorsque David l'arrête.

— Où vas-tu ?

— D'après toi ?

— Je ne pense pas que ce soit une bonne idée de

sortir seule. Avec ce qui est arrivé à Laura…

— Tu crois que la personne qui l'a tuée pourrait essayer de s'en prendre au reste d'entre nous ?

— Je n'ai pas dit que Laura avait été tuée. C'était peut-être un accident.

— On ne fait pas une chute pareille en plein jour ! proteste Chloé. Tu sais comme moi que Laura a été assassinée. Et tu sais aussi pourquoi.

David se dirige rapidement vers elle.

— Arrête, Chloé, dit-il tout bas. On a déjà assez d'ennuis comme ça. Attends au moins d'être en bas avant de dire des choses que tu pourrais regretter.

Je vois que Chloé tente de tenir tête à David. Mais lorsqu'il lui touche doucement l'épaule, Chloé hoche la tête et s'éloigne.

— Je n'en ai pas pour longtemps.

— Je t'accompagne, dit Myriam avant que j'aie pu ouvrir la bouche.

Martial ne dit rien, mais il se lève et suit les deux filles.

Ils sont partis depuis un bon moment lorsque Martial fait irruption dans le chalet avec Myriam dans les bras, suivi de près par Chloé. Myriam est blanche comme un drap.

— Qu'est-ce qui s'est passé ? demande David en se précipitant vers Martial pour le libérer de son fardeau.

Myriam ouvre les yeux et semble sur le point de parler, mais elle perd connaissance.

— Apportez-moi la bouteille d'eau et une couverture, ordonne David en posant Myriam sur un matelas pneumatique.

La jeune fille bat des paupières et essaie de s'asseoir au bout de quelques secondes, mais David l'en empêche.

— Vas-y doucement.

Il se tourne vers les deux autres.

— Qu'est-ce qui est arrivé ?

— Chloé a frappé Myriam à la tête, déclare Martial avec colère.

— C'est un mensonge, dit Chloé.

— As-tu vu ce qui s'est passé ? demande David à Martial.

— Non, mais c'est évident. Elle est tellement jalouse qu'elle ne peut pas supporter de voir que tu prêtes attention à une autre fille.

— Je veux seulement des faits, Sherlock. Je croyais que tu les accompagnais pour garder un œil sur elles.

Le visage rond de Martial rosit.

— Bien… euh… elle était en train de… J'ai laissé les filles seules le temps d'aller me soulager.

David se tourne vers Chloé.

— Qu'est-ce que tu as vu ?

Chloé se mordille la lèvre.

— Myriam et moi, on a entendu du bruit dans les buissons. Puis, quelqu'un a appelé mon nom. J'ai été partie quelques secondes seulement ! Quand Myriam s'est mise à gémir, je suis retournée où j'étais et je l'ai trouvée par terre. Il y avait une roche ensanglantée à côté d'elle.

David se penche au-dessus de Myriam.

— As-tu vu quelqu'un ? Te souviens-tu de ce qui s'est passé ?

— Après que Chloé m'a laissée seule, j'ai entendu des pas. J'ai cru que c'était elle qui revenait. Mais avant que j'aie pu me retourner, j'ai reçu un terrible coup sur la tête.

Elle frémit et ferme les yeux.

— Tu n'as pas entendu qui que ce soit crier le nom de Chloé, hein ? Bien sûr que non, dit Martial. Moi non plus. On n'a rien entendu parce que personne ne l'a appelée. Myriam a entendu les pas de Chloé juste avant qu'elle ne la frappe.

Un lourd silence plane lorsqu'il s'interrompt. Je n'arrive pas à croire que David ne la défend pas.

— C'est ridicule ! dis-je. Chloé n'a tué personne !

— Je sais qu'elle est ton amie, dit Catherine, mais tu dois voir la vérité en face. Elle s'en tirera peut-être en plaidant la folie passagère. Autant avouer tout de suite, Chloé. C'est toi, la meurtrière. Laura et toi êtes sorties du chalet tôt ce matin ; vos sacs de couchage étaient vides. Mais tu es revenue seule. Puis, tu t'absentes quelques minutes avec Myriam qui se fait assommer. Qui d'autre que toi pourrait être le coupable ?

— Tu oublies Martial, dis-je.

— Pourquoi voudrait-il faire du mal à la fille qu'il aime ?

— Il est peut-être furieux contre elle. Il ne l'a

pas tuée, après tout. Et il n'était pas amoureux de Laura.

— Arrête, Olivia! s'écrie Chloé. Martial n'a pas tué Laura, et moi non plus. C'est Jennifer, l'assassin! Elle m'aurait tuée aussi si je ne m'étais pas débattue. Je n'ai pas voulu lui faire de mal, mais elle me harcelait en me poursuivant sur le sentier et en me racontant d'horribles choses. Elle disait que David et elle riaient de moi… Je savais que ce n'était pas vrai, mais elle a continué jusqu'à ce que je perde la maîtrise de moi-même. Je voulais qu'elle arrête. Je l'ai poussée sans me rendre compte qu'elle était tout près du bord… Je…

Chloé parle d'une voix hésitante en se dandinant d'une jambe sur l'autre, comme si c'était elle qui avait été assommée.

— Mais je ne l'ai pas tuée, puisqu'elle n'était plus là quand on est arrivés.

— Jennifer n'a jamais été là, sauf dans ta tête, dit Catherine. Quand tu as vu Laura se lever, tu l'as suivie. Peut-être que tu voulais seulement lui parler, mais elle t'a dit quelque chose de méchant et tu l'as poussée. Pourtant, ça n'a pas réglé ton problème. Tu es encore terriblement jalouse et tu as profité du fait que vous étiez seules pour t'en prendre à Myriam.

— Non.

La voix de Chloé n'est qu'un pauvre murmure sans conviction. Les larmes roulent sur ses joues tandis qu'elle secoue la tête, anéantie.

J'essaie de la réconforter, mais elle refuse que je

la touche. Je vais m'asseoir près de la porte et je regarde la pluie tomber.

Tous les autres semblent croire l'interprétation de Catherine. À part moi, bien sûr. Je ne peux pas imaginer mon amie complotant de tuer Laura et d'attaquer Myriam. Ça n'a pas de sens. Mais qui pourrait vouloir tuer Myriam ?

Lorsque je me retourne, mon regard tombe sur Martial, assis tout près de Myriam. Celui-ci aurait-il pu agir par jalousie ? Peut-être qu'il n'a jamais eu l'intention de tuer Myriam. Il souhaitait peut-être seulement la blesser pour pouvoir s'occuper d'elle. Par ailleurs, il n'avait aucune raison de tuer Laura. Mais qui a dit que les tueurs en série ont besoin d'un motif ?

Il l'a peut-être assassinée seulement parce qu'elle se trouvait là au mauvais moment. Un frisson me parcourt quand je me rappelle avoir rencontré Martial tandis que nous cherchions Jennifer. Et si celle-ci, sonnée ou blessée après sa chute, avait été sa première victime ?

J'en conclus que, qui que soit le tueur, qu'il s'agisse de Jennifer, cachée quelque part dans la montagne, guettant l'occasion d'éliminer ses rivales, ou de Martial, ou de toute autre personne, nous sommes tous en danger.

* * *

David semble avoir tiré la même conclusion que moi. Dès que la pluie cesse, il annonce qu'il est temps de rentrer.

— Le sentier sera glissant. Mais si nous sommes prudents, tout ira bien. Je crois qu'il est préférable de partir tout de suite au lieu d'attendre à demain. Si la pluie reprenait, ce serait carrément dangereux de tenter de descendre. Certaines parties du sentier pourraient être emportées. Je veux que vous vous mettiez deux par deux. Je ne veux voir personne marcher seul. J'irai d'un groupe à l'autre pour voir comment vous vous en tirez.

Nous n'avons plus rien du groupe joyeux et insouciant que nous formions hier. Nous sommes silencieux, effrayés, soupçonneux… et plus que onze.

Même s'il ne pleut plus, l'air est humide et semble annoncer d'autres averses. Nous portons tous nos imperméables. Mis à part David, qui est vêtu d'un imper orange fluo, les garçons sont habillés de couleurs foncées : Martial, Yves, Jean et Richard sont en bleu marine, tandis que Grégory est en vert. Catherine porte un imper identique à celui de son frère, mais les autres filles ont opté pour des couleurs plus claires. Il me vient à l'esprit qu'on doit ressembler à des fleurs ou à des œufs de Pâques : Myriam est vêtue de rose, Fabienne, de jaune, tandis que Chloé et moi portons des impers lavande assortis achetés en solde.

Lorsque nous amorçons notre descente, je traîne un peu derrière dans le but de fermer la marche avec Chloé. Mais celle-ci me fait clairement comprendre qu'elle n'a pas envie de parler.

— Regardons où nous mettons les pieds si on

veut rentrer saines et sauves, dit-elle.

Elle a raison. Le sentier est dangereusement glissant. Si la montée a été difficile, la descente, elle, est terrifiante.

De plus, je me sens très vulnérable derrière tous les autres. J'ai pourtant insisté pour que Chloé passe devant en me disant que je pourrais peut-être la défendre si Jennifer était la meurtrière. Mais maintenant, j'ai les épaules endolories à force d'anticiper un éventuel coup par-derrière.

Nous marchons pendant près d'une heure en n'échangeant que quelques mots. Puis, David surgit dans une courbe pour voir si tout va bien.

— Bien sûr, dit Chloé. Tu n'as pas besoin de nous surveiller.

— Ça fait partie de mon travail de m'assurer que tout le monde rentre sain et sauf.

— Eh bien ! moi, je n'ai pas besoin de ton aide.

Elle lui lance un regard rempli de haine et passe près de lui en se faufilant sur l'étroit sentier.

— Et toi, Olivia ? Est-ce que tu préfères te débrouiller seule ?

— Non. J'aimerais bien que tu me donnes un coup de main.

Il s'approche lorsque je lui souris.

— Tu sais, jusqu'à il y a quelques secondes, j'aurais juré que tu ne m'aimais pas, dit-il.

— Je suis inquiète à propos de Chloé.

— Ah ! tu ne veux pas qu'on croie que tu t'intéresses au *chum* de ta meilleure amie ?

Il ne se gêne pas pour me toucher.

Je me dégage prudemment, consciente que nous sommes sur un sentier abrupt.

— Non, David. Je suis immunisée contre ton charme. C'est juste que je ne veux pas qu'il arrive un malheur à Chloé.

— Elle me plaît beaucoup, mais…

— Mais c'est là le problème. Les filles qui te plaisent se font attaquer. Ou même tuer.

— Où veux-tu en venir ?

— Pourquoi as-tu prétendu que Jennifer était en fauteuil roulant ? Est-ce qu'elle a déjà fait quelque chose de ce genre auparavant ? Ou a-t-elle menacé de le faire ? Qu'est-ce que tu cherches à cacher ? Tu ne te rends pas compte que ça pourrait faire de toi le complice d'un meurtre ?

J'ai le souffle coupé lorsqu'il m'agrippe. Son visage est tout près du mien.

— Il n'y a pas eu de meurtre ! Jennifer n'a jamais tué personne ! Ça lui arrive de s'énerver un peu, mais c'est parce qu'elle m'aime. Ce n'est pas un crime ! C'est vrai, j'ai menti au sujet du fauteuil roulant. Je croyais que Chloé mentait, mais…

— Mais quand Laura est morte, tu as dû penser que…

— Jennifer serait incapable de tuer qui que ce soit, dit-il avec désespoir. Je ne la couvrirais pas si… C'était un accident. J'en suis sûr. Ça arrive, parfois.

— Surtout quand tu es dans les parages, dis-je.

David semble en avoir assez entendu. Il s'éloigne sans se retourner.

Je reste plantée là durant un moment, secouée. Je viens à peine de recommencer à marcher lorsque je ressens une vive douleur dans le dos. Je trébuche et manque de tomber, mais je retrouve mon équilibre juste à temps.

Une pierre roule sur le sentier. Je lève les yeux.

Le sommet de la montagne est toujours enveloppé de nuages. Mais plus bas, contrastant avec le roc gris et la végétation vert foncé, une tache lavande attire mon attention.

Mon cœur se serre et les idées se bousculent dans ma tête.

— Chloé ? dis-je d'une voix rauque.

Je répète, plus fort, cette fois :

— Chloé !

Une silhouette s'avance lentement parmi les rochers et la bruyère. C'est une fille vêtue d'un imperméable lavande comme le mien. Elle a mis son capuchon et je ne distingue pas bien son visage. Mais mon cœur qui bat comme un fou me dit qu'il s'agit de Chloé. Les autres avaient raison. Il n'y a personne d'autre dans la montagne.

Chloé lance une autre pierre qui m'atteint au bras. J'ignorais qu'elle visait si bien. Je pousse un cri de douleur et de frayeur.

— Chloé ! Arrête ! C'est moi, Olivia. Je suis ton amie ! Tu sais que je ne te ferais jamais de mal !

Elle a dû nous voir, David et moi, alors que quelques centimètres seulement séparaient nos visages. Cependant, elle n'a pas pu lire la haine dans les yeux de David, ni entendre les mots que nous avons échangés.

Chloé se penche pour ramasser un autre projectile. Je me colle contre la paroi rocheuse. Je m'enfuirais s'il s'agissait d'un étranger, mais Chloé est mon amie. Je dois essayer de la raisonner.

— Tu ne peux pas tuer tout le monde à qui il parle ! Réfléchis un peu. Si tu dois tuer quelqu'un, c'est lui !

Elle se redresse et s'élance. Cette fois, je n'ai pas le choix. J'avance péniblement en glissant sur le sentier, presque à quatre pattes. J'entends la pierre qui heurte le roc juste au-dessus de ma tête. Je continue ma descente, moitié rampant, moitié dégringolant.

Le sentier devient plus abrupt, plus étroit et plus dangereux. Mais grâce à une suite de virages, je suis maintenant hors de portée de Chloé. Il lui faudra descendre sur le sentier pour me rejoindre. D'ici là, j'aurai peut-être le temps de rattraper David ou les autres.

Ma voix tremble lorsque je hurle :

— Au secours !

Au tournant d'un virage, j'arrive nez à nez avec Chloé.

Je pousse un cri.

Chloé me fixe, hébétée. Elle ne porte pas son capuchon. Son visage familier est rongé par l'inquiétude.

— Je t'ai entendu m'appeler. Qu'est-ce qui ne va pas ?

Je reste bouche bée. Chloé fronce les sourcils en regardant par-dessus mon épaule.

— Qui est derrière toi ?

— Quelqu'un a crié ? demande David qui surgit derrière Chloé.

Celle-ci se plaque contre la paroi rocheuse et m'attire vers elle pour laisser passer David.

— Qu'est-ce qu'il y a ? demande le moniteur.

Puis, il l'aperçoit.

Une jeune femme vêtue d'un imperméable lavande marche d'un pas rapide sur le sentier. Elle tient une pierre dans chaque main. Son joli visage pâle paraît dénué de toute expression.

— Jennifer, souffle David.

En le voyant, celle-ci est transformée. Ses doigts crispés se détendent et laissent tomber les pierres qui roulent sur le sol. Un doux sourire se dessine sur ses lèvres et illumine son regard.

— Mon amour ! s'écrie-t-elle.

Elle se met à courir.

David s'avance et ouvre les bras pour l'attraper. Je crois qu'il s'attend à ce que leurs retrouvailles mettent un peu de baume sur les cœurs meurtris après cette journée misérable. Ç'aurait pu être le cas s'ils avaient été dans un pré, et non sur une saillie boueuse à flanc de montagne. Jennifer a-t-elle oublié où elle se trouve ? Ou son dernier geste est-il délibéré ? Elle court à toutes jambes et se jette sur

David. Sur le coup, le jeune homme vacille. Il aurait pu retrouver l'équilibre, mais Jennifer ne lui en laisse pas la chance. Elle continue à se presser contre lui jusqu'à ce qu'il bascule dans le vide. Je crois qu'elle l'embrassait toujours tandis qu'ils plongeaient vers la mort, ses lèvres plaquées sur celles de David dans un dernier baiser.

REMUE-MÉNINGES

David Belbin

Le centre commercial est sur le point de fermer. Les lumières des boutiques chères sont tamisées ou éteintes. Lorsque le dernier employé d'entretien quitte l'édifice en ce début de soirée plutôt sombre, cinq silhouettes convergent vers l'entrée. Chacune d'elles tient un carton d'invitation blanc à en-tête.

Les cinq personnes se considèrent avec un mélange de méfiance et de connivence. Tandis qu'elles avancent dans le couloir étincelant de propreté, chacune d'elle a une lueur de doute au fond des yeux. Elles se précipitent toutes dans l'ascenseur, comme si elles craignaient qu'il ne revienne plus.

Elles n'osent pas se regarder, encore moins se parler. Pourtant, elles ne peuvent pas s'empêcher de respirer. La femme la plus âgée, venue directement de son travail, dégage une vague odeur de savon antiseptique. Le plus costaud des deux hommes sent la bière ; l'autre, l'après-rasage. Enfin, les deux femmes qui restent portent des parfums fraîchement appliqués aux notes subtiles. L'un des parfums est beaucoup plus cher que l'autre, mais peu de gens pourraient faire la différence. Ces femmes, elles, le peuvent.

Ils sentent aussi autre chose lorsque l'ascenseur s'arrête au sous-sol et que les portes s'ouvrent pour les laisser sortir. Il s'agit d'une odeur particulière qu'ils savent tous reconnaître ; même ceux qui ne l'ont jamais sentie auparavant. Celle de l'avidité.

Presque en face de l'ascenseur se trouve une succursale de la maison *Beaudry et frères*, l'un des magasins les plus huppés de la ville. Les cinq personnes poussent un soupir de soulagement en constatant que le magasin est encore entièrement éclairé. Un gardien en uniforme et coiffé d'une casquette rouge leur ouvre la porte et recueille leurs cartons d'invitation. Chacun se réjouit intérieurement lorsque la porte est verrouillée derrière eux. Cela signifie que personne d'autre ne viendra. Ils ont l'endroit tout à eux.

À l'intérieur du magasin, ils cherchent des yeux la personne qui viendra les accueillir. Peut-être leur offrira-t-on une coupe de champagne. En attendant, ils commencent à arpenter les allées et à examiner la marchandise.

Trois d'entre eux s'attardent sur certains articles. Le plus costaud des hommes et la plus jeune des femmes paraissent moins à l'aise, comme s'ils étaient des voleurs à l'étalage qui tentent de déterminer combien d'articles ils peuvent mettre dans leurs poches.

Martin, un jeune homme trapu en vêtements de travail, saisit un agenda électronique. Il le remet à sa place en se disant qu'il ne s'agit pas d'un article assez coûteux. Isabelle, une femme d'âge indéterminé à l'air brillant mais aux traits tirés, contemple une montre Cartier. «Elle est trop chic pour le travail, se dit-elle, et ne devrait être portée qu'en de grandes occasions.» Pierrick, un homme mince habillé de couleurs vives, examine un globe terrestre dont le socle est en acajou tout en se demandant s'il irait bien sur son bureau. Paule, une jeune blonde au teint resplendissant, est penchée au-dessus du comptoir de bijoux. Hélène, qui est un peu plus âgée qu'elle, mieux habillée et, dans un certain sens, plus jolie, la rejoint.

— J'aime ton parfum, dit Paule. C'est *Chanel*?

Hélène fait signe que oui et désigne les bracelets, dont les étiquettes comptent quatre ou cinq chiffres.

— Crois-tu qu'on a le droit de les prendre? demande-t-elle.

— Sur le carton, c'était bien écrit *n'importe quel article en magasin*, répond Paule.

— Est-ce que tu as l'habitude de venir ici? demande Hélène.

— Tu veux rire! Un jour, j'ai acheté des boutons de manchette à mon père dans une de leurs succursales. C'est probablement comme ça qu'on a eu mes coordonnées.

Martin, qui a opté pour l'ensemble de cinéma maison, essaie d'engager la conversation avec

Isabelle. Celle-ci est grande et mince. Elle a le nez étroit et ses longs cheveux bruns sont noués dans son dos. Ce n'est pas le genre de fille qui l'attire habituellement, mais il n'est pas difficile.

— T'as trouvé quelque chose qui te plaît? demande-t-il.

Isabelle pose la montre et hausse les épaules.

— C'est étonnant qu'il n'y ait personne pour nous recevoir, dit-elle.

— Il y avait quelqu'un à la porte. Je suppose qu'il veut nous laisser jeter un coup d'œil.

— Oui, dit Isabelle poliment.

Martin continue à parler; s'il comprenait le langage du corps, il se rendrait compte qu'Isabelle ne veut rien savoir de lui, ni d'aucun autre homme, d'ailleurs.

— J'ai jamais rien gagné de ma vie. J'ai failli perdre connaissance quand j'ai reçu l'invitation. Imagine! *Choisissez n'importe quel article en magasin.* C'est ce que j'appelle une excellente façon de célébrer un centième anniversaire! J'ai jamais rien acheté ici, mais je suis déjà venu faire des livraisons. Crois-tu que monsieur Beaudry sera là? Il est peut-être dans le bureau avec les représentants des médias.

À ces mots, Isabelle a un frémissement de dégoût. Elle se retourne juste à temps pour voir Pierrick désigner l'ascenseur dans lequel ils sont descendus.

— Vous avez vu ça? La lumière s'est éteinte.

— C'est probablement une mesure d'économie énergétique, dit Hélène.

— Quelqu'un devrait déjà être là pour nous donner des directives, observe Paule. On nous demandait d'être ici à dix-neuf heures précises. Ou peut-être qu'il suffit de choisir ce qu'on veut et de partir.

— Je crois pas, dit Martin en essayant d'ouvrir la lourde porte en verre. C'est verrouillé.

— Ils sont peut-être à l'arrière du magasin, suggère Pierrick avec optimisme.

Il tente d'ouvrir les portes qui donnent sur l'arrière-boutique, mais sans succès.

— Est-ce que tout le monde a reçu le même carton ? demande Hélène avec un peu d'impatience. *Vous avez gagné un tirage spécial. Dans le cadre des célébrations du centenaire de notre maison, vous êtes invité(e) à venir choisir un cadeau.*

— Même chose, confirment les autres.

— Je suis certaine que quelqu'un nous rejoindra d'un instant à l'autre.

Tandis qu'ils attendent, Isabelle continue à faire le tour du magasin. Pierrick parle ordinateurs avec Hélène. Martin fait un brin de causette avec Paule, ignorant qu'elle ne sort qu'avec des hommes qui pratiquent la même religion qu'elle. Voyant que cette conversation ne le mène nulle part, il se met à la recherche des toilettes. Il a bu quelques bières pour fêter l'événement et sa vessie est sur le point d'éclater. Cependant, il n'en trouve pas.

Au bout de quelques minutes, Hélène se dit que

Pierrick est d'un ennui mortel. Elle se réfugie derrière le comptoir et s'empare d'un sac.

— Excusez-moi, dit-elle aux autres, mais regardez ce qui est écrit sur le sac : *Depuis 1876*. Le centième anniversaire est passé depuis des décennies !

Tandis que les cinq invités se regardent, une nouvelle odeur semble flotter dans l'air confiné du magasin : celle de la peur.

— On sera peut-être encore ici mardi, annonce Martin. Les commerçants ont décidé de fermer leurs portes pendant deux jours pour la fête du Travail.

— Est-ce que quelqu'un a un téléphone cellulaire ? demande Pierrick. J'ai laissé le mien chez moi.

Personne ne répond.

— Est-ce que c'est un téléphone, là ? demande Paule en pointant l'index vers le comptoir.

Isabelle court vers l'appareil et s'empare du combiné. Elle appuie sur les touches avec frénésie, mais la frustration et le désespoir se lisent sur son visage.

— Je crois que c'est un interphone, dit-elle en raccrochant. Mais... attendez.

— Quoi ? demande Hélène.

— Regardez.

Isabelle saisit plusieurs enveloppes qui ont été glissées sous l'appareil.

— Je crois qu'elles nous sont adressées. Y a-t-il une Hélène Carpentier ici ?

— C'est moi.

— Pierrick Breton. Docteur I. Rouleau, c'est moi. Paule Simard. Martin Grenon.

Le soulagement se lit dans leurs yeux. Peut-être qu'ils ne sont pas pris au piège, après tout. Ils finiront bien par avoir leur prix. Ils lisent la lettre.

Je suppose que vous vous demandez pourquoi vous êtes là. Laissez-moi vous expliquer. Vous avez tous quelque chose en commun, et ce n'est pas que vous avez gagné le tirage de la maison Beaudry et frères. *Vous êtes là parce que chacun de vous m'a fait du tort.*

Comment ? Tu as peut-être utilisé la force contre moi quand on était à l'école. Ou peut-être n'as-tu rien fait pour me protéger de ceux qui voulaient le faire. À cause de toi, je n'ai pu terminer un baccalauréat que j'avais commencé à l'université. Tu n'as peut-être pas retenu ma candidature pour un emploi dont j'avais grandement besoin. Peut-être qu'en m'apercevant sur le trottoir, tu as traversé la rue pour ne pas me parler. Tu pensais que je ne m'en étais pas rendu compte, mais j'ai tout compris. Et j'ai eu mal.

Nous avons peut-être été amoureux l'un de l'autre ; mais tu as agi de façon si cruelle que j'ai été incapable de créer des liens durables avec qui que ce soit depuis. Tu m'as donné ton amitié, puis tu me l'as retirée. Quand j'ai touché le fond, tu n'as pas répondu à mes appels. Pire encore, j'ai été un sujet de plaisanterie pour toi et tes amis, jusqu'au jour où tu n'as plus du tout pensé à moi. Tu m'as peut-être fait du mal de plusieurs façons.

Tu ne te souviens pas de moi, n'est-ce pas ? Ce n'est pas grave. Aujourd'hui, je prends ma revanche. Tu devras deviner qui je suis. Si, tous ensemble, vous arrivez au même nom sans vous tromper, je vous libérerai. Sinon, vous resterez ici jusqu'à mardi.

Votre séjour ne sera pas très agréable. Il n'y a rien à manger ni à boire. Il n'y a pas de toilettes ni d'endroit pour dormir. Vous vous sentirez malades. Mais soixante heures d'inconfort, c'est un prix minime à payer pour toute la douleur que vous m'avez infligée.

Ne songez pas à vous enfuir, ce serait une perte de temps. À force de chercher, j'ai décroché un emploi de gardien de sécurité au centre commercial. J'ai même les clés de la maison Beaudry et frères. *Vous ne pouvez pas entrer en contact avec moi. Je me trouve dans un des bureaux à l'arrière du magasin et je vous regarde lire cette lettre grâce à une caméra de surveillance. J'ai installé des micros et j'entends tout ce que vous dites. Les autres gardiens de sécurité sont en congé pour le reste de la fin de semaine. Nous ne serons pas dérangés.*

Vous ne vous souvenez pas de moi, n'est-ce pas ?

Faites un effort. Votre vie en dépend.

Quand ils ont fini de lire, ils se regardent tous.

— La dernière ligne, commence Hélène. Croyez-vous que c'est une menace?

— Sans nourriture ni eau pendant une soixantaine d'heures, répond Isabelle, la mort est toujours une menace. Il n'y a pas de chauffage non plus. Il y aussi un risque de...

— Ne soyez pas aussi pessimistes, l'interrompt Pierrick. Il s'agit sûrement d'une plaisanterie. Ce gars-là est...

— Qui a dit que c'était un homme? demande Isabelle. Il n'y a rien dans cette lettre qui indique le sexe de son auteur. D'après moi, c'est la personne qui nous a fait entrer qui est derrière tout ça. Est-ce que l'un d'entre vous l'a regardée attentivement?

Personne ne l'a fait.

— Le gardien peut très bien être une femme, poursuit Isabelle. Elle peut avoir remonté ses cheveux dans sa casquette. Tout ce dont je me souviens, c'est que cette personne est de grandeur et de poids moyens.

— Mais comme il y a trois femmes et deux hommes ici, dit Hélène, ne croyez-vous pas qu'il doit s'agir d'un homme?

— Au contraire, intervient Paule. Si l'auteur de la lettre est une femme, il y a des chances que les personnes qui lui ont nui soient aussi des femmes.

— Je crois qu'elle a raison, renchérit Martin. Un homme n'aurait pas écrit ce genre d'absurdités: *J'ai été incapable de créer des liens durables...*

— Ça dépend des hommes, rétorque Hélène d'un ton acerbe.

— Écoute-la, marmonne-t-il à Pierrick. Vieille fille prétentieuse !

— Je propose qu'on réfléchisse pour voir si nous parvenons à identifier rapidement cette personne, dit Hélène. De toute évidence, il s'agit de quelqu'un de déséquilibré. Ça peut nous aider à trouver.

— Je crois qu'on devrait faire très attention à ce qu'on dit de notre geôlier, fait remarquer Paule. Il ou elle nous écoute probablement.

— Tu as raison, approuve Hélène.

* * *

Pendant quelques minutes, personne ne parle. Chacun fait le tour du magasin en espérant trouver un moyen d'en sortir. Cette succursale de *Beaudry et frères* est certainement l'une des plus petites. Et, comme le disait l'auteur de la lettre, il n'y a aucune autre sortie.

Les portes et les vitrines sont probablement faites de verre conçu pour résister aux balles. Lorsque Martin lance une chaise en métal contre la porte, celle-ci reste intacte. Quant à la porte à deux battants à l'arrière du magasin, impossible de la forcer. Il n'y a aucune prise d'air, aucune bouche d'égout et aucun faux mur pouvant être défoncé.

Ils sont bel et bien pris au piège.

* * *

— Je crois qu'on devrait faire ce qu'on nous

demande dans la lettre, dit Pierrick.

Les autres approuvent à contrecœur.

— Ce ne sera peut-être pas long, dit Martin.

— Parlons un peu de ce que nous faisons, suggère Pierrick. Je travaille dans le domaine de l'informatique. Je dirige une petite compagnie et le personnel change souvent. Il s'agit peut-être de quelqu'un que j'ai congédié.

— Je suis camionneur, dit Martin. Je suis à l'emploi de la compagnie de transport *Appalaches*. J'ai jamais congédié qui que ce soit, mais j'ai eu bien des blondes.

— Je suis psychiatre, déclare Isabelle. J'ai des centaines de patients.

— Je suis commis dans une banque, marmonne Paule. Je n'accorde pas de prêt. Je n'ai aucun pouvoir. Je crois que je suis ici par erreur.

— Quel âge as-tu ? lui demande Hélène.

— Presque vingt-trois ans. Pourquoi ?

— Parce que la personne qui nous retient ne cherche sûrement pas à se venger de quelqu'un de beaucoup plus jeune qu'elle. Moi, j'ai vingt-sept ans. J'enseigne la sociologie à l'université.

Isabelle a vingt-huit ans, comme Martin. Pierrick en a vingt-six.

— Nous avons une bonne idée de son âge, dit Hélène. Il doit avoir entre vingt-deux et vingt-huit ans. C'est un début. Maintenant, il faut trouver des noms.

— C'est embarrassant, gémit Isabelle. Je n'ai

pas envie de partager ma vie privée avec de parfaits étrangers.

— Tu as une meilleure idée ? demande Hélène. De toute façon, on ne se reverra plus jamais. Plus on sera francs, plus vite on sortira d'ici. Je peux commencer, si vous voulez. J'enseigne depuis deux ans seulement, mais je me souviens de deux étudiants qui ont échoué et qui me tiennent peut-être responsable de leur échec. Il s'agit de Simon Arpin et de Jeanne Cohen. Ça vous dit quelque chose ?

Personne ne répond.

— J'ai cassé avec une fille qui s'appelle Mélanie, admet Pierrick. Mélanie Gouin. Elle l'a très mal pris. Mais c'était il y a dix ans.

Personne ne reconnaît ce nom.

— Est-ce que je peux faire une suggestion ? demande Paule. Chacun de nous dresse une liste de noms. Ensuite, on compare nos listes pour voir si un nom revient plus d'une fois.

— Génial ! dit Hélène.

— Qui a du papier ? demande Pierrick.

— On peut utiliser les sacs, dit Isabelle.

Quand ils ont trouvé assez de crayons pour tout le monde, les cinq prisonniers se mettent au travail. Certains écrivent plus vite que d'autres. Au bout de quatre noms, Paule ne sait plus qui ajouter. Il doit bien y avoir quelqu'un qu'elle a laissé tomber. Mais qui ?

Martin dresse une liste qui compte une douzaine de noms, en majorité ceux de ses anciennes blondes. Cependant, il a du mal à se rappeler les noms de famille, surtout ceux des gars qu'il a tabassés quand il allait à l'école.

Isabelle écrit calmement en grosses lettres bien nettes. Elle sait très bien qui sont ses ennemis : des rivaux au travail, des amants déchus, des filles qu'elle a snobées à l'école. Mais elle ne considère pas ses patients comme des ennemis. De toute façon, elle en a tellement qu'elle ne pourrait jamais se souvenir de leurs noms. A-t-elle laissé tomber quelqu'un ? Bien sûr. Dans son travail, c'est inévitable. On ne peut pas être disponible vingt-quatre heures sur vingt-quatre. Isabelle se soucie vraiment de ses patients. Mais elle est toujours à la course, stressée et si fatiguée...

Pierrick rédige sa liste lentement et tente de se rappeler les noms de ceux qui ont travaillé pour lui. L'ennui, c'est qu'il n'a pas la mémoire des noms. Il n'a pourtant pas congédié tant de gens que ça. Si quelqu'un d'autre mentionne un nom qu'il connaît, il saura qu'il s'agit de la bonne personne.

Hélène travaille rapidement. Elle n'enseigne pas depuis très longtemps et elle a retenu les noms de la plupart de ses étudiants. Elle inclut toutes les personnes avec qui elle a pu être en désaccord. Elle essaie de se souvenir des noms de ses ex et du prénom d'une fille avec qui elle s'est montrée cruelle à l'école.

Au bout d'une demi-heure, ils ont tous terminé. Hélène, qui a l'habitude de parler en public, commence à lire les listes.

— Si vous entendez un nom que vous connaissez mais qui ne figure pas sur votre liste, arrêtez-moi.

Hélène éprouve une certaine satisfaction tout en lisant. Avec une telle méthodologie, ils sont presque certains d'identifier leur geôlier. Elle espère seulement que celui-ci tiendra sa promesse et les laissera partir. Elle a rendez-vous avec son amoureux ce soir. Il s'inquiétera de ne pas la voir. Elle n'a dit à personne où elle allait.

— Richard Huot, Christine Malo, Sonia Comeau, Pierre Doré…

Les autres écoutent, les bras croisés, frissonnants. Il commence à faire froid dans le magasin. De temps en temps, quelqu'un demande qu'un nom soit répété.

— J'ai connu un Richard Beauregard.

— Celui-ci est âgé d'environ quarante-cinq ans.

— Celui que je connais doit en avoir trente.

La quatrième liste est celle de Pierrick. En la lisant, Hélène s'interrompt brusquement.

— Priscilla quelque chose. Ce ne serait pas Priscilla Jacques, par hasard?

— C'est ça.

— Ce nom est inscrit sur ma liste aussi.

— C'est une fille grande et maigre. Un peu gauchiste.

— Exactement.

— On a trouvé, alors, dit Martin. C'est sûrement elle. On lui dit.

— Non, proteste Isabelle. Il faut d'abord s'assurer qu'on la connaît tous. Ce nom ne me dit rien. Parle-nous d'elle, Pierrick. Pourquoi l'as-tu inscrite sur ta liste ?

— Elle voulait persuader les autres employés de mon entreprise de se syndiquer. Quand on a dû réduire le personnel, elle a été la première à être congédiée. Elle a logé une plainte au Tribunal du travail il y a quelques mois, mais j'ai gagné. Je suppose qu'elle m'en veut toujours.

— Et toi ? demande Isabelle à Hélène.

— Je lui ai enseigné. Elle a frisé l'échec à sa deuxième année d'études, car elle passait tout son temps à s'occuper de politique. À deux reprises, je lui ai donné un avertissement écrit parce qu'elle ne remettait pas ses travaux à temps et qu'elle manquait trop de cours. J'ai essayé de lui parler, mais elle ne voulait pas m'écouter. Je crois qu'elle a fini par partir d'elle-même, sachant très bien qu'elle allait échouer aux examens.

— Elle venait de Joliette, ajoute Pierrick.

Aucun des trois autres ne semblent la connaître.

— D'après sa description, c'est une féministe, dit Martin. Moi, je sors pas avec ces filles-là.

— Continuons, dit Hélène. Les autres noms sont…

Elle poursuit sa lecture. Peu à peu, certains se laissent aller aux confidences. Pierrick a trompé sa femme avec une fille appelée Chantal. Quand les autres lui demandent de la décrire, il avoue qu'il était trop ivre pour s'en souvenir. Martin, lui, a laissé tomber une Chantal. Paule admet avoir volé, quand elle était enfant, un sac de bonbons à un garçon qu'elle détestait et qui s'appelait Nicolas. Elle fait promettre aux autres de ne rien dire, comme si elle avait peur que le directeur de la banque la congédie en apprenant qu'elle a déjà volé.

Au cours de sa première année d'enseignement, Hélène a eu une aventure avec un étudiant prénommé Nicolas. Toutefois, il vient tout juste de recevoir une bourse d'excellence et ne semble pas lui en vouloir pour quoi que ce soit.

On apprend ensuite que Martin a mis enceinte une fille prénommée Patricia. Il ignore ce qu'elle est devenue, mais il pourrait très bien s'agir d'une patiente dont Isabelle se souvient. À l'école, Pierrick a déjà frappé un certain Philippe. Paule et lui finissent par conclure que ce n'est sûrement pas le même Philippe avec qui Paule a refusé de danser au *party* de Noël de la banque.

À deux heures du matin, épuisés, ils se mettent d'accord pour dormir. Mais ce n'est pas facile de trouver le sommeil. Les lumières sont toutes allumées. Le pot qui contenait un arbre japonais a été vidé pour servir de toilette. Son odeur emplit le magasin. Enfin, ils ont tous soif et froid. Ils mettent de côté leur pudeur et se blottissent les uns contre les autres pour se réchauffer. Les sacs de *Beaudry et frères* leur servent d'oreillers. Chacun dort par intervalles.

Deux fois, Paule et Pierrick entendent la sonnerie d'un téléphone au loin, mais ils se disent qu'ils ont dû rêver. Ils ne distinguent pas la voix qui répond.

— C'est exact, monsieur l'agent. Tout est fermé. Le patron ? C'est moi qui suis chargé de la surveillance du centre commercial. Oui, c'est vrai. Des clients sont restés après la fermeture chez *Beaudry*. Je ne sais pas combien. S'ils sont encore là ? Vous voulez rire ? Personne n'a la permission de rester après dix-neuf heures trente. Si j'ai vérifié ? J'ai tous les écrans devant moi. L'édifice est désert. Venez voir vous-même si ça vous chante.

Le geôlier avale une gorgée de chocolat chaud, puis s'allonge sur son lit de camp pour faire une sieste.

* * *

Rien n'indique que le jour s'est levé. Le magasin est toujours brillamment éclairé, mais froid. Paule et Isabelle sont les premières debout. Hélène est réveillée depuis quelques minutes déjà. Quand elle sent les autres bouger, elle essaie de se lever à son tour, mais elle réveille Martin en lui marchant dessus. Pierrick a une crampe et se lève d'un bond pour tenter de chasser la douleur.

D'un ton désinvolte qui donne froid dans le dos, Isabelle explique que tous doivent conserver leur urine. S'ils restent sans rien boire pendant quarante-huit heures encore, ils se déshydrateront et mourront. L'urine est pure et sans danger, leur assure-t-elle. Un après l'autre, les cinq prisonniers se glissent derrière le comptoir et emplissent de leur mieux les carafes à vin trouvées dans le magasin.

La journée du dimanche passe lentement. On dresse de nouvelles listes, mais aucun nom ne se répète. Pierrick est convaincu qu'ils seront bientôt secourus.

— Mon épouse sait où je suis, dit-il. Elle va sûrement appeler la police. On va venir nous chercher. C'est certain.

Les autres, qui vivent tous seuls, espèrent que Pierrick a raison. Mais à quel point sa femme l'aime-t-elle ? Assez pour persuader la police de faire ouvrir un centre commercial fermé pour deux jours ?

C'est Isabelle qui est malade la première, puis Martin. Ils ont tous le teint cireux. Paule finit par craquer. Elle s'approche d'une des caméras de surveillance et se met à crier.

— Laisse-nous partir ! On a joué à ton jeu stupide. Tu nous as rendus malades. Tu as gagné ! Je ne sais pas ce que tu me reproches, mais écoute-moi bien : je n'ai rien fait pour mériter un tel châtiment. Rien !

Elle se met à pleurer. Doucement, Hélène l'entraîne plus loin. Même s'il est encore tôt, Isabelle propose que tout le monde aille dormir. Ils sont tous fatigués et affaiblis en raison du manque de nourriture.

À quatre heures du matin, les cinq otages sont réveillés et se sentent atrocement mal.

— Recommençons, dit Hélène.

— Est-ce qu'on n'a pas déjà tout essayé ? gémit Martin.

— J'ai beaucoup réfléchi cette nuit. Consciemment ou inconsciemment, nous cachons tous quelque chose. Nous avons un point en commun. Sinon, on ne serait pas ici. Je veux que chacun de nous raconte le pire coup qu'il a fait à quelqu'un.

Les quatre autres échangent des regards furtifs. Isabelle, surtout, semble avoir du mal à accepter que cette femme plus jeune et plus jolie qu'elle prenne la situation en main. Hélène inspire profondément et commence à parler.

— Hier soir, je me suis souvenue d'un événement survenu il y a huit ans et dont je ne suis pas très fière. Il y avait un garçon qui tournait toujours autour de moi quand j'étudiais à l'université. Il était gentil, mais il ne m'attirait pas. Puis, mon *chum* m'a laissée tomber. Ce gars suivait le même cours que nous. Alors je l'ai invité à sortir avec moi. Il était ravi. Il ne s'est pas rendu compte que je l'invitais seulement pour rendre mon ex jaloux. Ç'a marché. Mon *chum* et moi, on a repris et j'ai cassé avec le gars. Il était atterré.

— Comment s'appelait-t-il ? demande Isabelle.

— Voilà le problème. Je ne m'en souviens plus. Je suis désolée.

— Est-ce que tu reconnaîtrais le nom si tu l'entendais ? demande Paule.

— Peut-être. Je ne sais pas. C'est à ton tour.

Paule secoue la tête.

— Je n'ai rien à dire. Je sais que ça paraît prétentieux, mais je ne suis pas une mauvaise personne. Je
ne me rappelle pas avoir fait du mal à qui que ce
soit.

Elle fait une pause.

— Tu veux savoir la seule chose dont je me sens
coupable ? J'ai manqué la messe aujourd'hui. C'est
la première fois que ça m'arrive depuis que j'ai cinq
ans.

Hélène constate que Paule ne s'adresse pas à elle,
mais bien à la caméra. Elle se tourne vers Martin.

— Et toi ?

Martin paraît troublé.

— Je me suis bagarré avec d'autres gars à
l'école. Mais c'était rien de grave.

— Elle t'a demandé de raconter le geste le plus
cruel que tu as posé dans ta vie, fait remarquer
Isabelle d'un ton cinglant.

Martin jette un coup d'œil autour de lui. Paule lui
lance un regard profondément méprisant. Il se dit
qu'il ne gagnera rien à cacher des choses.

— Un jour, en voiture, j'ai fait monter une fille
qui faisait du pouce. J'ai cru qu'elle était d'accord
pour… Elle a dit qu'elle ne voulait pas, mais je me
suis laissé emporter.

— Son nom ? demande Pierrick.

— Julie, Josée… Je ne me rappelle pas. Elle n'a
pas porté plainte. Elle savait que je ne l'avais pas…
J'ai seulement un peu perdu la tête.

Martin semble embarrassé pendant quelques instants, puis il regarde Pierrick d'un air furieux.

— C'est à toi.

Pierrick fixe le plancher sans dire un mot tandis que les autres l'observent.

— Je réussis assez bien, dit-il enfin. Je rencontre plein de gens. J'ai perdu contact avec la plupart de mes amis d'enfance. De temps en temps, certains d'entre eux viennent me demander du travail, mais j'ai un employé qui se charge de les recevoir.

— Accouche, l'interrompt Hélène. Quelle est la pire chose que tu as faite à quelqu'un ?

— Il n'y en a pas, insiste Pierrick. Si j'avais les dossiers devant moi, je pourrais vérifier des noms.

— Il doit bien y avoir quelque chose dont tu te souviens, dit Martin. Tout le monde a un secret bien gardé.

Pierrick s'agite. Il parle d'un ton hystérique.

— Très bien, dit-il. Qu'est-ce que vous voulez que je vous dise ? Je n'ai jamais tabassé qui que ce soit à l'école. C'est moi qui me faisais tabasser par des brutes comme vous. Je n'ai jamais pris une femme de force. J'ai eu seulement deux femmes dans ma vie et j'ai marié la première. Ce qu'on me reproche, je n'en sais rien ! O.K. ?

Le silence s'installe. Les cinq prisonniers respirent l'air vicié et fétide. Ce qui était un magnifique magasin de luxe deux jours auparavant est devenu un donjon dégoûtant et lugubre. Isabelle finit par prendre la parole.

— J'ai de la difficulté à m'engager dans une relation. Je fais des rencontres d'un soir dans les bars, mais ça ne va jamais plus loin. Un de mes amants fait peut-être une fixation sur moi, mais j'en doute. Je n'en vaux pas la peine.

— Et ton travail ? demande Pierrick. Tu dois te faire des ennemis, parfois.

— Tout le temps, répond Isabelle. Je commets des erreurs. Je suis humaine. Récemment, j'ai refusé d'admettre un patient. Il s'est suicidé le lendemain. Mais savez-vous à quel point c'est difficile de se faire interner de nos jours ? C'est moins long si on est un tueur en série que si on est suicidaire. Je n'ai pas pu mettre le doigt sur le problème de ce patient. Mais même si je l'avais fait, il n'y aurait peut-être pas eu de lit pour lui. Après tout, les suicides font économiser de l'argent aux gouvernements. Ce type a servi le système.

— Quel était son nom ? demande Paule.

— Je ne m'en souviens pas.

— Ce que tu viens de raconter me rappelle que j'ai fait quelque chose de mal, déclare Paule.

— Je croyais que ta religion l'interdisait, dit Martin avec sarcasme.

— En effet, dit Paule. Ce que j'ai fait s'appelle un péché par omission. J'attendais le métro il y a quelques semaines en revenant du travail. Je me trouvais près du tunnel. L'homme debout à côté de moi s'est jeté devant le métro. C'était horrible. J'ai dû témoigner à l'enquête du coroner.

— Mais ce n'était pas ta faute, dit Hélène.

— J'aurais pu l'arrêter. Je l'ai vu faire. D'autres gens aussi. J'aurais pu m'avancer et le tirer par la manche. Mais je ne l'ai pas fait. Je ne voulais pas être mêlée à cette affaire-là.

Ils restent tous silencieux.

— Tout ça ne nous mène nulle part, grogne Martin. On ne découvrira pas de qui il s'agit. On va tous mourir asphyxiés.

— Comment s'appelait le gars qui s'est suicidé? demande Isabelle à Paule.

— Ça n'a plus d'importance maintenant, hein? Ce n'est sûrement pas lui. Il est mort.

— Je suis curieuse.

— Son nom était Pierre Miller. Est-ce que c'est le patient que tu as refusé d'admettre?

Isabelle ferme les yeux. Elle a l'air épuisée.

— Peut-être, dit-elle en rouvrant les yeux.

— C'est lui, alors, dit Pierrick.

— En fait, dit Martin, je crois qu'il y avait un Pierre Miller dans ma classe. Il était maigre et il avait toujours le nez dans ses livres. Il se faisait tout le temps harceler. Il est parti au milieu d'une année scolaire.

— Le garçon avec lequel je suis sortie pendant seulement une semaine… dit Hélène doucement. Je pense qu'il s'appelait Pierre. C'était un jeune homme mince au menton tremblant, aux cheveux droits et aux yeux verts.

— C'est lui, dit Martin.

Paule et Isabelle acquiescent d'un signe de tête.

— Ça ne rime à rien, dit Pierrick d'un ton exaspéré. Paule a vu le gars se faire écrabouiller. Ça ne peut pas être lui… à moins que…

Il a soudain l'air hagard.

— Est-ce que tu connais Pierre Miller? demande Isabelle.

Pierrick fronce les sourcils. Lorsqu'il parle, on dirait la voix d'un enfant.

— Quand j'étais en cinquième secondaire, un gars est arrivé au milieu de l'année scolaire. On l'appelait Poire Miller. Il était brillant, mais lunatique. Tout le monde se payait sa tête, mais je m'entendais bien avec lui. Il m'aidait à faire mes travaux. Il s'est inscrit au cégep et on s'est perdus de vue. Il n'avait aucune raison de me garder rancune.

— Il ne t'a pas écrit pour te demander du travail? demande Paule.

Pierrick semble mal à l'aise.

— Je vous l'ai dit, ce n'est pas moi qui lis ces lettres.

— Mais qu'est-ce que ça donne de parler de lui? demande Martin. Ce gars-là est mort. Il ne peut pas être notre geôlier.

— Je crois que oui, dit Hélène lentement. Je ne sais pas comment, mais… Il ne peut pas s'agir d'une coïncidence. Nous connaissions tous cet homme et nous l'avons tous blessé d'une façon ou d'une autre.

— Mais je l'ai vu mourir! proteste Paule. Si c'est lui, alors…

— Dis-le, insiste Pierrick. Dis-le en notre nom à tous.

Sans parler, ils se placent côte à côte derrière Paule, qui s'adresse à la caméra.

— Nous croyons que tu es Pierre Miller.

Un bruit résonne à l'arrière du magasin. Une clé tourne dans la serrure et la lourde porte à deux battants s'ouvre.

Un homme en uniforme apparaît.

Ce n'est pas celui qu'ils s'attendaient à voir. L'homme est dans la cinquantaine, pas dans la vingtaine. Mais en l'apercevant, ils reconnaissent tous la personne qui les a fait entrer dans le magasin trente-cinq heures auparavant.

— Qui êtes-vous ? demande Paule.

— Mon nom est Pierre Miller.

Le gardien parle poliment.

— C'était aussi le nom de mon fils unique, ajoute-t-il. Vous m'avez vu à l'enquête du coroner, dit-il à Paule. Vous lui avez expliqué comment vous auriez pu empêcher la mort de mon fils si vous l'aviez voulu.

— Ça ne s'est pas passé comme ça, dit Paule.

— On dit toujours ça.

L'homme se tourne vers Isabelle.

— Vous avez accordé cinq minutes à mon garçon avant de juger que sa dépression pouvait être traitée à l'aide de quelques pilules. Vous êtes encore plus à blâmer qu'elle.

Isabelle ouvre la bouche pour parler, mais elle est

incapable de prononcer un mot.

— Quant à vous, dit monsieur Miller en se tournant vers Pierrick, vous étiez l'un des rares amis de Pierre. Lorsqu'il s'est abaissé à vous écrire pour vous demander du travail, vous n'avez même pas répondu. C'est comme si vous l'aviez conduit sur le quai de la station de métro.

Pierrick ne dit rien.

— C'est sûrement vous, poursuit l'homme en s'adressant à Hélène, qui lui avez fait le plus de peine. Il vous adorait, mais c'est tout juste si vous lui accordiez un regard. Puis, vous l'avez flatté, séduit et laissé tomber, tout ça en l'espace d'une semaine. Vous n'avez probablement pas remarqué que Pierre a abandonné ses études avant la fin de la session. Il a mis des années à s'en remettre. Il parlait encore de vous dans son journal intime une semaine avant sa mort.

Monsieur Miller fait une pause.

— Oui, continue-t-il. Mon fils écrivait son journal depuis l'âge de quatorze ans. À la fin, ses cahiers étaient presque tout ce qu'il lui restait. Je les ai tous lus après sa mort. Je voulais savoir pourquoi il était comme ça. Pierre se blâmait toujours. Il se mettait tout sur le dos.

De nouveau, il s'arrête un instant.

— Mais mon fils était intelligent, débordant d'imagination et talentueux. Je savais qu'il devait s'être passé des choses graves pour qu'il en arrive là. Au fil des pages de son journal, j'ai découvert qui étaient les personnes qui avaient contribué à gâcher sa vie ; pas parce qu'elles le détestaient, mais parce qu'elles se fichaient bien de lui. Vous étiez là, Martin, dès les premières pages. Vous le taquiniez, le tabassiez et le rabaissiez sans arrêt.

Quand il s'interrompt, Paule prend la parole.

— Vous nous blâmez pour la mort de votre fils, dit-elle, mais nous ne sommes sûrement pas les seuls à lui avoir fait du mal.

Pierre Miller secoue la tête.

— Non. Il y en avait beaucoup d'autres. Vous êtes ceux que j'ai réussi à retracer.

— Est-ce que c'est terminé ? demande Isabelle calmement. Est-ce qu'on peut partir ?

— Je vais tenir ma promesse, répond l'homme. Vous pouvez partir. Si vous choisissez de tout raconter aux policiers, ils me trouveront ici. Je suppose que j'ai commis un crime, même si je ne sais pas lequel. Je voulais que vous sachiez ce que vous avez fait à mon fils. Voilà pourquoi vous étiez réunis ici.

Ils restent tous silencieux. Leur geôlier se dirige vers les portes, les ouvre et s'en va. Quelques instants plus tard, les lumières de l'ascenseur se rallument. Dans sa cabine de sécurité, Pierre Miller regarde les prisonniers sortir du magasin d'un pas traînant et s'engouffrer dans l'ascenseur, l'air mélancolique.

Les cinq hommes et femmes n'échangent pas un mot ni un regard. Seule Paule songe à alerter la police. Elle doit d'abord en parler aux autres. Mais pour ça, il faudra qu'elle ouvre la bouche et qu'elle inspire. Et l'air dans l'ascenseur est fétide et insoutenable. Il porte les odeurs nauséabondes de cinq êtres humains séquestrés et privés de toilettes pendant deux jours.

Mais il y a autre chose qui flotte dans l'air. Une odeur qu'aucun d'entre eux n'oubliera jamais. Celle de la culpabilité.

L'ascenseur s'immobilise au rez-de-chaussée et ses portes s'écartent lentement. Sans un mot, les cinq personnes s'enfuient dans le matin gris à travers les rues désertes, chacune de son côté.

Dès qu'elle les aperçoit, Annick meurt d'envie d'être des leurs.

Elle veut remplacer Laurie, devenir l'amie de Vanessa et de Stéphane et, surtout, être celle que Robin aime.

Mais aussitôt qu'elle fait partie du groupe, Annick commence à comprendre qu'il y a quelque chose qui ne va pas. Il faut qu'elle se confie à quelqu'un, mais elle ne peut partager ses craintes avec ses nouveaux amis. C'est donc dans les pages de son journal intime qu'Annick se confesse, traçant ainsi, sans le savoir, le portrait de l'être monstreux qui mettra sa vie en danger.

*A*nnick voulait Robin. Elle voulait être la seule dans son cœur, la seule à partager ses secrets. Mais jamais elle n'aurait pu imaginer l'horrible vérité : le garçon de ses rêves et ses amis étaient responsables de la mort de Laurie Jacques.

À présent, Annick se sent autant coupable que ses nouveaux amis. Ensemble, ils ont commis un autre crime ; ils ont camouflé la mort de Laurie. Mais leur plan n'est pas à toute épreuve. Car l'un d'eux parle, l'un d'eux fait chanter la bande… l'un d'eux va disparaître à son tour.

La première fois, il s'agissait peut-être d'un accident… mais, cette fois-ci, ça pourrait être un meurtre…

Quelqu'un savait la vérité à propos de « l'accident » qui a coûté la vie à Laurie Jacques et il savait aussi que toute la bande avait décidé de camoufler sa mort. Il est mort maintenant, victime d'un autre « accident » tragique. Si Annick ne fait pas attention, elle pourrait bien être la prochaine victime…

Annick jure à ses amis qu'elle ne révélera jamais leur secret. Mais quelqu'un lui a volé son journal, le fidèle ami à qui elle a fait part de ses soupçons à propos de ce qui a vraiment pu arriver à Laurie. Si cette personne parvient à déchiffrer le code dans le journal d'Annick, ce sera la fin. Robin est le seul en qui elle peut avoir confiance, mais leur amour sera-t-il assez fort pour arrêter le meurtrier ?

Les personnages de ces récits vivent des situations graves, tragiques et souvent dramatiques.

« Vendre la maison et déménager dans un beau quartier ! » se disent Karine et sa famille. Un beau rêve ou le pire des cauchemars ?

Laurence vit près d'une forêt où rôdent de mystérieuses créatures. Il ne faut surtout pas s'y aventurer la nuit !

Qui sera la prochaine victime ?

Marc est tellement *cool* ! Il n'a peur de rien. Sera-t-il toujours aussi brave après une visite à la « Station sans nom » ?

ACHEVÉ   D'IMPRIMER
EN   OCTOBRE   1996
SUR LES PRESSES DE
PAYETTE & SIMMS INC.
À SAINT-LAMBERT (Québec)